Illustration : nauribon

王国の最終兵器、劣等生として騎士学院へ

The ultimate weapon of the kingdom, he went to the Knight Academy as an inferior student.

2

著 猫子
Ill. nauribon

登場人物

アイン
教会の秘密兵器〈幻龍騎士〉の一角である少年。
剣も魔法もどちらの腕も規格外だが、
学院内で目立たないように
教会孤児として通称
『劣等クラス』に所属する。
Eクラス
ルルリア
学院では珍しい平民の出の少女だが、
二属性魔法を扱える秀才。
控えめで心優しい性格。
Eクラス

ネティア枢機卿
〈禁忌の魔女〉と呼ばれる錬金術師で
アディア王国の影の支配者。
アインを含む〈幻龍騎士〉の4人を造った。

フェルゼン学院長
アインを学院へ迎えることを決めた
騎士学院の学院長。
アインの秘密を知っている。

Eクラス
ヘレーナ
非凡な剣の才の父をもつ下級貴族の令嬢。
調子乗りで褒められたがり。
高飛車だが小心者。
Eクラス
ギラン
〝凶狼貴族〟と恐れられる男爵家の子息。
学生レベルに収まらないほど
戦闘能力に長けている。

トーマス
Eクラスの担任教師で苦労人の男性。
アインの秘密を知っている。

カンデラ
Dクラス
〈Dクラス〉所属で血統主義の貴族家子息。
平民がいる〈Eクラス〉を見下していたが
決闘で惨敗する。

STORY

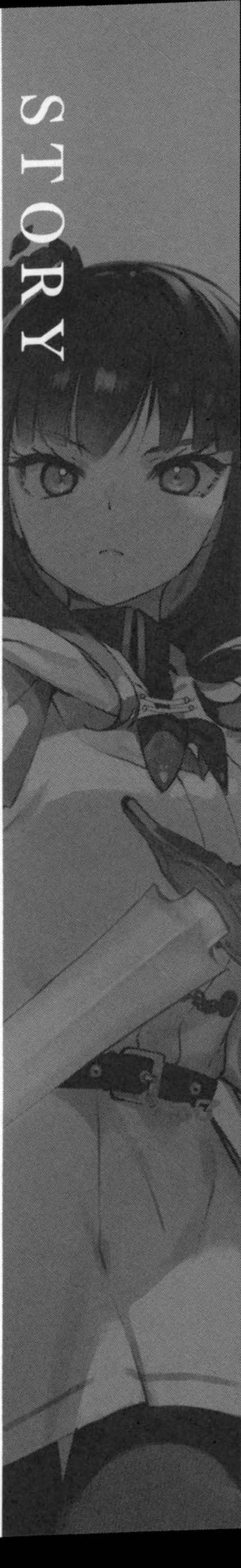

アディア王国の最終兵器として暗躍する4人の騎士〈幻龍騎士〉。
〈名も無き一号〉——アインと呼ばれるその青年は忙しく任務をこなす日々を送っていたが、敵から言われたある一言によって同年代との生活……いわゆる〝青春〟に興味をもち、教会孤児と偽って王都の騎士学院へ伝手で入学することとなった。

目立たないようにという配慮で〈Eクラス〉への配置が決まったアインだったが、学院の最底辺〈Eクラス〉となったことで、貴族の血統を重んじる派閥の〈Dクラス〉の生徒や教師から何かと嫌がらせをされるように……。

そんなある日、迷宮での演習中に〈Dクラス〉がアインたちを襲う事件が発生。

難なく返り討ちにするも、今度はアインが〈Dクラス〉を襲ったという濡れ衣を着せられることに。


このままでは、せっかくできた友達も自分のせいで退学になってしまう。

それを阻止したいアインは、相手が絶対に乗ってくる条件で決闘を持ち掛けることに成功。

〈Eクラス〉対〈Dクラス〉の団体戦となり、もともと血統にかかわらず技量の高い生徒が揃っていた〈Eクラス〉は見事に勝利した。

そして〈Eクラス〉は大量の点数を獲得し、一気に〈Dクラス〉を退けたのだった。

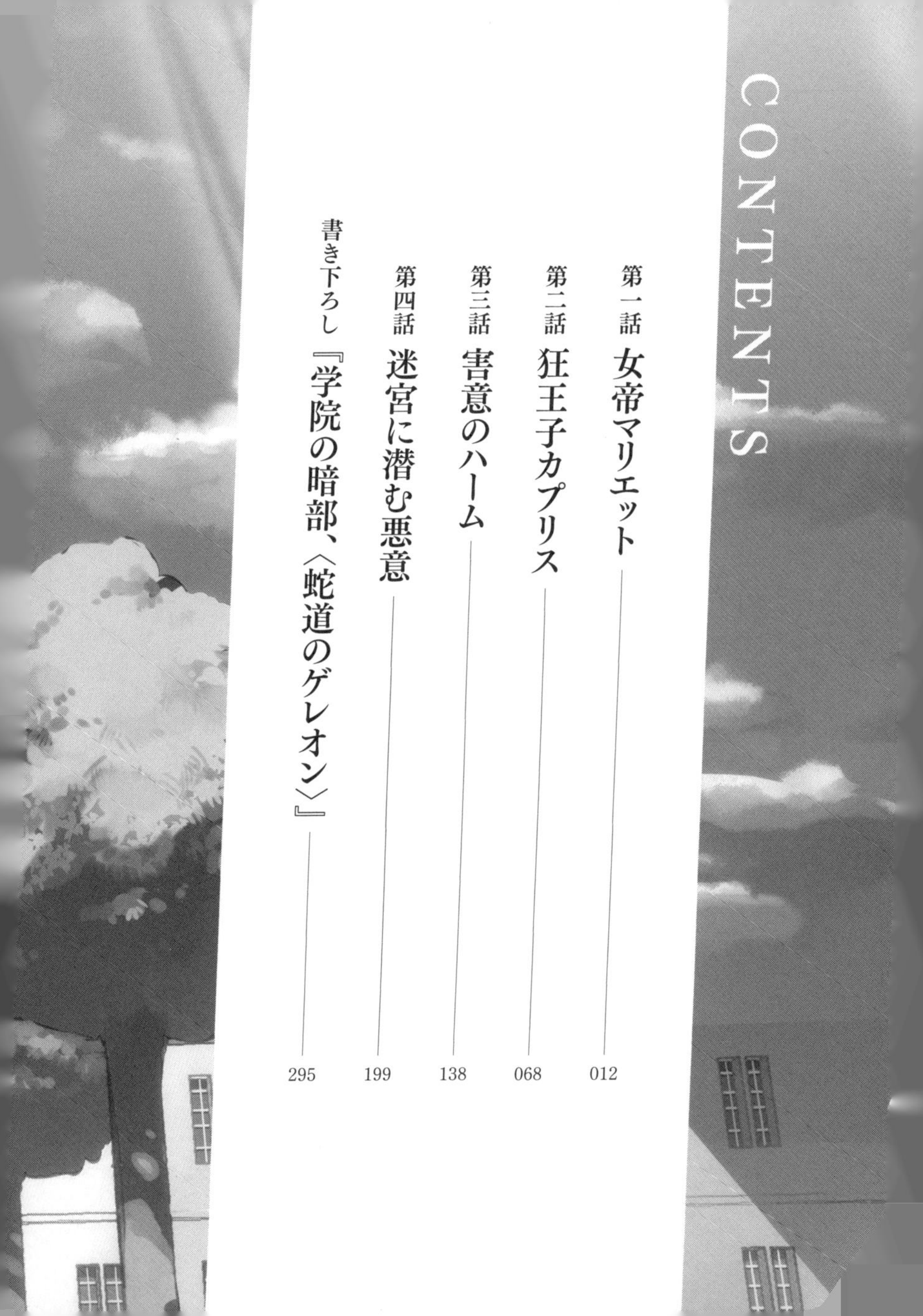

CONTENTS

第一話　女帝マリエット

1

　迷宮演習での揉め事を発端として起こった〈Dクラス〉との団体形式の決闘より、数週間が経過していた。

　あれから〈Dクラス〉の生徒が〈Eクラス〉にちょっかいを掛けに来ることはなくなった。退職したエッカルトに替わってやってきた〈Dクラス〉の新しい担任も、どうやら彼とは打って変わって優しげで真面目そうな人のようだ。

　寮の大部屋の中で、俺は自分のベッドに腰を掛けて、自分宛てに届いた封筒を開いていた。

「アイン、また例の……お前が教会で、妹みたいに可愛がってたって奴だよな？」

　隣のベッドのギランが、恐る恐ると尋ねてきた。

　俺は小さく頷く。

　俺に手紙を宛てるような人間は、〈名も無き四号《フィーア》〉以外にいない。ギランが怖がっているのは、以前届いた〈名も無き四号《フィーア》〉の手紙に、明らかに怒りが込められていたことだろう。

どうやら〈名も無き四号《フィーア》〉は、俺が相談せずに騎士学院への入学を決めたことに、酷く腹を立てているようだった。俺はそのことについてクラスメイトである、ギラン、ルルリア、ヘレーナに相談し、彼らと共になるべく〈名も無き四号《フィーア》〉を納得させられそうな手紙を作り上げたのだ。

そして、今日新たに俺宛てに届いたのが、この封筒である。

「なア、アイン、またヤバいと思ったら、俺とルルリアに相談しろよ？」

ギランが真剣な表情でそう口にする。さらっとヘレーナが除外されていた。

ただ、ヘレーナは前回返送した手紙を作成した際には、ルルリアが必死に考えてくれた文面をからかうばかりだったので、この扱いも仕方がないことなのかもしれない。堪忍袋の緒が切れたルルリアに首を絞められ、涙目で許しを請うていた姿は、まだ記憶に新しい。

ギランは俺のことを完璧超人だと思っている節があり、基本的に何かあっても心配してくれることはない。こうして親身に力になってくれると切り出してもらえるのは、新鮮で少し心地よかった。

しかし、〈名も無き四号《フィーア》〉に関してはもう大丈夫だろう。彼らの監修によって磨かれた文章は、我ながら見事な出来に仕上がったと思っている。〈名も無き四号《フィーア》〉もきっと怒りを鎮めてくれたことだろう。

「ありがとう、ギラン。だが、そう心配してもらう必要はない。〈名も無き四号《フィーア》〉は優しい子だ。任務以外では、他人を傷つけるようなことは疎《おろ》か、虫一匹殺せないくらいのな。前は、少しばかり冷静ではなかったのだろう。時間が空き、彼女も落ち着いたはずだ」

「だといいけどよ……。あれ、その封筒、なんだか前のものより簡素だな？」

ギランの言葉に、俺は封筒を見返す。確かに、無地の地味なものだった。

宛先も素っ気なく、『〈1－E〉のアイン』とだけ書かれている。

いつも彼女の封筒はピンク色だったり柄付きだったりで、宛先には『親愛なるアイン兄様へ』と記されていた。

封筒に目を走らせていると、隅に数字の三が書かれているのが見つかった。

「……〈名も無き三号《ドライ》〉が手紙を送ってきたのか？　珍しいことがあるな」

彼女からこういった手紙を受け取ったのは初めてである。

〈名も無き三号《ドライ》〉は、本と静寂を愛する、無口な女だ。空間を支配する複雑な魔術を自在に操り、剣術に活かす。膨大な知識と習得魔術の量から、〈世界図書館《アカシックレコード》〉の異名を持つ。

魔術で対応できる範囲が広く、冷静で頭が切れるため、ネティア枢機卿からの信頼も厚い。〈幻龍騎士〉の中では攻撃方面の能力に欠けるが、最も優秀な人物であるといえる。

彼女を差し置いて俺が騎士学院に送られたのは、彼女があまり人付き合いを好む性格ではないためだろう。

「……前の奴じゃねえのか」

ギランは目に見えて安堵していた。

俺は苦笑しながら、中の手紙を出して広げた。手紙の文章は〈名も無き四号《フィーア》〉と違って短く、すぐに読むことができた。


〈名も無き四号《フィーア》〉が枢機卿様と言い争いの末に、大聖堂の一部を破壊した。彼女は現在地下深くで反省しているため、ボクが彼女の近況を知らせるために手紙を任された。

昔から情緒不安定な面の目立つ、攻撃的な彼女のことだ。強引に拘束を破壊し、キミのいる王立レーダンテ騎士学院に乗り込まないとも限らない。

万が一があってはならないため、一応警戒しておいてほしい。枢機卿様も、彼女の扱いには悩んでいるようだった。


必要な情報だけが簡潔に綴られている。淡々とした文章ではあったが、とんでもないことが起きているらしいということはしっかりと伝わってきた。俺の額を、汗が滑り落ちる。

「ギラン……やっぱり俺は、殺されるかもしれない」

どうやら前回の手紙では、〈名も無き四号《フィーア》〉の怒りは解けなかったらしい。

「ど、どうしたァ!?　弱気になるんじゃねぇ！」

「しかし、妙だな……。あんなに優しい〈名も無き四号《フィーア》〉が、建物を荒らして、親代わりの御方に楯突くなんて……」

手紙の内容にも違和感が残る。〈名も無き四号《フィーア》〉はいつも、穏やかに笑っていた。

攻撃的な面なんてなかったと思うが……。

「……なァ、前の手紙のときから思ってたが、そのフィーアって奴、お前の前でだけ猫被ってるんじゃねぇのか？」

ギランが引き攣った顔で俺へと尋ねる。

2

午前の座学が終わり、昼休憩となった。ルルリア達と食堂にでも向かおうかと考えていると、俺達の教室へと複数の足音が近づいてきていることに気が付いた。

「どうしましたか、アインさん？」

ルルリアが首を傾げる。

「五人、こっちに向かってきている。一人二人ならよくあることだが、こうも団体なのは珍しいな」

「ま、まさか、またカンデラなんじゃ……」

カンデラ……か。

前の演習事件のほとぼりも冷めた頃合いといえばそうなのかもしれない。連中は俺達に顔を見せるのも恥だと考えているのかめっきりこちらには来なくなっていたのだが、ついに怒りや恨みが勝ったのか。

いや、しかし、それにしても足音が整い過ぎている。集団で行動することに慣れており、高い指揮能力を持つ人間が率いていることを示唆していた。

率いているのは、教師か？

胡散臭《うさんくさ》いものを感じながら、俺は扉を睨む。静かに扉が開かれた。

「マリエット様、どうぞ」

開けた生徒は外に控えたまま、別の生徒が扉を潜って姿を現した。

冷酷な印象の黒髪の少女だった。初めて来た教室であろうに、立ち振る舞いも堂々としている。美人で、相手を威圧する雰囲気があった。彼女が教室内を見回すと、目が合った〈Eクラス〉の生徒は、魔物に睨まれたように硬直している。

女子生徒は教室を見渡してから、フンと鼻で笑い、指を鳴らした。

彼女に付き添っている四人の生徒の内の二人が動く。一人が床に丸くなり、もう一人がその背に乗って丸くなった。女子生徒は何の躊躇《ためら》いも見せず、その上に腰を下ろした。

懐より黒羽根を重ねて作った優美な扇子を取り出し、自身を扇ぐ。

「〈Cクラス〉の、マリエット・マーガレット、マーガレット侯爵家の第一子よ。ギラン・ギルフォードはどいつかしら？」

人間椅子の上で、マリエットは俺達にそう問いかけてきた。

「……この学院に入るまであまり見かけたことはなかったのだが、貴族とは、変わった人間が多いんだな」

「カンデラやアレと一緒にすんじゃねえぞ、アイン。せめて侯爵家に馬鹿が多いと言え」

ギランは目を細めて苦々し気に口にした後、他の生徒達の視線を受け、嫌そうに前へと出た。

「……俺がギランだ」

「へえ、貴方が凶狼貴族の。なかなか男前じゃない」

マリエットは唇で薄く笑った。

「貴方、劣等クラスでなかなか活躍しているそうね。迷宮演習で〈Dクラス〉を出し抜いて、決闘でカマーセン侯爵家の子息を圧倒し、エッカルトを辞職に追い込んだと聞いているわ。入学試験の復讐かしら？　さすがは凶狼貴族……フフ、怖いわねぇ」

入学試験の復讐というのは、ギランが試験官だったエッカルトに〈Eクラス〉へと落とされたことだろう。マリエットはそこまで知っているようだ。

エッカルトとの騒動は学院長のフェルゼンが隠そうと動いてくれていたが、さすがに噂が出るのを完全には止められなかったらしい。どうやら中途半端な形で伝わっているようだ。

「ハッ、何が言いてぇんだよ。こっちは腹減ってんだ、長話には付き合わねぇぜ」

「クラス点に随分と拘《こだわ》っているようだったから、忠告しに来てあげたのよ。私達も、上から三番目だなんてつまらない順位で終わるつもりはないわ」

マリエットは扇子を下ろし、口端を吊り上げて好戦的な笑みを浮かべた。

「教えてあげるわ、クラス点っていうのは、政治力と駆け引き、裏工作で積み上げていくものなのよ。貴族社会と同様にね。貴方方が私達の背を狙っているのなら、相応の覚悟をしておくことね。私は手段を選ばない。その位置で満足しておきなさい。でないと、ひどく後悔することになるわよ」

「なんだそりゃ、喧嘩売ってんのかよ」

「忠告してあげてるのよ。貴方が私に刃を向けたって、欠片も届かないどころか、痛い目を見るだけなんだから。お互いに損でしょう？　貴方方みたいな下級貴族にはわからないでしょうけれど、クラス順位は、大貴族の面子と意地、繋がり、利権が絡んでいるの。下手なことをすれば、血を見るだけでは済まないわよ」

ギランは溜め息を吐き、俺達へと振り返った。

「ご忠告結構。おい、アイン、ルルリア、とっとと行くぞ」

ギランは俺達にそう言い、不機嫌そうに教室の外へと向かって歩き始めた。俺とルルリアは顔を見合わせた後、ギランへ続くことにした。

「ちょっ、ちょっと！　私をナチュラルに省こうとしないでもらえるかしら！」

少し遅れて、ヘレーナが俺達の背を追い掛けてくる。

「き、貴様、マリエット様がわざわざ足を運んで、忠告に来てやっているというのに……！」

マリエットの取り巻き達が殺気立ち、ギランを追い掛けようとする。

「構わないわ。私も、昼時に長話をするつもりはなかったから」

「は、はい！　マリエット様！」

マリエットは取り巻きを呼び止め、ギランへと目を向ける。

「ギラン・ギルフォード。私は貴方のことを、評価してあげてるのよ。貴方が私に服従を誓うのなら、悪いようにはしないわ。クラス外にも役に立つ手駒が欲しいのよ」

マリエットはそこまで言うと、自身が座っている生徒の背へと手を掛け、爪を立てた。マナが走っている。爪が学生服を裂き、肉を抉《えぐ》って血を流させた。生徒の小さな呻き声を聞き、マリエットは愉快そうに目を細め、爪に付着した血を舐めた。

「でも、敵に付くなら容赦しないわ。フフッ、この椅子の彼らも、元々は私がクラスの代表になるのに反対していたけれど、今はこの通りよ。返事はどうあれ、放課後すぐに裏庭へ来なさい。遅れたら怖いわよ。私、舐められるのって本当に嫌いなの」

マリエットは凶相を浮かべ、ギランを睨み付けた。ギランはマリエットを振り返った。

「へぇ、その一点じゃ、気が合うじゃねぇか。いいぜ、マリエット。どうせ付き纏われるなら、とっと決着つけてやらァ」

ギランはそれだけ言うと、足を速めた。

「お、おい、まずいんじゃないか、ギラン？」

俺はギランと並んで歩きながら、そう口にした。下手に戦いになったら、勝とうが負けようが、損をするのは俺達だ。

「爵位が上ってだけで、偉そうにしてる奴が嫌いなんだよ。怪我はさせねぇさ。エッカルト騒動みたいなことは俺だってごめんだ。だが、実力差を見せて黙らせてやるくらいはいいだろう。ああいう高慢な奴ほど、鼻っ柱をへし折りゃ大人しくなるもんさ」

3

放課後、トイレから教室に戻ってくれば、既にギランの姿がなかった。どうやら先にマリエットとの約束の場所へ向かったらしい。

ルルリアが駆け寄ってきた。

「ア、アインさん、すいません、アインさんが戻ってくるまで、他のクラスの子と立ち話をしていたのですが……その間にギランさん、先に向かってしまったようです」

……あまりよくないタイミングだった。

元々、マリエットに呼ばれたのはギラン一人だった。だが、相手も一人で待っているわけではないだろう。

それに喧嘩っ早いギランのことだ。相手も、あまり穏やかな雰囲気ではなかった。単に協力を断るにしても、ひと悶着あるかもしれない。

「しかし、指名されたのが自分だけだからと単独で動くというのはギランの性格上ありそうなことだが、何の相談もないなんて……。あまりギランらしくないな」

「もしかしたらギランさん……何か問題があったときに、自分一人で責任を負おうとしているんじゃ……」

ルルリアが顔を蒼《あお》くした。

有り得ない話じゃない……。エッカルトの一件で、下手に授業外の交戦を行えば、厄介なことになるのはわかっていたはずだ。

そのギランが単独でマリエットの許に向かったとなれば、何かあったときに俺達を巻き込まないための配慮なのかもしれない。

「少しマリエットさんの噂を聞いたんですが、かなり危険な方みたいです。元々〈Cクラス〉は二つの派閥に分かれていたそうですが、この短期間で、クラス全員がマリエットさんの下に付いたそうです。その際に、何人も医務室送りにしているらしい、と……。彼女の実家であるマーガレット侯爵家は、貴族の大派閥のまとめ役だそうですが、どんな些細なことでも敵対したところは、周囲に圧力を掛けて孤立化させて潰すんだとか」

「裏庭に様子を見に行こう。下手に拗《こじ》れたらどうなるか、わかったものじゃない。協力しないと伝えるにしても、ギランでは恐らく禍根を残す」

「ええ……マリエットさんは、絶対に怒らせてはいけないタイプの人間です」

ルルリアが頷いた。

俺はヘレーナも呼ぼうかと教室内を見回したが、彼女の姿は見つからなかった。急いだ方がいいだろうと思ったため、二人で向かうことにした。

だが、階段を下りようとしたとき、ルルリアが声を上げた。

「待ってください、アインさん！　窓から裏庭を見下ろせるのですが、ギランさんの姿も、マリエットさんの姿もどこにもありません！」

俺も戻って、窓から裏庭を確認する。できる限り端から端まで見渡したが、誰の姿も確認できなかった。

「移動した……まさか、連れ去られて……！」

有り得ない話ではない。噂に聞くマリエットは、それくらいやりかねない相手だ。

「ルルリアは、校舎内でギランを見た人間がいないか聞き込みしてくれ！　俺は校舎の外を確認してくる！」

「わかりました！」

俺とルルリアは二手に分かれ、ギランを捜索することにした。

それから数刻が経過した。日が落ちかかって、空はすっかり夕暮れ色に包まれ、赤くなっていた。

いまだにギランの姿はどこにも見つからない。

……これはいよいよ、大事になってきてしまったかもしれない。事情を話して、担任教師であるトーマスに相談した方がいいのだろうか。

途方に暮れていた頃、ギランが〈Eクラス〉の寮棟裏にいるらしいと聞いた俺達は、その場へと向かって走った。

「ギラン、無事か！」

俺とルルリアが寮棟の裏側へと辿り着いたとき、ギランの怒声が聞こえてきた。

「わかったぞヘレーナァ！　お前には危機感が足りねぇ、気が抜けてやがる！　どうせ俺が、刃を止めると思ってんだろ！　そうじゃなきゃ、そんなふざけた受け方ができるわけねぇよなァ！」

「そ、そんなことありませんわ！　私だって本気ですもの！　本気ですもの！　私が一番、ヘストレッロ家流剣術をものにしたいと思っておりますわ！　ただ今のはちょっと、普通にやってもできそうにないから、アレンジを加えてみただけですもの！」

「家流剣術って呼ぶんじゃねえ！　なんかイラっと来るんだよ！　できるのテメェの父親だけだろうが！」

ギランとヘレーナが剣の稽古に励んでいた。どうやらギランは、今日こそはヘレーナに〈Dクラス〉との戦いで見せた〈龍雲昇《りゅううんしょう》〉を再現させようとしているらしい。

「い、一応、曽祖父の剣術が原型だと父様は言っておりましたわ！　ですから、家流剣術には違いありませんわ！　一応！」

「ヘレーナァ、テメェは明らかに身が入ってねぇんだよ！　次は本気で振るうからな！　変な受け方したら、医務室送りになると思え！」

「そそそ、それは止《や》めてくださいまし！　あ――っ！　アインにルルリア！　助けてくださいませ！　ギランが私のことを、ぶっ殺すおつもりですわ！」

ヘレーナはギランから逃げるように、俺達の許へと走ってきた。

「ギラン、無事で何よりだ。なんだ、マリエットに呼びつけられていたのは、すぐに片付いたんだな」

「あァ？　何言ってやが……」

ギランはそこまで言って、顔を顰めた。

「……忘れてたぜ。午後の迷宮の講義の後、完全に頭から飛んでた」

午後に、教師であるトーマスを先頭に集団で学院迷宮へ潜る講義があったのだ。トーマスが詳しく迷宮や魔物、迷宮下階層のことについて語ってくれた。座学より頭に残りやすかったため、そのせいで昼時のマリエットの襲来を忘れてしまったのだろう。

ルルリアが責めるようにヘレーナを睨んだ。ヘレーナはヘレーナで今思い出したらしく、蒼い顔で口許を押さえていた。

「そ、そういえば、お昼にそんな話がありましたわね……。い、今からでも、向かった方が、よろしいんじゃなくって？」

「ハッ、律儀に待ってるわけねぇだろ、馬鹿か。怪我させねえ程度に適当に脅してやるかと思ってたんだが、チッ、仕方ねぇな。ま、どうせ敵対を伝えるだけだ。変わりねえよ」

ギランはそう言って、鞘へと剣を戻した。

「今日はこんくらいにするか。アインが寮に戻ってから飯行こうと思ってたら、こんな時間になっちまってたぜ。何やってたんだ？」

4　―マリエット―

――放課後すぐのこと。マリエットは四人の生徒を引き連れ、約束の裏庭に来ていた。

「ギランをどうするおつもりですの、マリエット様？」

マリエットの傍らを歩く女子生徒、ミシェルが彼女へとそう尋ねた。

色素の薄い緑髪の、ツインテールの少女であった。マリエットとは幼少からの付き合いであり、彼女を深く慕っていた。

「ギラン・ギルフォードは、カマーセン侯爵家の子息を倒して、この短期間でクラス順位を塗り変えてきたのよ。警戒は必要よ。屈服させて、ここで牙を折っておきましょう。後々のためにもね。それに……〈Bクラス〉を沈めるには、クラス外の手駒が必要よ」

「でも……ギルフォード男爵家は、凶狼貴族と恐れられていますの。力で屈服させるのは、少し危険ではありませんの？」

「フフッ、ミシェルは知らないの？　狼の群れは順位制なのよ。一度上と決めた相手には、絶対に頭が上がらないの。ああいう高慢な奴ほど、鼻っ柱をへし折れば従順になるもの……それに、あれくらい反抗的な方が、支配のし甲斐があるってものよ」

マリエットはそう言い、邪悪な笑みを浮かべた。

「さすがマリエット様ですの！」

「ギランは一対一で実力差を見せつけて心を折って、それで従わなければ複数の暴力で完全に屈服させてやるわ。自分の力を信じている奴ほど、それが折れたときは脆いものよ」

マリエットは右手を掲げ、力ませる。マナの蒼い光が、禍々しい爪のように妖しく指先から伸びていた。マリエットの魔技《まぎ》、〈魔獣爪《まじゅうそう》〉である。

「さて……あの手の相手を前に、先に着いておくのは避けた方がよさそうね。付け上がらせることになりかねないわ。出てくるまで、ちょっと校舎の陰にでも隠れておきましょうか」

「知略だけでなく、心理戦にも優れているなんて！　ギランなんて、マリエット様の敵ではありませんわね！」

「フフ、よしなさい、ミシェル。そんな些細なことでいちいち騒がないで」

——それから一時間が経過した。

マリエット達はとっくに校舎の陰から出て、裏庭の中央にいた。二人の男子生徒を椅子にして座り、その上でイライラと扇子を揺らす。

「……随分と、舐めた真似をしてくれるわね。あの犬っころ貴族は。私を全く恐れないなんて、面白いじゃない」

マリエットはこめかみに青筋を浮かべ、苛立ったように椅子の脚を蹴っていた。

——二時間が経過した。

空には夕焼けの赤が差し始めていた。だが、まだギランが現れる様子はない。

「マリエット様……その、場所って伝えていましたっけ？」

ミシェルが不安げにマリエットへと尋ねる。

「伝えたわよ。私が伝えそびれたと言いたいの？　ミシェル」

「も、申し訳ございませんの、マリエット様」

ミシェルがぺこぺこと頭を下げる。

「あの、マリエット様。とりあえず、今日はもう帰りませんの？」

マリエットは立ち上がり、周囲を見回した。

「……もしかしたら、意外とここが見え辛いのかもしれないわね。貴方、もう少し向こうに立って」

――四時間が経過した。

空はすっかり暗くなっている。マリエットは椅子にしていた男子生徒を蹴飛ばして立ち上がり、〈魔獣爪《まじゅうそう》〉で校舎の壁を深く抉った。

「どうやらギランは……相当私を舐めているようね……。いいわ、徹底的に、心を潰してやりましょう。この私を愚弄したこと、深く後悔させてやる。劣等クラス如きに手間を掛けるつもりはなかったけれど、マーガレット侯爵家の第一子として、侮辱には血の制裁を以《もっ》て返礼してあげるわ……！」

マリエットは歯軋りを鳴らしながら、そう口にした。

5

七日に一度、王立レーダンテ騎士学院には休日がある。

〈太陽神の日〉に当たる、週始めの日である。原則として、この日以外は学院の敷地内から出ることを許されていない。簡単な日用品や迷宮用の保存食、最低限の武器であれば、学院内での購入も可能であるためだ。休日を楽しむため、〈太陽神の日〉には都市部へ出歩く学生が多い。

俺が朝に起きて〈アイン向け世俗見聞集〉を読み返している間に、どんどん大部屋の生徒達は外へと出ていく。この一日を無駄にしたくないのだろう。

「お～い、アイン、本なんか読んでないで、一緒に街まで行かねぇか？　朝食も都市で食おうって話してたんだよ」

同クラスのロイが声を掛けてくる。

俺はチラリと、横のベッドで眠っているギランへと目を向ける。

「ありがたい提案だが、ギランが寝てるからな。悪いがまた誘ってくれ」

「あいつに付き合ってたら、また訓練で一日潰されるぞ……。ま、なんか美味そうなもんあったら、土産で買っといてやるよ」

ロイは手を振りながら、他の生徒達に続いて出ていった。

ギランが起きてから二人で食堂に行って朝食を摂っていると、ヘレーナが大慌てで走ってきた。

「ああっ！　い、いましたわ、アインにギラン！　大変ですわ！　ルルリアが、ルルリアが、マリエットの奴らに、校舎の旧棟へと連れて行かれましたわ！　きょ、教師に話しでもしたら、ルルリアの顔に消えない傷を付けるって……！」

ヘレーナは肩で息をしながら、そう口にする。

「なっ……！」

マリエットはプライドの高そうな奴だった。どうやら先日、ギランにすっぽかされたのがよほど腹に据えかねたらしい。それとも、普通に呼び出してもギランが来ないと思ったのか。

「ぶっ飛んだ奴だとは思っていたが、マリエットは、そこまでするのか。とにかく、行くしかなさそうだな……」

ギランは目を細め、ヘレーナを睨む。

「……よく逃げられたなァ、ヘレーナ」

「頭を下げて伝言役を買って出たら、見逃してもらえましたわ！」

ギランは無言で舌打ちをした。

「しょっ、しょうがないじゃありませんの！　二対五ですわよ、二対五！　私だって心配でしたけど、下手に抵抗して相手を傷つける方が怖かったですし……！　そ、それより、早く行かないとまずいですわ！　ルルリアが……！」

「わかった、すぐに行こう。呼ばれたのはギランだろうが、勿論俺も行くぞ」

〈Dクラス〉のときのようなるべく穏便な形で済ませたいと考えている。ギランに任せれば、〈Dクラス〉のときのような退学騒動にまで発展しかねない。

あのときは教師のエッカルトが主導だったのも大きいが、万が一にもまたあんな騒ぎになってほしくはない。悔しいが、クラスの服従で安寧が買えるなら、それも一つの手だともいえる。

マリエットは、貴族の面子もクラス点に関わってくると言っていた。大貴族の多い〈Aクラス〉、〈Bクラス〉、〈Cクラス〉と平民の多い〈Eクラス〉がまともにぶつかれば、死人が出るような事態になったっておかしくはない。〈Eクラス〉がのし上がって戦果を上げた場合、こっちが稀代の快挙ならば、向こうにとっては異例の大恥なのだ。

「ヘレーナ、慌てすぎる必要はない。昨日のことで怒りを買っているかもしれないが、向こうとてルルリアは大事な人質だ。それに、もみ消す手段を持っていたとしても、不用意に負傷者を出せば騒ぎが大きくなる。マリエットが狙っているのは、ギランであってルルリアじゃない」

俺がヘレーナを落ち着かせようとそう口にすると、彼女は激しく首を振った。

「じ、実は、ルルリアが捕まったの、三時間前ですのよ！　多分、滅茶苦茶怒ってますわ！」

俺は素早く時計へ目をやった。針は正午に近い時間を示している。

「ヘレーナ、テメェ、どこで油売ってやがった！　この状況で三時間ほっつき歩く馬鹿がどこにいやがる！」

ギランがヘレーナの首許を摑む。

「らっ、乱暴はしないでくださいまし！　こ、これには理由があるんですわ！　だって、三時間前に食堂にいた男子連中にアインとギランの姿がないことを聞いたら、まだここにいないのなら、ロイ達と一緒に街で朝食を食べてるはずだって言ってたんですもん！　私、必死に街まで走って、捜していたんですわよ！」

俺はギランへと目をやった。ギランはそっとヘレーナから手を放し、俺から目を背けた。

「……間が悪かったなァ、ヘレーナ。そういうこともある」

言葉とは裏腹に罪悪感を覚えているらしく、力のない声だった。

しかし、奇跡的な間の悪さという他ない。食堂にいた連中はきっと、ロイが俺を誘いたがっていたことを知っていたのだろう。ギランも休日は起きるのが遅い方ではあるのだが、ここまで遅れることは珍しい。

俺でも同じ状況ならば、まだ食堂に来ていないなら、ロイについて都市へ出ていったのだろうと考えたはずだ。

「……確かに急いだ方がよさそうだな」

俺が口にすると、ヘレーナが素早く二度頷いた。

俺達は素早く校舎の旧棟へと移動した。

「来たぞ、クソ女！　出てきやがれ！」

ギランが声を荒げながら通路を歩く。

暗い通路の先に、六人の人影が見えてきた。椅子のように丸まっている二人と、その上に座る姿もある。間違いなくマリエットだった。

近づけば、ルルリアが女子生徒に肩を押さえられ、剣を突き付けられているのが見えてきた。

「アインさんっ！」

「ルルリアッ！　よかった、無事なんだな……」

俺はほっと息を吐いた。逆上したマリエットが、何かやらかさないかと不安だったのだ。

「ようやく来たわね！　劣等クラスのクズ共が！」

マリエットは声を荒げながら立ち上がり、左手を素早く振るった。

手に、マナの光があった。裂かれた両側の壁に、鋭い爪痕が走る。

「逆ギレしてんじゃねぇぞ！　ブチギレてぇのはこっちなんだよ！　ルルリアをとっとと解放しやがれ！」

ギランが叫ぶと、マリエットは歯を食い縛った。

「逆ギレ？　皮肉のつもりかしら！　こっちは昨日と合わせて、八時間近く待ちぼうけくらってるのよ！　こっちがちょっと穏便に出てやろうと思ったら、この仕打ち！　マーガレット侯爵家を馬鹿にしてるのね！　下級貴族と平民の寄せ集めのクズが！」

ギランも口を開けたまま、返す言葉を失っていた。

八時間近くということは……昨日、俺がギランを見つけたとき、どうやらまだマリエットは裏庭で待ち続けていたらしい。あのとき、俺だけでも一応確認に向かっていれば、ルルリアが誘拐されることもなかったかもしれない。

「ギ、ギラン、一応謝りましょう？　非を認めないと、まともな話し合いにもならないわ。それに、マリエットは侯爵家……相手を怒らせたら、お互いに損をしますもの……！」

ヘレーナがギランを説得する。ギランもヘレーナを振り返り、悩むように唇を噛んでいた。

「う、うるせぇぞクソ女！　こっちはテメェほど暇じゃねぇんだよ！　一方的に呼びつけて、ギャーギャー騒ぎやがって！」

　悩んだ結果、怒りが勝ったらしい。ヘレーナは自身の顔を両手で覆い、小さく首を振っていた。

6

「……下級貴族が、散々この私を待たせておいて、よくもそんな態度が取れたものね！」

　マリエットが前に出ようとすれば、〈Cクラス〉の生徒の一人がそれを止めた。背の低い、ツインテールの少女だった。

「マリエット様、敵のペースに乗せられてはいけませんの！」

「そうね……。別に私は、予定通りに事を進めればいいだけなんだから。感情に流されて、短絡的な行動を取るところだったわ」

　マリエットは目を瞑り、何度も自身のこめかみを指で叩く。心を落ち着かせているようだった。

「フン、下級貴族のギルフォード男爵家といえど、何度も上級貴族相手に刃向かっているだけあって、貴族間の衝突には慣れているようね。無意味で考えなしの姿勢も、時として相手の最適解を潰し、妥協範囲を広げる大きな武器になる」

　俺はちらりとギランを見た。

　ギランは眉間に皺《しわ》を寄せ、マリエットを睨んでいた。マリエットの発言の意味を摑みかねているのだろう。ギランの遅刻は、ただのすっぽかしと寝坊でしかない。

「だけど、そんな上っ面の強がりがいつまで続くのか見物ね。心をへし折って……いや、磨り潰してさしあげましょう。二度と私相手に、こんなふざけた真似ができないようにね。ここならまず、人目にはつかないわよ」

マリエットはそこまで言ってから、ヘレーナを睨む。

「……ところで、ギラン以外には口外するなと言ったはずだけれど？　そこの男は何者かしら」

マリエットの眼光に当てられたヘレーナがびくりと身震いし、俺の陰に隠れて肩を摑んだ。

「アイン、平民のアインだ。三人とは親友でな。俺が食い下がったから、ヘレーナも断り切れなかったんだ。安心しろ、ここにいる面子以外には、ヘレーナは口外していないはずだ」

「へぇ、堂々としてるのね。ギランもルルリアもそうだったけど、私達の学年の劣等クラスは、上級貴族相手に物怖じしない子が多いわね。そういう子は嫌いじゃないわよ。屈服させ甲斐があるものの」

「ルルリアを解放してほしいのだが、意図があって行ったものなのだろう？　まず、条件を聞かせてもらえないか」

「そっちの犬と違って話が早くて助かるわね。フフ、私だって、あまり非道な手段は取りたくなかったのよ。どこかの誰かさんが、どうにも私と会うのを避けているようだったから、こういった真似をさせてもらったまでよ」

　マリエットはちらりとギランへ目をやり、彼を揶揄《やゆ》する。

「私はただ、落ち着いて劣等クラスの頭であるギランと話し合いがしたかっただけなのよ。ギラン、貴方は少し思い上がりがすぎる。貴方の実力は認めるけれど、家柄の格を剣の腕で覆すには、この学院ではあまりに力不足なのよ」

「あァ？」

　ギランが殺気立つが、マリエットはそれを気に留める様子を見せない。

「リトルウルフという魔物を知っているかしら？　稀少な魔物なのよ。小さいのに、自身よりも体格の大きな魔物にも吠え付くから、ほとんどが人目につくより先に殺されてしまうの。貴方はリトルウルフよりは賢いでしょう？」

　マリエットは露骨にギランを挑発する。マリエットはギランが苛立つ様子を確認してから、くすりと笑い、言葉を続ける。

「クラスメイトを巻き込んで破滅するより先に〈Cクラス〉の庇護下に入りなさい。そうすれば、〈Dクラス〉の反撃からも守ってあげるわ。貴方達にとって大事なのは、クラス点の順位を上げることじゃない、クラス点ワーストを回避した今の順位を維持することよ」

「ハッ、言葉を取り繕おうが、お前の言いたいことは、都合のいい奴隷になれってことだろうが。お前の尻に敷かれてた、そっちの椅子奴隷共みたいにな。そんな窮屈なのはごめんだぜ」

「貴方、ルルリアを攫《さら》われて、成す術なく、言われるがままにここへ来たのでしょう？　ギラン、貴方には私を前に、不遜な態度を通すだけの実力はないわ。だからリトルウルフだと、そう言っているのよ。私に大人しく飼い殺しにされる方が、幸せだというのに」

「よく言ってくれるなァ？　お前らの実力なんざ、せいぜいカンデラ程度だろ？　よくぞその程度の腕で、爵位に胡坐《あぐら》掻いて上から目線で騒げたもんだ」

ギランがそう言ったとき、マリエットの口許が笑みを形作った。

……何か、妙だ。思えばマリエットは、さっきからギランの実力を揶揄する言葉を何度も挟んでいる。

「なら、教えてあげましょう。貴方の剣技が、〈Cクラス〉では通用しないことをね」

「へェ、お前が相手してくれんのか？」

「まさか、劣等クラス相手に、私が出る幕もないわ。来なさい、ミシェル」

ルルリアを押さえていた女子生徒、ミシェルは、別の生徒とルルリアの番を交代する。鞘から剣を抜き、ギランへと刃を向けた。

「お任せあれですの、マリエット様。劣等クラス代表くらい、すぐに片付けてやりますの」

「待て、私闘は禁じられている。どうしてもというのなら、立ち合い人の教師を立てた上で、模擬戦でも決闘でもやればいい。上級貴族相手では、ギランが勝っても難癖を付けられれば、不利になるのはこっちの方だ」

俺はギランが乗り気になる前に、そう言って止めた。前回のような騒動は困る。

「マーガレット侯爵家の名に懸けて、そのような恥知らずな真似はしないと誓うわよ。それに、私はギランに現実を思い知らせてやりたいだけよ。お互いの、今後の良好な関係のためにね。言い方は悪いけど、強者に媚を売るのはごく普通のこと……人は誰でも、自分より大きな権力によって作られた、体制や恩恵に寄りかかって生きているものなんだから。それを無暗《むやみ》に否定するのは、馬鹿のやることよ。貴方は現実が、しっかりと見えていないのよ。もっと楽な生き方があることを学びなさい」

ギランはマリエットの言葉を聞いて、舌打ちをした。それから俺を僅かに振り返る。

「アイン、やらせてくれ。侯爵家が、家名を懸けたんだ。奴らにとっては、家のプライドが何より大事だからな。ここまで言った以上、余計な真似はしねぇさ。それに、こりゃ願ってもねぇ機会だ。自分達が家柄に守られてただけの雑魚だって自覚すりゃあ、ふざけた言葉も吐けなくなるさ」

「ギラン、貴方のその思い上がりに裏打ちされた自尊心を、粉々にしてあげるわ」

マリエットが目を細め、笑みを浮かべた。

7

ギランは剣を抜き、ミシェルの前に立つ。

「アイン、ヘレーナァ、下がってろ。すぐ片付ける」

マリエットは勝負に乗ったギランを前に、笑みを浮かべる。

「フフ……ミシェル、わかってるわね？　絶対にここで負けるんじゃないわよ」

「わかってますの、マリエット様」

マリエットの狙いは、ミシェルにギランを負かさせ、ギランの自尊心を折り、話を自分優位に進めることらしい。そして、その作戦は、恐らく有効だ。

ギランは権威には屈しないが、実力主義者だ。剣で〈Cクラス〉の一般生徒に敗れれば、先程までのような強気の態度を維持はできなくなるだろう。

だが、それも無論、ギランが敗れれば、の話である。ギランはカンデラに勝っている。〈Cクラス〉生徒相手に、あっさりと敗北するようなことはないはずだ。

「来い、チビ女。一瞬で叩き潰してやる」

「では、参りますの」

ミシェルが床を蹴り、ギランへと肉薄して剣を振るう。

ギランはそれを大きく弾き、ミシェルの体勢を崩す。ミシェルの剣のガードが戻るより先に、ギランの凶刃が彼女を襲う。

「これで終《しま》いだぜ！」

ミシェルは小柄な体軀を活かし、ギランと壁の合間を綺麗に抜けた。振るえば刃が壁に当たるため、ギランの剣は追い掛けられない。ギランは諦めて剣を引き、ミシェルへと向き直った。

「自信ありげでしたけれど、あれじゃギランの方が上ですわね。心配して損しましたわ」

ヘレーナが安堵したようにそう口にする。

「場所が不利だな」

俺の言葉に、ヘレーナがぎょっとしたように顔を引き攣らせる。

「ギランの剣は、やや長めだ。本人の戦い方も、速さより、力で押して相手の剣を弾き、有利な盤面を作ることに長けている。対するミシェルは、小柄で、刃もやや短い。おまけに素早く動いて、位置取りで優位に立つ戦闘スタイルだ」

「つ、つまり、それってどうなるのかしら……？」

「この狭い通路じゃ、ギランは思うように剣を振れない場面が多い。対するミシェルは、自由に動き回って、ギランが剣を振れない位置取りを好きに行える。……それに、彼女は、明らかに狭いところでの戦闘に慣れているな」

ミシェルは、ただの〈Cクラス〉生徒ではない。ギラン潰しに特化している。

「ちょこまかと動き回りやがって……！」

焦《じ》れたギランが、安易な大振りを放つ。ミシェルはそれを掻い潜り、ギランのすぐ目前へと入り込んだ。ミシェルの剣が、ギランの腹部へと振られる。

「チィ！」

ギランは蹴りを放ち、ミシェルを牽制する。ミシェルは横に跳び、壁を蹴ってギランより距離を取り直した。

「こんなものですの、凶狼貴族も。今の、殺し合いなら最速の突きで当たってましたの。止めきれないから、見逃してさしあげましたのよ」

ミシェルは肩を竦め、大きな声でそう口にした。

明らかにギランの自尊心を挫くのが目的だった。

ギランはプライドが高い。プライドが高い故に、自身に言い訳を許さない。地形の不利を取られているとはいえ、それを敗因とは思えないだろう。

「もう止めますの、ギラン？　私、貴方が少し可哀想になってきましたの。この調子だと、カマーセン侯爵家のカンデラも、案外大したことなさそうですの」

「いいぜ、本気でやってやらァ！　〈羅刹鎧《らせつよろい》〉！」

赤いマナが、ギランの身体を覆っていく。対峙するミシェルが、ごくりと唾を呑んだ。

「ミシェル、落ち着きなさい。無理して反撃に出ないで。速くなった分、どう足掻いたって剣の繊細さは落ちるわ。大振りが増えれば、ここではむしろ戦い辛い」

マリエットが、ミシェルへとアドバイスを出す。ミシェルはそれに、小さく頷いた。

やっぱり、〈羅刹鎧《らせつよろい》〉にも答えを出していた。回避に徹して、マナ切れを狙うつもりだ。

カンデラと同じ作戦だが、カンデラと違い、この二人は〈羅刹鎧《らせつよろい》〉を舐めてはいない。警戒した上で、破れる技だと踏んで戦いを挑んだのだ。

「後で言いっこなしなのは、マーガレット侯爵家様のお墨付きだからなァ。ぶち当たっても恨むんじゃねぇぞ！」

速度と力の増したギランの刃が、ミシェルへと激しく襲い掛かる。

ミシェルは紙一重にそれを躱《かわ》す。続くひと振りを剣で受けたが、彼女は力負けして大きく背後へ跳ばされていた。マリエット達が戦いの邪魔にならないよう、その場から下がってミシェルから距離を置いた。

「……マナ切れまで、あと三十秒程度のはずよ、ミシェル。そこさえ凌《しの》げば、〈魔循《まじゅん》〉の乱れたギランを弄んでやれるわ」

マリエットが小声でミシェルへそう零していた。

ギラン対策が本当に徹底している。〈羅刹鎧《らせつよろい》〉の発動時間もそうだが、狙いは勝ち負けだけでなく〈羅刹鎧《らせつよろい》〉で〈魔循〉の乱れたギラン相手に敢えて簡単に勝敗をつけず長引かせ、心をへし折るところにあるらしい。

「ギ、ギランの奴、大丈夫かしら？」

「大丈夫だ、ギランは強い」

ヘレーナの言葉に、俺はそう答えた。

ここまで対策を徹底していたとは知らなかったが、地形でギランが不利なのは、ミシェルの体格からわかっていた。それを指摘しても、ギランが勝負を降りないのもわかっていた。

だが、俺には、ギランが勝つという確信があった。

「おらァ！」

ギランの大振りを、ミシェルが後退して避ける。

刃が掠った床が砕け、小さな亀裂が走っていた。

「……ここまで馬鹿力でしたの。でも、これであと十秒……」

「〈剛魔《ごうま》〉！」

ギランの腕の筋肉が、目に見えて膨張する。大きく振るった剣は、天井に斬撃を走らせた。

頭上より響いた轟音に、ミシェルが目線を上げる。割れた天井から、瓦礫が落下してきた。

「ば、化け物ですの！　学生の膂力じゃありませんの！」

ミシェルは一瞬反応が遅れたものの、壁とギランの狭間へと跳び、瓦礫から逃れようと試みた。

「天井ごと斬れたのに、壁ごとぶっ壊せねえわけがねぇだろうがァ！」

ギランが豪快に剣を振るう。刃は宣言通り、壁を斬ってミシェルへ迫る。

「嘘ですの、こんなの……！」

慌てて剣を縦に構え、防ごうとする。だが、ミシェルの頭へ瓦礫が落ちていく。

マリエットが動いた。二人の間に跳び入り、ミシェルの身体を腕で後方に押し退け、落下してきた瓦礫を刃で叩き斬った。そのままギランの刃を受けようとしたが、体勢が不充分なこともあり、派手に腕を弾かれていた。

「どうした、マリエット。意気込んで負けそうになったからって、割り込んで有耶無耶にするつもりかァ？」

ギランがマリエットを挑発する。マリエットはちらりとミシェルを振り返る。

「マ、マリエット様……」

ミシェルは蒼い顔で、床に膝を突いていた。マリエットは安堵するように息を零し、ギランへと向き直る。

「……貴方の乱暴さに不安があったから、一応分け入って止めただけよ」

マリエットは苦々しげにそう口にした。

さすがに今の戦いが負けであったことは認めたらしい。ただ、このまま大人しく引き下がるタイプとも見えなかった。

8

「さて、自信満々だった割りにはこんなもんかよ？　しょっぺぇ結果だなァ、マリエット」

ギランの言葉に、マリエットは憎々しげに唇を噛む。

「も、申し訳ございませんの、マリエット様……」

ミシェルはそう言って両膝を床に突け、マリエットへ頭を下げる。

「……私の失策よ、ミシェル。あんな馬鹿力だったなんて、想定してなかったわ」

「ハッ、余裕ぶっこいて取り巻きに投げた挙げ句、あっさり敗北するとは笑えるなァ。ルルリアをとっとと解放してもらおうか」

「マリエット様、今回はここで引いた方が……！」

ルルリアを押さえている生徒が、不安げにそう口にした。

「黙ってますの！　私のせいで、マリエット様が劣等クラス相手に負けて引き下がっただなんて吹聴させるわけにはいきませんの！　ここで下がってしまったら、次はありませんの！　マリエット様、私に挽回の機会を……！　さ、さっきの勝負は、ただの力試しですもの！　負けたらルルリアさんを引き渡すだなんて、そんなお話はしていませんでしたの！」

ミシェルが立ち上がり、剣を構える。

「……負けは負けよ、ミシェル。貴女は下がっていなさい。家名だって持ち出したの、私に恥を掻かせないで頂戴」

「その家名のためですの！　ここで引けば、士気を失いますの！　この先、劣等クラスに追い落とされるようなことがあったら、マリエット様の御父上も哀しまれますの！　私が、その引き金になるわけにはいきませんの……！」

「そう、ね……。負けた空気のままは下がれない。次は私が出るわ」

マリエットが顔を上げ、ギランを睨み付ける。

「チッ、結局テメェも出てくるのかよ」

「確かに、貴方が思ってたより強かったことは認めてあげる。でも、その程度の実力で、上級貴族のほとんどいない劣等クラスが、この学院でやっていけるとは思わないことね。遅かれ早かれ、どこかのクラスに従属するしかないのよ。それを教えてあげるわ。安心なさい、私が勝っても負けても、しばらくは劣等クラスに干渉しないでおいてあげるわ」

さすが大貴族の子女だけはある。相当に弁が立つ。

マリエットの考えはわかる。呼び出して勝負を嗾《けしか》けて、一方的に敗れたまま逃げ帰るというわけにはいかないのだろう。

マリエットが勝って終われば、ミシェルが負けたという事実は薄くなる。少なくとも〈Cクラス〉が喧嘩を売った挙げ句、〈Eクラス〉に敗れた、という話ではなくなる。

俺達に現実を教えてやるためという建前で戦いの続行を提案し、先にルルリアの解放を約束することで、向こうも面子を保っている。譲歩の仕方が絶妙だ。

「ハッ、いいだろう、乗ってやらァ！　ミシェルもお前も、俺からしてみりゃ変わらねぇよ」

「止めておけ、ギラン」

俺はギランを手で制した。

「おいおい、アインは俺がこんな奴に負けると思ってんのかよ」

「〈羅刹鎧《らせつよろい》〉のせいでマナがないだろ？　〈魔循〉も、今やればかなり落ちているはずだ。マリエット、〈羅刹鎧《らせつよろい》〉の対策を用意していたくらいだから、そのことはわかってるんだろ？」
それに、マリエットは明らかにミシェルより強い。さっきミシェルを庇った動きを見るに、カンデラよりも上かもしれない。マナが万全の状態ならともかく、消耗した今のギランの勝てる相手ではない。

「俺が行こう。〈Eクラス〉に現実を見せてくれるってことなら、相手がどっちでもいいはずだ。それとも、弱ったギランじゃないと相手ができないか？」

「アインが行くってうなら、任せるぜ。マナが充分にねぇのは事実だ」

ギランが下がってくれた。

「クラスの面子が大事なわけじゃないが、勝手に他所のクラスに従属したことにされるわけにはいかないんでな」

「どっちでも構わないわ」

「マ、マリエット様！　ギランがあっさり他人に自分の代理を任せるなんて、妙ですの。あの男……相当な実力者なのでは？」

ミシェルはそう言った後、背後で控えていた生徒達の方へと戻って剣を受け取り、それを俺の方へと投げてきた。

俺の足許に、剣が転がる。古ぼけた、短い剣だった。刃は錆びついているばかりか、部分的に削られたように薄くなっている。

「へっ、平民の貴方には、その剣がお似合いですの！」

マリエットはミシェルを振り返り、やや彼女を責めるように睨む。

「マリエット様……あの男、不気味です。ここは、マーガレット侯爵家の子女として、万が一でも負けるわけにはいきませんの。無礼は後で、どのような形でも罰をお受けしますの」

無礼とは、無論俺に対してではなく、マリエットに言っているのだ。この行為は、俺がまともな剣を手にしていれば、マリエットが勝つのは厳しいかもしれないと、そう口にしているのに等しい。

マリエットはやや逡巡したが、俺へと剣を向けてきた。

「どうするかしら、アインとやら。……こちらには、人質もいることを忘れないことね。搦め手で不利になったとき抵抗できないのなら、とっとと〈Cクラス〉に従属しておくことよ」

「俺は構わない」

俺は古びた短剣を拾い上げ、マリエットへと向けた。

「ま、それでどうしようもないっていうのなら、別に逃げたって構わないわ。今回はルルリアも解放してあげる。でも、今後の身の振り方を考え直しておくことね。そんな覚悟で下級貴族ばかりの〈Eクラス〉が、クラスの得点対抗を乗り切ろうなんて、甘いってことを覚えておきなさ……なんですって？」

「この剣で構わない。そう言ったんだ。そろそろ昼の食事時だ、すぐに終わらせよう」

9

「ば、馬鹿にしてるの？　そんな剣で、本気で私に勝てると思ってるの？」

「馬鹿にしているも何も、マリエット、お前達の提案したことだ。この条件で勝てないのなら、大貴族の庇護なしでこの学院でやっていくのは不可能だとな」

マリエットはこちらの真意を量りかねているらしく、怪訝な様子で俺を見ていた。

「マリエット様！　向こうが来るのなら、叩きのめしてやりますの！　マリエット様が勝ったという事実さえあれば、私が負けたことくらい、大した噂にはならないはずですの！」

マリエットはミシェルの言葉を聞き、複雑な表情で小さく頷いた。

「いいわ！　やってみなさい、その思い上がり、へし折ってくれるわ」

マリエットは軽く剣を振るい、構え直す。桃色の輝きを放つ刃だった。

「アイン、一応気を付けろよ。あの刃、どうやら随分な業物だ。俺の最大の一撃をお見舞いして、まったく破損する感触がなかった。角度もよかったから、生半可な剣なら、弾いたときにぶっ壊せてたはずだ」

ギランはマリエットの刃を見て、そう口にした。マリエットは小さく鼻で笑った。

「桃源石の刃、〈百花繚乱《ひゃっかりょうらん》〉……マーガレット侯爵家に伝わる名剣よ。そう簡単に破損したら困るわ」

桃源石……聞いたことがある。古い財宝に用いられていることがある鉱石だが、どこが出自のものか、全く見当が付いていないのだという。

過去に自然から採掘された記録がない。世界のどこかにある秘境……自然に覆われた煌びやかな地より桃源石が採掘されるのだと、そう言い伝えられている。

「甚振《いたぶ》って刃向かえないようにしておくには絶好の機会だけど……今回は、すぐに終わらせてあげるわ」

「戦う前に、一つ言っておきたいことがある」

「何……？　条件でも付け加えてほしいの？」

「マーガレット侯爵家は知らないが、お前はあまり搦め手に向いていない。家に拘るのは止めておけ」

「な、何ですって！」

マリエットが表情を歪める。

「あまりに真面目過ぎる。搦め手に拘っている割りには、それを負い目に感じているから、ここぞという場面で詰めが甘い。クラスぐるみでギランの対策を練られる指揮能力があるなら、もっと正攻法で戦う準備をした方がいいんじゃないか？」

俺が〈幻龍騎士〉として戦ってきた相手は、一切の倫理感を持ち合わせていないような奴らばかりだった。同じ貴族であるエッカルトと比べたって、奴の悪辣さにマリエットは遥かに及ばない。

エッカルトを評価する気はないが、どこからでも喰らい付いてくるような、見苦しいまでの仄暗い執念があった。

マリエットにそれはない。マリエットが当主になったとしても、エッカルトと同じ土俵でぶつかれば、間違いなく彼に潰されるだろう。徹底できないなら、最初からやらない方がいい。

「ば、馬鹿にしてるの!? 私はこの手腕で、〈Cクラス〉を短期間の内に支配したのよ！」

「向いていないと言っている。それだけ指導できる能力があるのなら、遅かれ早かれ〈Cクラス〉のトップに立っていただろう。なまじ余計な手を使ったがために、動き辛そうに見えるが」

マリエットは眉間に皺を寄せ、剣を持つ手を伸ばし、改めて刃を俺へと突き付ける。これから斬り掛かる、そういう意思表明だった。

「怒りに駆られていても不意打ちはできない性分らしい」

マリエットが歯を噛み締め、床を蹴って俺へと飛んでくる。

「何も背負っていない平民らしい言葉ね！ 貴族がただで偉そうにしていると思っているの？ 私達貴族は、多くの権利を得ると同時に、義務を負うの！ どんな手を使ってだって、敗北は許されていないのよ！」

マリエットの振るう刃を俺は避ける。

こっちの剣はオンボロであるため、下手に防ぐこともできない。〈百花繚乱《ひゃっかりょうらん》〉の一太刀を受ければ、一溜まりもない。

俺は常に、マリエットとの距離を維持し、左右へ、後ろへ、前へと動き回る。

「う、嘘ですの……。あんな、何手も、マリエット様の剣を躱し続けるなんて……な、何が起きてますの……？」

「馬鹿が！　ウチのアインを舐めて、大恥晒したな」

ミシェルの言葉を、ギランが嘲笑う。ミシェルはムッとした表情でギランを睨んでいた。

「なっ、なんで、なんで当たらないのよ……！」

マリエットは力ではギランに劣るが、速さではギラン以上か。

実力は互角くらいだろうが、勝負運ではギランが勝る。ギランは戦いの中で、実力以上の力を出せるタイプだ。おまけに、ギランには〈羅刹鎧《らせつよろい》〉がある。

ギランは慢心しやすいが、マリエットは慎重なので、そう単純な比較もできないが。それに、マリエットも魔技を持っている様子だった。俺に刃が届かないのを口では嘆きながら、虎視眈々と好機を窺っている。

「……ミシェルの勘通りだったわ。まさか、こんな化け物がいたなんて。でも、この勝負を引き受けたのが運の尽きよ。こんな不利な局面で、壁際に追い詰められてくれるなんてね！　〈魔獣《まじゅう》爪《そう》〉！」

マリエットは剣を素早く片手持ちに切り替え、空いた手にマナを纏った。マナの輝きが、魔物の爪のように鋭く伸びる。

「こんな学院如きの諍いで見せることになるとは思わなかったけど……貴方には必要そうね！　絶技〈月《つき》に叢雲《むらくも》〉！」

右から〈百花繚乱《ひやっかりょうらん》〉の斬撃が、左から〈魔獣爪《まじゅうそう》〉の爪撃が飛来してくる。

両者とも、意図を以て互いの隙を潰すように変化している。右手と左手で違う文章を綴っているようなものだ。相当な修練を要する。

これなら位置取りで有利に立ちさえすれば、実力差のある相手にでも届き得るだろう。

「アッ、アイン、その技、普通じゃねえぞ！」

ギランも遠巻きながらに〈月《つき》に叢雲《むらくも》〉の威力を察したらしく、先程までの余裕を崩してそう声を上げた。

俺は身体を反らして刃を躱す。

「もう逃げられないわよ！」

マリエットの放った〈魔獣爪《まじゅうそう》〉を、親指と人差し指で挟んだ。

「なっ……！」

威力があるのは、マナの爪の先端だけだ。上下から挟んでしまえば、ただの素手と大きな違いはない。手首を取っても指を曲げて攻撃される恐れがあるが、〈魔獣爪《まじゅうそう》〉自体を止めればそれもできない。

「ルルリアの誘拐なんて派手な真似をしたのは、待ち惚《ぼう》けを喰ったことに過剰な報復をしなければ舐められると思ったんだろう。だが、その上でこっちが遅れても、ルルリアに手を出さなかったことには感謝する。俺も無暗に負傷させる真似はしない」

相手を負傷させせず、かつ一番わかりやすい勝敗の付け方……。それは相手の剣を奪うことだ。

俺は、古びた剣にマナを流し込む。魔技〈装魔《そうま》〉だ。マナを送り込めば、棒切れであろうと強度を補い、武器にすることができる。

「はっ、放しなさい、この……！」

マリエットは指を抜くことに失敗し、逆の手で剣を掲げる。

だが、〈百花繚乱《ひやっかりょうらん》〉はギランの剣程の長さはないにしても、この間合いだと、俺に渡された古い短剣の方が遥かに扱いやすい。

俺は横一閃に振るい、マリエットの剣を弾き飛ばした。片手で支え切れるわけがない。〈百花繚《ひやっかりょう》乱《らん》〉は廊下を転がり、遠くへ飛んでいった。

「う、嘘……どうしてあんなオンボロで、〈百花繚乱《ひやっかりょうらん》〉を……？」

マリエットは呆然と口を開け、床の上に膝を突いた。俺は短剣の柄を、マリエットへ向ける。

「勝負は終わりでいいな、マリエット。これを最後にして、あまり盤外戦術に頼るのは止めておけ。最後の技はいい技だった。簡単に習得できるものじゃない。だが、邪道に頼れば剣が鈍るぞ」

マリエットは恐る恐ると、俺から手渡された短剣を受け取る。その後、状況を思い出したように、顔を赤くして俺を睨み付けた。

「さっ、さぞ、いい気分なことでしょうね！　私を一方的に負かして、上から目線で説教だなんて！」

「別に俺も、お前を気遣って裏工作ばかりに熱心になるなと言ってるわけじゃない。俺は、この学院で楽しくやっていきたいと思っている。あまりこういう真似をされると困る、お互いのためだ。家のやり方より、自分が後悔しないようにやれ」

俺も、だからこの騎士学院に来た。それについて、一切後悔していることはない。たとえいつ退学になったとしても、ここでの生活は、ずっと俺の中では想い出として残るだろう。

「自分が、後悔しないように……」

マリエットはそう呟くと溜め息を吐き、俺に背を向けて立ち上がった。

「……今日は、引き下がってあげるわ。でも、これで勝ったと思わないことね。〈Eクラス〉が私達のところまで上ってきたときには、正々堂々、叩き潰してやるわ」

マリエットは力なく、そう口にした。だが、どこか憑き物が落ちたようにも俺には思えた。

「貴方達、ルルリアを解放しなさい。とっとと戻るわよ」

「マ、マリエット様！　その、マ、マーガレット侯爵家の……！」

ミシェルが真っ青な顔で、マリエットへと駆け寄ってきた。

「……騒々しいわね、ミシェル。負けたものは仕方ないわ。少し、疲れたの。大きな声を出さないで。それに……これまで散々付き合わせて悪いけれど、あまり家のことに固執するのは、もう止めようと思うの」

マリエットはそう言いながら顔を上げ……ミシェルの抱えているものを見て、顔を引き攣らせた。

「マーガレット侯爵家の〈百花繚乱《ひゃっかりょうらん》〉が真っ二つですの！　大事な宝剣ですのに！」

マリエットは大きく口を開け、啞然とした表情で二つに折れた〈百花繚乱《ひゃっかりょうらん》〉を見る。

「嘘だろ、なんでだ!?　マーガレット侯爵家の宝剣が折れたのに、あっちのボロ短剣はピンピンしてるぞ!?」

「ミ、ミシェルさん、あれどこから持ってきた？　実は名剣なのか!?」

「それどころじゃありませんの！」

マリエットの取り巻き達が大騒ぎを始めていた。

俺は口を手で押さえる。〈装魔〉の強化をやり過ぎたらしい。桃源石を過信しすぎた。

「だ、大丈夫よ、私もう、マーガレット侯爵家に、必要以上に拘るのは、拘るのは……」

マリエットはそう二度呟いた後、泡を吹いて床へと倒れた。

「マリエット様！　マリエット様――！」

ミシェルが泣きながらマリエットの身体を抱き起した。

10

ルルリア誘拐騒動から一週間近くが経過した。

昼休憩、俺はいつもの四人で揃って食堂へと向かっていた。通路の途中で、マリエットとその取り巻きのミシェルが目についた。

マリエットは壁に凭《もた》れ掛かって退屈そうにしていたが、俺達を見つけると一瞬顔色を輝かせた後、素早く首を振り、普段のしかめっ面へと変わった。

前に出て、俺達の進路を妨害する。

「おい、どうするアイン？　また面倒そうな奴がいるが」

ギランは鬱陶しそうに俺へと尋ねる。

「ど、どうしましょう！　きっと、〈百花繚乱《ひゃっかりょうらん》〉を折ったことを怒ってるんですわ！　ギランがあんな馬鹿力でぶっ叩くから！」

「ばっ、馬鹿かヘレーナ！　俺じゃねえ、アインがやったんだよ！　腐っても名剣だ、俺がちょっと叩いたくらいで壊れるわけねえだろ！」

「アインー！　ギランが責任を押し付けて逃れようとしていますわよ！　こいつを突き出して見逃してもらいましょう！」

またヘレーナが馬鹿なことを口にして、ギランに首を絞められていた。

ヘレーナは苦しげにバンバンと壁を叩いている。

俺はルルリアと顔を見合わせた後、ギラン達を置いて、マリエットの許へと向かうことにした。

マリエットは何か話がある様子だ。

「フン、御機嫌よう、アイン、ルルリア。貴方達のせいで、宝剣は壊されるわ、私達に妙な噂は立つわ、散々よ」

マリエットは顔を合わせるなり、攻撃的な調子であった。

噂については、俺も少し〈Eクラス〉で耳にした。マリエットがギランをどうにか傘下に引き込もうとしていたのは、〈Eクラス〉内では全員が知っていることだ。

この間の〈太陽神の日〉に俺達とマリエットの間で衝突があり、マリエットが結局引き下がったらしいというのは、ぽつぽつと噂になっているようだった。恐らく、多かれ少なかれ、他のクラスにもこうした話は流れていることだろう。

マリエットは面子を潰されたと、そう感じているのかもしれない。

「ですが、それは貴方達が一方的に攻撃を仕掛けてきたのが発端のはずです！　宝剣については、アインさんにだってそこまで非はないはずです！　一方的に戦いを強要された結果なんですから！」

ルルリアはぎゅっと拳を握り、マリエットへとそう言った。ミシェルがむっと表情を歪める。

「非、非はないと言いましたの!?　〈百《ひゃっ》花《か》繚乱《りょうらん》〉が、いくらするものだと思っているんですの！　確かに貴方方の非は薄いとは言えますの！　それでも、マーガレット侯爵家の家宝を破壊しておいてその態度はありませんの！　平民風情が、よくぞそんな口を利けましたの！」

ミシェルは歯を剝いてルルリアへと言い返す。

「怒ってくれるのは嬉しいが、落ち着いてくれ、ルルリア。話があって待っていたんだろう、まずはそれを聞こう」

「ミシェル、引きなさい。少し皮肉を口にしたくなっただけよ。武器を壊されるのは、使い手の技量の問題。私が剣士として未熟だっただけよ」

俺がルルリアを宥めていたとき、丁度マリエットもミシェルを止めていた。向こうも喧嘩をしに来たわけではないらしいと知り、俺も少しほっとした。

「でっ、ですけど、マリエット様！　あの〈百花繚乱《ひゃっかりょうらん》〉……数千万ゴールドの値がつく代物でしたのに！　そもそも元はといえば、約束してからすっぽかした上に、悪びれる様子も見せずに開き直ってマリエット様の面子を潰した、あの凶狼貴族が悪いんですの！」

……金額を聞き、俺は額から冷や汗が垂れたのを感じた。まさかそこまで高額だとは思っていなかった。

ルルリアも「す、数千万ゴールド……？」と、真っ青な顔で訊き返している。何千万なのかはわからないが、下手したら平民が人生を二周送っても稼げない額だ。

ギランのすっぽかしについても、彼の『悪巧みのために近づいてきた奴との約束を破っても責められる謂《いわ》れはない』という主張もわかるのだ。ただ、マリエットがルルリア誘拐を企てたのは、マーガレット侯爵家の面子を潰されたため、何らかの報復行為を取らなければ格好がつかなかった、ということもあるだろう。

「……それはすまないことをした。どうにか補塡する術がないか、今度親代わりの人に相談してみる。ギランにも、マリエットの顔を立てるために、形だけでも謝罪ができないか頼んでみよう」

「教会の司祭に、数千万ゴールドなんて工面できるわけないでしょ……。別にいいわよ、これ以上、私に恥を掻かせないで」

ネティア枢機卿が自分の采配で動かせる資金は、アディア王国の総資金の半分の額に匹敵すると聞いたことがある。俺もこんな形で頼りたくはないが、一億ゴールドくらいならば何も訊かずに貸してくれるだろう。

「そんなことはどうでもいいの。〈Aクラス〉の生徒が、最近、貴方達劣等クラスについて調べているみたいよ」

「〈Aクラス〉が……？」

王立レーダンテ騎士学院の〈Aクラス〉は、そこに組み分けされただけで大きな一つの名誉である。そんな言葉をよく学院内で耳にする。

もしもクラス点順位で〈Aクラス〉相手に順位を覆すことに成功すれば一生残る名誉となるだろう。だが、クラス点順位が実施されて以降、一度も〈Aクラス〉の順位が変わったことはない。

何せ〈Aクラス〉は、王国の重鎮達が集うクラスなのだ。公爵家や王家、他国の王家の子息などが集まっているという。実力も一流揃いだが、それ以上に教師達が、彼らの成績に疑問をはさむことができないのだ。

「何故、連中が〈Eクラス〉を狙う？」

俺達が〈Cクラス〉のマリエットを撃退したと知っても、〈Aクラス〉の生徒は気に留めないだろうと思っていた。

「何が気に掛かったのかは知らないけれど、私達のクラスにも、〈Aクラス〉の生徒が貴方達について尋ねてきたのよ。誤魔化して逆に探ってみたけど、どうやら〈Aクラス〉の頭である〈狂王子カプリス〉が、貴方達に興味を抱いているらしいわ」

「なんだ、その男は……？」

「知らないの？　カプリス・アディア・カレストレア。この国の第三王子にして、剣に愛された本物の天才よ。入学試験の歴代高得点を大幅に塗り替えて、ほぼ満点で入学した男でもあるわ。何せ、試験官の教師に重傷を負わせたそうよ」

「そんな男がいるのか……」

俺の言葉に、ルルリアが怪訝げな表情を送ってくる。

「アインさん、似たようなことしてませんでしたか……？」

「私も直接お会いしたことはないけれど、剣の才の代わりに人格に恵まれなかったと、王宮内でさえそう嘆かれていると聞いたことがあるわ。機嫌を損ねて城壁を崩しただとか、王宮に招かれた琴の奏者を音色が気に喰わなかったからと斬り殺しかけただなんて逸話もあるそうよ。同じ人間だと思っちゃ駄目ね、化け物だと思いなさい」

カプリス・アディア・カレストレア……。この学院の頂点にして、かなり危険な男らしい。

「せいぜい目を付けられないようにすることね。余計なことをしそうな、あの凶犬にもよく言っておきなさい。無礼を働いたら、学院内でだって斬り殺されかねないわよ」

マリエットはそれだけ言うと、俺達に背を向けて歩き始めた。ミシェルは大慌てでその後を追い掛けていく。

「……えっと、何の用事かと少し身構えましたけど、ただの忠告でしたね」

ルルリアは毒気を抜かれたらしく、ぽつりとそう呟いた。

「そうだな」

「……何と言いますか、あの人、敵対してなかったら優しいですね。警戒して棘が出ていたように思うので、次に会ったらちょっと謝ろうと思います」

「そうだな……」

第二話　狂王子カプリス

1

放課後、俺はギランと並び、学院を出て寮棟へと向かっていた。俺は悪寒を覚え、ついその場に立ち止まった。

「どうしたァ、アイン？　俺らのところは食堂狭いんだから、チンタラしてたら埋まっちまうぞ」

ギランの問いに答えるより先に、俺はギランの身体を突き飛ばした。

直後、ギランの立っていた位置に、一人の男が落下してきた。衝撃で地面に罅《ひび》が入る。

俺は校舎を見上げる。窓が開いており、生徒達が唖然とした顔で俺達を見ている。どうやら三階からここまで飛び降りてきたらしい。

「ほう、なるべく音を立てないように〈軽魔《けいま》〉を駆使して来たのだが、よくぞ躱したものだ。やはりそちらが本命だったたか、アインとやら」

男は立ち上がりながら、ゆらりと俺を振り返る。相手は俺のことを知っているようだった。

紫色の長髪をした、色白の男だった。制服を派手に着崩しており、胸元がはだけている。ぎょろぎょろと動く目の下には、濃い隈があった。

「な、何事だ……？」

事態が呑み込めていないギランが、ゆっくりと立ち上がろうとする。

「そのまま地を這っているがいい。余の前で、頭を上げるつもりか？」

男の声に、ギランが表情を歪める。だが、ギランは相手を見上げ、顔を強張らせた。

「お前……！　カプリスか！」

「ギルフォード家如きが、余を呼び捨てにするのか？　不快だ」

カプリスが大きな口を開け、攻撃的な笑みを浮かべる。

態度で察していたが、この男がアディア王国第三王子、カプリス・アディア・カレストレアらしい。噂通り、いや、噂以上の危険人物だった。

「カプリス様は、俺達に何か用があるのか？」

「劣等クラスに、決闘で〈銅龍騎士〉に勝った男がいると噂に聞いてな。話に尾鰭《おひれ》がついただけだろうと思っていたが、どうやらその男は、〈Cクラス〉の干渉を撥ね除けたとも聞く。そのことについて、興味があって来たまでだ」

カプリスは剣を抜き、俺へと向けた。

どうやらエッカルトの一件について、他の生徒よりも情報を持っているようだった。

あのことは侯爵家の恥でもあるので、下手に噂をするのは生徒達も嫌がってくれるはずだ、という話であった。だが、それも、王族であるカプリスには通用しない。

元々、貴族の事情にも明るいはずだ。事態を朧気ながらに摑めていたとしても、おかしくはない。

「余と打ち合え。噂が本当ならば、余の暇潰し相手くらいにはなるかもしれんからな」

俺は周囲へ目を走らせた。

放課後すぐの学院外である。当然、奇異の目が俺達に降り注いでいた。

「早く抜け、余の命令が聞けんのか？」

「悪いが、ただの噂だ。俺達は失礼させてもらう」

俺がカプリスへと頭を下げようとしたとき、カプリスは無言で剣を抜き、片手で素早く斬り掛かってきた。

一切の躊躇いがなかった。ぎりぎりで避けて、有耶無耶のまま逃れるしかない。

そう考えて背後へと俺が身体を傾けたとき、ギランの剣が間に分け入った。カプリスの剣を、ギランの剣が止めた。

「テメェ、頭おかしいのか！　急に飛び降りてきたかと思ったら、刃振り回しやがって！　王家だからって許されねぇことがあるぞ！」

「貴様のような雑魚ではつまらん、下がっていろ」

カプリスが剣を振るう手に力を込めた。ギランが後方へ弾き飛ばされた。

「ガァッ！　俺が、片手相手に力負けした……？」

ギランは地面を転がり、膝を突いた姿勢を取り、カプリスを睨む。対するカプリスは、ギランを片手で弾き飛ばしたことなど気にも留めていないようだった。ギランへは目も向けていない。

「ギルフォード家、それ以上来るならば腕を斬り飛ばすぞ。余の戯れを邪魔するな」

「テメェ……！」

ギランは剣を構えて立ち上がろうとして、背後から現れたルルリアとヘレーナに身体を押さえられた。

「落ち着いてください、ギランさん！」

「相手は王族ですわ！　下手なことをしたら、どうなるかわかったものじゃありませんわよ！」

彼女達はギランを説得に掛かっていた。

「あそこまで馬鹿にされたまま、引き下がれるか！　魔技《まぎ》を使えば、力じゃ負けねえ！」

カプリスは騒ぐギラン達へは一切視線を向けない。全く関心がない様子だった。

「貴様なのだろう、アイン。余の勘は、ほとんど外れたことがない。劣等クラスの四人のどいつかだとわかった後、何となく貴様なのだろうと直感があった。そしてついさっきも、余の不意打ちに対応してみせた。何を隠す？　〈銅龍騎士〉に勝ったと噂の貴様がどの程度なのか、少し見てみたいというだけだ」

ここは人目があり過ぎるし、カプリスもきっと、ただの力試しでは済まさないだろう。最初の奇襲といい、さっきの斬撃といい、まともな理性がある人物だとはとても思えなかった。

「余を傷つければ後が怖いとでも思っているのか？　無用な心配だ。余はそんなことで腹を立てるような、狭量な男ではない。それに、余は反応速度と〈魔循《まじゅん》〉に生まれつき長けていてな？　物心ついてから一度として、傷一つ負ったことがないのだよ」

カプリスは不気味な笑みを浮かべ、剣を構える。

「まぁ、もっとも……勢い余って貴様を殺さんかということに関しては、保証しかねる。さあ、命を懸けて、余を少しは満足させてみるがいい！」

カプリスがそう高らかに宣言したとき、三人の教師が俺とカプリスの間に飛び込んできた。内一人はトーマスであった。

「王子、お戯れはその程度にしていただけませんか？　学院の敷地内で堂々と問題行動を起こされては、こちらとしても堪ったものじゃない」

「止めたいのならば、一人ずつ来たらどうか？　余に剣技を教示してもらうか、教師らしくな」

この期に及んで、カプリスは一切態度を改めない。トーマスもドン引きしている様子だった。

「カッ、カプリス様！　どうか、その程度に……！」

銀髪の女子生徒が大慌てで走ってきた。

「……チッ、シーケルが追い付いたか。振り切るためにわざわざ窓から跳んだというのに」

「すみません先生方、カプリス様が、ご迷惑を……！」

シーケルと呼ばれた女子生徒は、ぺこぺこと教師達へと頭を下げる。俺とギランを見るなり、俺達にも頭を下げてきた。

「すみません、〈Eクラス〉の方々。私の目が届かず、王子がご迷惑を……」

「……止めよ。公爵令嬢が平民に頭を下げるな、恥だ。仮にも余の付き人として来ているのだぞ。この余にも恥を掻かせる気か？」

シーケルはカプリスを無視し、頭を下げ続けている。カプリスは顔に不快感を露にし、剣を納めた。

「もうよい、萎えたわ。貴様ら、見世物ではないぞ、退け！」

カプリスは身を翻し、〈Aクラス〉の寮棟へと向かっていく。

「すみません、カプリス様には、これが一番効くんです」

シーケルは俺達と教師陣にぺこぺこと頭を下げた後、カプリスの後を追い掛けて慌ただしく走っていった。

教師達も大分対応に悩んでいたらしく、去っていくカプリスを前に、安堵の息を零していた。嵐のような男だった。

しかし、今回は凌げたが……これでカプリスが諦めたとも思えなかった。カプリスは離れたところからこちらを振り返り、ぎょろりとした目で睨んできていた。

シーケルがまともで助かったが、それでもカプリスを抑え込み続けられるとは思えない。

ギランが歯を食い縛り、地面を拳で叩いた。皮膚が破れ、血が滲んでいた。

「……アイン、また修行を付けてくれ」

「それは構わないが……」

ギランの目線は、カプリスを睨んでいた。片手で往《い》なされたばかりか、全く眼中にもないという態度を取られたのが、ギランのプライドを深く傷つけたらしい。

2

〈太陽神の日〉、俺達はいつもの四人でレーダンテ地下迷宮へと入ることにした。

学院迷宮への講義外の立ち入りは担任教師の許可が必要となる。特に〈Eクラス〉は毎年許可基準が厳しいという話だったが、個人成績がついに基準を満たしたことと、担任教師であるトーマスが俺達に目を掛けてくれていたことで、ようやく許可を得ることができたのだ。

学院迷宮に挑むことにした理由は四人共様々である。俺はギランに誘われたからという面もあるが、迷宮演習の際の複数人で一つのことに取り組んでいる空気が好きだった、というのが大きい。

「ハッ！　講義の実技じゃ、物足りねぇからなァ！　ようやく騎士候補生らしいまともな特訓ができるってもんだぜ」

ギランは特訓のためだ。

対人と対魔物では戦い方も異なってくる。騎士は任務で迷宮に潜ることもある。

「ほ、本当に魔石の報酬、四等分でいいんですか？　確かに通常だとそれが一番揉めないと思うんですけど、アインさんとギランさんの損が大きくなってしまいそうで……！」

ルルリアは遠慮がちに、されどやや興奮した様子でそう口にしていた。

ルルリアの目的は学院迷宮の魔石の報酬である。魔物の心臓である魔石は学院が買い取ってくれるのだ。

ルルリアは家にあまり余裕がないらしい。王立レーダンテ騎士学院は、合格さえできれば学費はかなり良心的である。加えてルルリアは、入学費用については領主より工面してもらっているそうだ。

ただ、当然、必要以上の額を強請《ねだ》るわけにはいかない。都市に遊びに行けるようなお小遣いなどあるわけがない。

そのため〈太陽神の日〉も学院の敷地を出るようなことはしなかったが、学院迷宮の魔石報酬が得られれば、都市へ遊びに向かうことができる、というわけだ。

「うう……休みの日くらい、ゆっくりしたかったですわ……。平日の講義でへとへとなのに」

……ヘレーナはあまり乗り気ではなさそうだった。

だったら来なければいいのにとは思うのだが、どうやらルルリアを都市に誘っているのがそもそもヘレーナだったらしい。ルルリアが学院迷宮に潜る理由の発端であるため、自分だけ寮で休んでいるのも気が安まらないのだろう。

「ルルリア……やっぱり寮に帰らない？　遊びに行くにも、一万ゴールドくらい奢ってあげますわよ」

「駄目です！　友達の間でそういう金銭の貸し借りを作るのはよくないって、母さんから厳しく教わりましたから！」

ヘレーナはルルリアの肩を揺さぶって泣きついていたが、ぴしゃりと撥ね除けられていた。

学院迷宮の入口前にある受付で、俺達はトーマスよりもらった許可証と学生証を提示した。

受付には眼鏡を掛けた、二十歳前後の女の人がいた。教員ではなく、単に迷宮の管理を任されている人だ。

「はあ、〈Eクラス〉が講義外の迷宮探索ですか……」

何か言いたげな様子だった。

「担任の許可は得ている。認められないのか？」

「……別に認めないわけではありませんし、そういう権限はありませんが。まあ、下手打って大怪我をしないようにお気を付けて。無茶をして重傷を負えば、場合によってはクラス点への減点対象にもなりますので。この時季は、燥《はしゃ》ぎすぎて大怪我をする生徒が多いですから」

棘のある言い方だった。

「あァ？　馬鹿にしてやがるのか？」

ギランが凄む。ヘレーナはギランの腕を引いて止めていた。

「止めておきましょうよ、ほら。手続きはこれだけですわよね？　早く行きますわよ」

「チッ」

「……はぁ、お遊び気分で来られると困るんですよね。特に〈Eクラス〉の生徒は、わざわざ休日に迷宮に入るより、もっとやるべきことがあるはずなのに」

受付の人が、小声で嫌みを口にした。

「やっぱり喧嘩売ってやがるのかテメェ！」

一度は引こうとしたギランが表情を歪め、再び食って掛かる。

「ギラン、ほら行くぞ」

俺が声を掛けるとギランはついて来たが、時折受付の人を振り返っては、目を細めて睨みつけていた。

「……やっぱりギランさんって、なんとなく犬っぽいところがありますよね。売られた喧嘩は全部買うところとか、アインさんの言うことには大人しく従うところとか」

ルルリアが苦笑しながら、小声で俺に囁く。

「そうか？」

「おい聞こえてんぞルルリァ！　テメェ、俺のことをそんなふうに見てやがったのかァ！」

「すっ、すいません！」

ルルリアに怒鳴っているギランを見て、確かに少し犬っぽいかもしれないと思った。

3

俺達は学院迷宮の通路の中を進んでいた。

「一番よく出没する小鬼級《レベル2》の魔物の魔石は、この学院では五千ゴールド前後で引き取ってもらえるそうですわね。質や、魔石の属性にもよるでしょうけど」

「そっ、そんなに高いんですか!?　じゃっ、じゃあ、八体狩ったら、一人当たり一万ゴールドになりますね！　そんなにあったら街で豪遊できるじゃないですか！」

ヘレーナの魔石の話に、ルルリアが食いついていた。

「……一万ゴールドで豪遊はできないんじゃないかしら？　ちょっと値の張る場所で食事をすれば、それだけでなくなる額ですわよ」

「なっ、何を言っているんですかヘレーナさん！　とんでもない大金ですよ！　私、一万ゴールド金貨なんて持ったことありませんもん！　少し頑張ったら一ヵ月分くらいの食費にはなります！」

「それだと一日に三百ゴールドちょっとしか使えませんわよ!?　貴方、毎日林檎三つで食事を済ませるつもりなの？」

仮にも貴族であるヘレーナと、平民であるルルリアの金銭感覚の差が如実に出ていた。

しかし、ここまで必死なルルリアは入学試験のとき以来だ。なんだか微笑ましくなってくる。

本気になれるものがあるというのは、本当に素晴らしいことだと俺は思う。

俺は〈幻龍騎士〉の間、ただ無心に与えられた任務を熟《こな》すことだけを考えていた。それによって救われていた人もいたはずだし、やり甲斐が全くなかったというわけではない。

だが、そうした日々に疑問を感じたのが、ネティア枢機卿へ俺の学院入学を認めてもらえるようお願いした理由の一つでもあった。

今の学院生活を大切にしたいとは思っているが、俺にはそれ以上の目的というものがない。学院でどのような成績を修めても、結局はひっそりと消息を絶ち、〈幻龍騎士〉に戻るだけなのだから。

だからこそ、熱意の伴った目的を持つルルリアの今の姿勢には、憧れに近い感情があった。

「ルルリアはお金が大好きなんだな」

「……アイン、感慨深げに言っていますけれど、貴方それ、なかなか身も蓋もない言い方をしてらっしゃるわよ？」

ヘレーナが目を細めて俺を睨み付ける。

しかし、小鬼級《レベル2》の魔物の魔石を五千ゴールドで引き取ってもらえるのか。

勿論、魔石回収とその運搬にも手間や時間が掛かる。だが、倒した分だけ金銭をもらえると思うと、なんだか達成感があって面白そうだ。

「ヘレーナ、しっかり調べていたんだな。中鬼級《レベル3》だと、この学院ではどのくらいで引き取ってもらえるんだ？」

「三万ゴールドくらいじゃなかったかしら？」

「三万ゴールドですか!?　そ、それって、一体に付きですよね!?　じゃ、じゃあもう、毎日迷宮に潜ったら大金持ちになれるじゃないですか！」

　ルルリアがかつてない食いつき振りだった。ヘレーナが若干引いている。

「……夢はありますけれど、でも、中鬼級《レベル3》と遭遇するなんて、考えたくもありませんわね……。アインやギランならともかく、私達にはまだ早いですわ。地下三階層から出没するそうだから、二階層で引き返しましょう。まだ地下三階層以降は、私達には早くってよ」

「で、でも、三万ゴールドですよ？　そんな大金実家に仕送りしたら、父さんと母さんもしばらくお腹いっぱい食べられるはずです！　命懸けで挑むだけの理由のある対価です！」

「私は三万ゴールドのために死ぬのはごめんですわよ!?」

　ギランがやや殺気立った様子で二人を睨む。

「なあアイン、あいつら、金の話しかしてねぇぞ」

「ギランは何階まで潜ろうと思ってるんだ？」

「地下三階層くらいまで見ておきてぇと思ってたんだが、ヘレーナがいるからなァ……。移動時間も掛かるだろうし、二階層までが無難か。受付の、あの感じの悪い野郎の警告に従ってるみたいで癪《しゃく》だがな」

燥いで大怪我を負う生徒がこの時季は多い、という話だったか。

「この学院迷宮、地下五階層まであるんだったよな」

「正確には、騎士団が踏み込んで調査できたのが地下五階層まで、だがな。もっと下があるんじゃねぇか？　生徒の最高記録が、地下四階層までだったか。在学中に、俺らの手で塗り替えてぇもんだな」

「最高記録が地下四階層まで、か……」

ということは、地下四階層まで踏み込むくらいならば、この学院の生徒の実力の範疇というわけだ。その範囲であれば多少好きにやっても、目立ちすぎてフェルゼンやトーマス、ネティア枢機卿辺りからお叱りを受けることはないだろう。

俺は剣を抜き、軽く振るった。

「ルルリアもギランも、目的があるのは素晴らしいことだと思う。俺も全力で力を貸そう。地下五階層はまたおいおい考えるとして、今日はとりあえず四階層まで潜って魔石を集めよう」

基本的に迷宮は、下の階層の方が上質の高値で売れる魔石が手に入るという。

そして、今回の迷宮探索で重要になってくるのは時間だ。通常の探索であれば迷宮内で眠れば日を跨《また》いだ探索も可能だが、明日には授業もあるし、夜までに寮内へ戻らなければ個人成績やクラス点へのペナルティもある。最悪、停学による寮内謹慎を受ける可能性だってある。

「きょ、今日のアイン、妙にやる気ですわね……」

「それで行きましょうアインさん！　総額八万ゴールドを目標にしましょう！」

ルルリアがぐっとガッツポーズを取った。

4

俺達は四人で並び、迷宮の通路を駆け抜けていた。以前の迷宮演習のときより、ルルリアの〈魔循〉も安定している。

今回は急いでいるとはいえ、迷宮演習のときのような短期決戦ではない。このペースならば、俺が無理に背を押して急ぐ意味もないだろう。

「これまであまり気づいていなかったが、ルルリアの〈魔循〉の扱いも、かなり成長していたみたいだな」

ルルリアは入学前より領主の伝手で〈魔循〉を扱える人間から手解きを受けてはいたそうだが、あくまで入学のための付け焼き刃だったという話だ。貴族として生まれ、幼少から剣を握ってきた人間相手には大きなハンデとなる。

それに彼女へ指南した人間も、教えることについては専門外だったはずだ。だから学院に入ってから本格的に教えてもらい、この短期間で大きく〈魔循〉の扱いが成長したのだろう。

「〈ファイアスフィア〉！　〈ファイアスフィア〉！」

ルルリアは〈魔循〉の速度を保ちながら、通路先にいたゴブリン達を炎の魔弾で攻撃する。

一体が床に倒れ、もう一体は武器を投げて逃げていく。ルルリアは床に倒れていたゴブリンの首許を、すかさず刃で抉った。

「魔石回収は、この階層では行わないんですよね？　とっとと先へ急ぎましょうか！　ゴールドは待っちゃくれませんから！」

ルルリアは刃を振るって血を飛ばす。前回の迷宮演習の際より頼もしくなっている。

やはり、ルルリアは大きく成長している。友人の成長に喜べるのも、学院の楽しみの一つなのかもしれない。

「……明らかに普段より動きがキレッキレですわ、ルルリア。普段が穏やかだったからあまり考えたこともありませんでしたけれど、随分とお金で苦労していらっしゃったんでしょうね。スラッグの漬物を何度か口にしていたと言っていたくらいですし」

ヘレーナがルルリアの背を眺め、そう呟いた。

「凄まじい執念だなァ……。目的はなんであれ、ああいう奴は強くなるぜ」

ギランが珍しくルルリアを褒めていた。

「どうしたんですか、三人共？　ほら、早く行きましょう！　八万ゴールド目指しましょう、八万ゴールド！」

ルルリアは剣を鞘へと戻し、ぐっと両腕で握り拳を作る。

その後、俺達は無事に巨大な階段を見つけ、地下二階層へと下りることに成功した。

地下二階層も大きくは地下一階層とは変わらなかった。纏まった量の魔物が出てくることが多少増えたが、大きな影響はない。

ゴブリンの上位種であり、ゴブリンより大柄で力の強いホブゴブリンが出没したが、ギランがあっさりと棍棒を剣で弾き、相手を叩き斬った。

「小鬼級《レベル2》の中じゃ最上級って話だったが、大したことねえなァ」

ギランは不敵に笑ってそう口にした。

続く地下三階層では、中鬼級《レベル3》の魔物が現れた。バグベアという、黒い毛むくじゃらで大きな一つ目の鬼であった。鋭い爪を持ち、素早く壁や天井を跳び回る。

「グモッ、モッ、グモォ！」

バグベアの奇怪な笑い声が響く。

「つ、ついに、中鬼級《レベル3》が出ましたわ！　本当にここまで下りてよかったんですの!?　中鬼級《レベル3》の魔物は、一対一で倒せるのはこのレーダンテ騎士学院の生徒の中でも、稀だと言われていますのよ！」

ヘレーナはバグベアへと剣を構える。だが、構えがガチガチに固くなっている。明らかに防御に徹しており、バグベアが飛んできてもまともに戦うつもりなどなさそうであった。

「来ましたね、三万ゴールド！　絶対逃しませんよ！」

ルルリアが息巻く。ヘレーナがぎょっとした顔をルルリアへと向けていた。

「……正直、こんな化け物倒して三万ゴールドなんて、割りに合わないにも程がありますわ。中鬼級《レベル3》の魔物を単騎で倒せたら、それだけで騎士としてやっていける実力があるとまで言われていますのよ。魔石の取り尽くされた迷宮なんて回っても効率が悪いというのは、こういう意味ですのね」

魔石というのは、〈深淵〉の瘴気《しょうき》が結晶化したものである。多くは結晶化と同時に肉体を得て魔物の心臓となるが、小さなものであれば魔物化せずに迷宮に転がっていることもある。

通常、迷宮探索は、魔物に対応しつつ後者のものを集めるのが基本であるらしい。ただ、この学院迷宮では、そのような魔石はとっくの昔に取り尽くされている。ヘレーナの言う効率が悪いとは、そういうことを指して言っているのだろう。

「バァア！」

バグベアは素手で、ルルリアの放った炎の魔弾を掻き消した。その隙を突いてギランが斬り掛かるが、腕で受け止め、逆の手の爪で弾かれていた。

「チッ、腕でさえ叩き斬れねぇとは。後を考えると下手に消耗の激しい魔技は使いたくないんだが、あまり余裕もねぇみたいだな」

「バグベアは、中鬼級《レベル3》の中でも硬い毛皮を持つ魔物ですわ！　どうにか弱点の単眼を狙わないと無理ですわ！」

ヘレーナが声を上げる。

俺はバグベアの前へと滑り込み、耳の辺りを狙って刃を放つ。バグベアの頭部を切断した。単眼が上下で綺麗に分かれ、大量の血が噴き出した。

バグベアの身体から一気に力が抜け、迷宮の床を激しく転がった。

「弱点の、単眼を……単眼……この倒し方だと、ちょっと関係ないですわね……」

ヘレーナが自信なさげな様子でそう口にした。

「……やっぱりアインは規格外だな。マリエットの〈百花繚乱《ひゃっかりょうらん》〉をぶっ壊したときにも思ったが、なんでそんなちゃっちい剣でバグベアの毛皮をあっさり叩き斬れるんだ？」

「ちゃっちい……結構、気に入ってるんだがな……」

魔技〈装魔《そうま》〉で刃を強化しているのは事実だ。そうでなければ、実際刃の方が曲がっているだろう。

ただ、この剣はこの剣でそれなりに扱いやすくて、気に入っていたりする。斬れるものに限界はあるだろうが。

「さすがアインさん！　中鬼級《レベル3》は魔石、取り出しますよね？　三万ゴールドですよ三万ゴールド！　バグベアの魔石一つで、鶏の丸焼きが六つは買えます！」

ルルリアは興奮気味の様子であった。俺は苦笑しながら、倒れたバグベアへと歩み寄った。

「そうだな。バグベアの毛皮は硬いから、俺が解体する」

バグベアを見下ろしたとき、これまで来た通路の方から、風を切るような音が聞こえた。音は小さいが、だからこそ〈軽魔〉での移動の音だとわかった。

……人数は三人、か。

「どうしたアイン？　例の連中か？」

「ああ」

俺は頷いた。

どうにも、俺達以外にもこの学院迷宮に向かっていた人間がいるようなのだ。そして彼らはどうにも、俺達に近づきすぎないようにしつつ追い掛けてきているようだ。最短で下階層へと向かっているため、ルートがかち合うのは珍しくないとは思うのだが……。

こちらから接触を図ることも考えたが、あまり時間的な余裕もない。彼らのために迷宮探索できる時間が減るのも惜しい。普通に考えれば、さほど警戒する理由はないのだが、どうにも不気味なものがあった。

5

「たたっ、たたた、助けてくださいまし！　アイン！　ギラン！　ルルリアァアアア！」

ヘレーナが叫びながらホブゴブリンから逃げていく。ギランが追い掛け、ホブゴブリンの背に刃を突き刺した。そのまま押し倒して背に足を掛け、ギランは刃を引き抜いた。

「こいつで最後だな」

周囲には、他に四体のホブゴブリンの死体と、バグベアの死体が倒れている。今回のバグベアは、ギランが瞼越《まぶた》しにバグベアの眼球を貫いて討伐した。

「はー、はー！　助かりましたわ、ギラン」

「助かったじゃねえ！　ちょっと打ち合ったと思ったら、早々に剣ぶん投げて逃げやがって！　テメェ、ちょっとは努力しやがれ！　足引っ張ってんじゃねえぞ！」

「ひ、ひぃっ！　怒らないでくださいませ！　私だって、移動の〈魔循〉で疲れたんですわ……。足引っ張ってるなんて心外ですわ！　誰が魔石を運んでると思っているのかしら！　私がいなかったら、これを持ち帰ることはできませんのよ！」

ヘレーナは地面に先程投げた魔石の入った包みを拾い上げ、ギランへと掲げる。ギランはヘレーナへ歩み寄り、彼女の耳を摘まみ上げた。

「なんで荷物持ちしてるだけで、お前はそこまで偉そうになれるんだよ！」

「いいっ、痛い痛い痛い！　婚姻前の乙女の耳に傷を付けるつもりですの！　責任を取ってもらいますわよ！」

ギランとヘレーナの様子を苦笑しながら眺めていると、ルルリアが俺の許へと向かってきた。

「アインさん！　このバグベアで、中鬼級《レベル3》の魔石が三つ目ですね！　九万ゴールドですよ九万ゴールド！」

そう、既にルルリアの目標額である、八万ゴールドを上回っていた。

「九万ゴールドもあったら、なんでも買えてしまいますよ！」

「なんでもは言いすぎじゃないか……？」

たとえばマーガレット侯爵家の宝剣〈百花繚乱《ひゃっかりょうらん》〉なら数千万ゴールドの値になる。

「目標階層である地下四階には、今から突入するからな。バグベアの腹を裂いて魔石を取り出したら、早速向かってみよう。地下三階層よりも、ずっと中鬼級《レベル3》の魔物が出やすくなるはずだ」

俺はそう言って、通路先にある大階段へと目を向けた。

ついに地下四階層、学生の最深記録の階層に到達する。俺はバグベアの亡骸に近づき、腹部に刃を向ける。

「ヘレーナ、遊んでいないで魔石の血を拭うための布を持ってきてくれ」

「アッ、アインにはこれが、遊んでいるように見えますの!? ギランに言ってやってくださいまし！ ほら、ギラン！ 飼い主があぁ言っていますわよ！ 痛い痛い痛い！ ちょっとふざけただけじゃないの！ 首は止めて、首は！」

ヘレーナに手伝ってもらい、バグベアより魔石を取り出した。

大きな、紫色の魔石だ。ヘレーナはうっとりとした表情で魔石の輝きを眺めてから、布袋の中へと入れた。

「フフ……こんなに中鬼級《レベル3》の魔石を集めたら、あの受付の方もさぞ驚かれることでしょうね。私達が迷宮に入るのに、随分と反対していらしましたから」

「お前はほとんど魔石運んでるだけだっただろうが……」

ギランがヘレーナを睨み付ける。

ヘレーナは入学当初にはギランへの恐れや遠慮があったが、最近はどんどん誰に対してもいつもの態度を崩さなくなってきた。なんやかやでギランが本気で殴りかかってくるようなことはないだろうと学んだらしい。

「うし、早速行ってみるか！　学生最深記録の、地下四階層！」

ギランが自身の手のひらを拳で叩く。

「あまり奥には進まず、大階段中心に探索しよう。バグベア並みの魔物がゴロゴロと出てくるはずだからな」

地下四階層では、地下三階層では疎《まば》らにしか現れなかった中鬼級《レベル3》の魔物が、複数体で現れるらしい。甘く見て行動すれば、ヘレーナが魔物の毒牙に掛かることも充分想像できる。

「ほ、本当に行くんですの……？　もう充分じゃないの？　ほら、ルルリアもそう思いませんこと？　もう九万ゴールド分もあるんですわよ？」

「せっかくだから行きましょう、ヘレーナさん！　アインさんもギランさんも乗り気ですし！　私、父さん母さんに、美味しいもの食べさせてあげたいんです！」

「う、うう……ルルリアまで……。地下四階層って、探索例が少ないのでしょう？　もしかしたら、大鬼級《レベル4》が出るかもしれませんわよ？」

魔物のレベルとは、本体の魔石の大きさから付けられるものである。化蛙級《レベル1》、小鬼級《レベル2》、中鬼級《レベル3》、大鬼級《レベル4》、巨鬼級《レベル5》と続く。

生徒が対応できるのは中鬼級《レベル3》までであるとされており、今日遭遇したバグベアも中鬼級《レベル3》の中ではさほど強い部類ではない。

「……大鬼級《レベル4》は、龍章持ちの騎士だってよく殺されるそうですわよ？　もしも出てきたら、さすがのアインといえど、どうなるかはわからないわよ？」

大鬼級《レベル4》の代表的な魔物は、大鬼……オーガだ。二メートル半近い巨体を持ち、身体は鋼鉄の筋肉に覆われている。

「確かに、あまり頻繁に調査を行っているわけではないそうだし、大鬼級《レベル4》が出てもおかしくはないかもしれないな。まぁ、それくらいなら問題ないから安心してくれ」

「ア、アイン、本気で言ってますの……？」

ヘレーナが引き攣った表情で口にする。

そのとき、背後から風を切るような音が微かに聞こえた。俺は振り返り、通路を睨む。

ずっと、俺達の背後をフラフラしている人の気配があるとは思っていた。

ただ、俺達は下階層への最短経路を進んでいただけだ。たまたま被ることもあるかもしれないと、その程度に考えていた。しかし、さすがにここまで来れば、そういうわけではなさそうだ。

「どうやら俺達に会いたがっている奴がいるらしい。四階層に進む前に、先に挨拶を済ましておいた方がよさそうだな」

俺はわざと大きな声で、通路の方へとそう口にした。

少し間があり、通路内を風が駆け抜ける。それと共に、床を滑り抜けるようにして、一人の男が現れた。

〈軽魔〉を用いた歩法だった。紫の長髪が、慣性に靡《なび》いていた。大きな口を開けて笑みを浮かべる。

「やはり余の見込みに間違いはなかったらしい！　たかだか〈Eクラス〉の集まりが、容易に最深階層目前まで到達するとはな！」

カプリスに遅れて、〈Aクラス〉の人間らしい二人の男女が現れた。カプリスの速さに追いつくのに相当無理をしたらしく、息を切らしている。残念なことに、カプリスの外付けブレーキであるシーケルの姿はなかった。

「出やがったな、カプリス……！　テメエ、わざわざ休日に、学院迷宮に潜った俺達のことを付け回してやがったのか！　暇な上に陰湿な野郎だなァ」

「思い上がるな、ギルフォード家。余が関心があるのは、そこの男、アインだけだ。外では鬱陶しい教師の目があるからな」

カプリスは俺を指差し、そう口にした。

教師の目というが、以前カプリスが喧嘩を吹っ掛けてきた際は教師の言葉では止まらなかった。

カプリスが本当に邪魔に思っているのは、シーケルの目くらいだろう。

「余はこうして貴様が学院迷宮に入るのを、ずっと待っておったのだ！　今日は朝からロクに食事も摂らず、そこの二人と共に迷宮前で張り込みを行っていた！　光栄に思うがいい、アイン！　この余に、これだけ手間を掛けさせたのだ！　期待外れであってくれるなよ！」

カプリスが声を張り上げて叫ぶ。真っ当な奴ではないと思っていたが、想定よりも斜め上の危ない人間だったらしい。

「あ、あの二人、可哀想……」

ルルリアはカプリスの背後で膝に手を突いて息を荒げる〈Aクラス〉の二人へと目を向け、心底同情したふうにそう呟いた。どうやらカプリスの我が儘で〈太陽神の日〉を潰された挙句、朝食抜きでずっとこき使われていたらしい。

6

「さぁ、邪魔者は退け！　余が用があるのは、そこのアインだけだ！　平民なりに、この余を楽しませてみせよ！」

カプリスは興奮気味に叫ぶと、剣を振り、俺へと突き付ける。

「……俺のために手間を掛けてもらったようで悪いが、それはできない」

俺はそう言い、頭を下げた。

「お、おい、アイン。んな奴に頭なんか下げなくても、一発わからせてやりゃあ……」

「ギランさん！」

不満げなギランをルルリアが窘《たしな》めた。ギランは納得のいっていない面持ちでルルリアを睨むが、口を閉ざした。

ギランには悪いが、俺もルルリアと同じ考えだ。

第三王子、カプリス・アディア・カレストレア。学年トップでもあるこの男は、あまりに危険過ぎる。権力や影響力はエッカルトより遥かに上だ。

そして、この男はエッカルト以上に行動に理性がない。やり口の卑劣さや考え方の偏りはあれど、エッカルトは血統主義の思想と団体のために行動していた。

カプリスは完全に個人の欲によって暴れる獣だ。自身を満たすためには手段を選ばない。

カプリスと因縁を作るべきではないのだ。敵に回せば、エッカルト以上に厄介な存在となる。

最悪の場合、王家と教会の間に亀裂を入れる行為になりかねない。ネティア枢機卿も、俺とカプリスが接触するのを好ましく思うわけがない。

「何が不満だというのだ？　フ、この余にここまでさせたのだ。戦いたくないなど、そんな戯言が通ると思っているのか？」

俺は黙って、頭を下げ続けた。カプリスはフンと鼻を鳴らし、言葉を続ける。

「余と戦うのが怖いか？　アイン、そんなことよりも、余の期待を裏切ることの方が怖いと考えないか？　まさか……余に怪我をさせるのが怖いなどと、不遜にもそんなことを考えているのではなかろうな？　その傲慢、万死に値するぞ。前にも言ったが、余は生まれつきの天才だった。膨大なマナと恵まれた反応速度のお陰で、怪我らしい怪我を負った覚えがないのだ」

「カプリス、お前の期待には応えられない。俺は、お前が思っているような優れた剣士ではない」

「誤魔化しても無駄だ。〈銅龍騎士〉のエッカルトを倒したのだろう？　そして……学院迷宮の地下三階層奥地に、劣等クラス四人が容易く辿り着いた。この余を欺くことなど、できんのだよ、アイン。余の勘が囁いている。貴様には、余と剣を打ち合うだけの資格があると」

カプリスはそこまで言うと、指を三本立てて俺へと向けた。

「三手だ。余も、たかだか一学生が余と対等に戦えるなどとは思っておらん。もしも仮に、貴様が三手耐えてみせれば、褒美を取らせよう。余は天邪鬼で気が短いとは自覚しているが、嘘は吐かぬ。お前が騎士に上がっても一生稼げぬであろう額の黄金をくれてやろう。どうだ？」

「……一生稼げぬ額の黄金」

ルルリアが呟き、ギランとヘレーナに睨まれた。ルルリアは素早く首を振り、涎《よだれ》を拭う。

「エッカルトの件は間違いだ。エッカルトが暴れたのは事実だが、すぐにフェルゼン学院長が鎮圧してくれた。エッカルトの実家の名に傷を付けないように伏せられることになっていたため皆明言を恐れ、曲解された形で中途半端に耳に入ったのだろう」

「つまらぬ嘘を吐くな！　この余がここまで言ってやっているというのに、逆らうつもりか？　狂王子と、余がそう呼ばれておることは知っておる。それ以上くだらぬことを申せば、この余の怒りを買うと知れ！」

カプリスの表情に、段々苛立ちが表れ始めた。

「カプリス様……あの平民を、さすがに買いかぶり過ぎなのでは？　剣とは、血筋と幼少からの修練の集大成です。確かに下級貴族の中には、偶発的に生まれた才ある平民に劣る者も少なくありません。この学院の方針の一つに、そういった才能を拾い上げる、といったものもあります。ですが、俺達でさえ務められないカプリス様との打ち合いの相手を、ただの平民が務められるとは思えません」

カプリスについて来ていた二人の片割れが、カプリスへとそう口にした。

「黙るがいい、ロドリゴ」

「三階層奥地まで来る程度であれば、魔物との接触頻度次第で、〈Bクラス〉生徒だってできるでしょう。カプリス様は満足なさらなかったそうですが、あのギランは、カマーセン侯爵家の子息を正面から打ち破ったと聞きました。彼を中心に動けば、ここまで辿り着くことも充分に可能だったのでは……？」

カプリスは素早く、ロドリゴという生徒へと、振り向きもせずに裏拳をお見舞いした。ロドリゴはカプリスの拳に殴り飛ばされ、成す術なく迷宮の地面を転がっていく。

「うぶっ!?　カッ、カプリス様……」

ロドリゴがよろめきながら、地面に膝を突いた。

「余は、黙れと言ったのだ。余の命令が聞けぬなら、次はこっちで二度と口を利けなくしてやろう」

カプリスはゆらりと剣を持つ手を構える。ロドリゴは言葉を発しないように口を手で押さえ、必死にカプリスへと頭を下げた。

「さて、アイン。余が戦う、と決めたのだ。貴様の意思や、実力は関係ない。及ばねば、貴様が死ぬというだけだ。死にたくなければ、全力で抗ってみせよ！　ここまで余の手を、煩わせたのだ！頭を下げて済むと思ってか！」

カプリスの纏う気が変わった。

来る……恐らく、〈軽魔〉で間合いを詰め、高速の一撃を放ってくるつもりらしい。実力試しに拘る剣士にありがちな一手目だ。

いいだろう。ここは、カプリスのやり方に乗ってやる。

カプリスが地面を蹴る。確かに速い。自称〈軽魔〉が得意のカンデラとは比べ物にならない、実践レベルの突進だ。

「カッ、カプリス様！」

カプリスの取り巻きが、悲鳴に近い声で彼の名を呼ぶ。

「アイン！　戦わねば、その贖罪《しょくざい》として首をもらうぞ！」

カプリスが〈軽魔〉を和らげて体重を取り戻し、同時に剣を振るう。間合いを詰めると同時に、俺の首を斬る動きだ。

刃が、俺の首へと距離を詰める。

二メートル……一メートル……五十センチメートル……。

俺は、まだ動かない。カプリスの刃も止まらない。

拳一つ分……まだ、俺は動かない。カプリスの刃も止まらない。

ついに完全に、俺の首に刃が触れる。カプリスの刃はまだ止まらなかった。

刃が俺の皮膚を斬り、血を流す。

そこでようやく、カプリスは刃を止めた。

カプリスは目を見開き、歯を食い縛っていた。顔には、明らかに怒りの色がある。

カプリスの取り巻き二人は、深く安堵の息を吐いていた。カプリスが本当に俺を殺すかもしれないと思ったのだろう。

「本当に、ただの凡夫か……！　余の勘が、誤っていたとは。あれだけ距離があって、余の動きを一切見切れないなど！　ようやくこの余と、少しはまともに戦える者が現れたかと思っていたというのに……！」

カプリスが俺の顔を、至近距離から睨みながら口にする。激情のためか顔に深く皺を寄せており、悪魔のような形相になっていた。

「うぐっ……！」

俺は首を押さえ、その場に蹲《うずくま》ってみせる。

「くだらぬ！　興覚めにも程があるというものだ！　チッ！　帰るぞ！」

あれだけずっと俺を追い回していたカプリスは、あっさりと俺に背を向けた。

「ア、アインさん！　大丈夫ですか！　傷……」

ルルリア達が駆け寄ってくる。

「大丈夫だ……浅いらしい」

本当に、浅い。

カプリスくらいの剣速であれば、あそこからでも魔技で肉体を活性化させて逃れる術はあった。

カプリスが本気で殺しに来るつもりであれば、あの場面からでも俺は充分に抜けられたのだ。仮にあれより深ければ、俺は実際、そうしていた。

7

「アイン、なんで反応しなかったんだ？　確かに速かったが……見えなかったわけじゃねえだろ？」

　ギランが声を掛けてくる。俺は小さく首を振った。

「斬る気はなさそうだったからな。ここで止まったのがその証明だ」

　俺は首の傷口を指で示し、そう答えた。

　ギランは俺の言っていることが理解できなかったらしく、顔を顰めた。少し考えてようやく腑に落ちたらしく、呆れたように息を吐いた。

「んな、あっさりと……。そこまで斬られて、よく反応しないでいられたな。ま、これであの馬鹿王子も、もう俺達には付き纏っちゃこねえだろうよ」

　俺はカプリス達へと目をやった。

　カプリスは苛立ったように、取り巻きの二人へ怒鳴り散らしている。二人はぺこぺことカプリスへ頭を下げていた。

「迷宮探索を邪魔されたのは癪だが、馬鹿王子との繋がりが切れたのはラッキーだったな。念のために、あいつらの姿が見えなくなってから、地下四階層を覗いてみようぜ」

「そうするか」

　ギランの提案に俺は頷いた。

「結局行きますの……？　もう、いいじゃありませんの。魔石も集まったんですし、カプリス王子の一件で、私、なんだか疲れましたわ……」

「テメェ、何もしてねぇだろうがヘレーナ！」

ギランが腕を上げると、ヘレーナが素早く両手を上げてガードに出た。

「無駄に対応が早くなりやがって……」

そのとき、一面に不気味な声が響いた。

「ケ、ケタ、ケタケタケタケタケタ！」

甲高く、酷く耳障りな声だった。魔物のようだが、あまりにも声量が大きい。まるで迷宮そのものが悲鳴を上げているかのようだった。

声の主は、地下四階層へ続く階段から響いているようだった。明らかにバグベアとは格が違う。

「や、やっぱり、止めませんの……？　地下四階層より下は、入った学生の数が一気に減りますわ。もしかしたら、騎士殺しの大鬼級《レベル4》が出てくるかもしれませんわよ？」

ヘレーナがギランの袖をぐいぐいと引っ張りながら口にする。ギランが眉を吊り上げ、ヘレーナを振り払う。

「出たからってなんだ！　ハッ、倒せば、箔が付くってもんだ。ビビってんなら、ここで待っていやがれ。地下四階層へ入った学生は、他にもいるんだ。俺にできねぇわけがない」

「いや、ギラン、止めておこう」

「ア、アインまでそう言うのかよ……」

たかだか大鬼級《レベル4》の魔物に、今の大きさの声を出せるだろうか？

いや、できはしないはずだ。

魔物の強さの基準の一つとして、体格がある。これだけ響く鳴き声の持ち主となると、かなり危険な魔物だと推測できる。先を行っていたカプリスも、鳴き声を聞いて足を止めていた。

「技術のない魔物との斬り合いは退屈だと思っていたが……今の鳴き声、学院迷宮地下四階層は、思いの外に期待できそうではないか」

「カ、カプリス様……？　きょ、今日はもう、お戻りになられますよね？　ね？」

懇願する取り巻きを無視し、カプリスがこちらへと向かってきた。

どうやらカプリスは地下四階層へと挑むつもりらしい。取り巻き達が顔を真っ青にして彼の後を追っている。

「カプリス様！　お待ちください！」

そのとき、通路の外壁を削るような轟音が響いた。何かが豪速で通路から上がってくる。

「ケタケタケタケタケタ！」

階段を駆け上り、二メートル近くある巨大な女の顔が現れた。顔は逆さまで、髪の毛のようなものが地面に垂れている。

続いて、異形の身体が姿を現した。黒々とした甲殻に覆われており、木の根のような無数の足が生えている。

「聞いたことがある、逆さの女の面に、長い身体……！　修羅《しゅら》蜈蚣《むかで》！　巨鬼級《レベル5》の魔物だ！」

ギランが声を張り上げて叫ぶ。大鬼級《レベル4》がいるかもしれない……なんて次元の話ではなかった。

「こんな学院迷宮で出会っていい魔物じゃありませんわ！　地上に現れたら、〈金龍騎士〉が部隊を率いて討伐に向かう類の化け物じゃありませんの！」

意気揚々と剣を抜いたカプリスも、目前の化け物に息を吞む。

「まさか、これほどとは……。余も、巨鬼級《レベル5》など初めて見たぞ」

素早く取り巻きの二人がカプリスの横に並び、修羅蜈蚣へと剣を構える。

「カ、カプリス様！　早く引きましょう！」

修羅蜈蚣が首を持ち上げ、カプリス達へと照準を定める。

「ケタケタケタケタケタケタケタ！」

頑丈な迷宮の地面に、修羅蜈蚣の這った溝が生じていく。修羅蜈蚣は、その巨体に反して恐ろしく豪速であった。

さすがに見殺しにするわけにもいかない。俺は地面を蹴り、〈軽魔〉で素早く修羅蜈蚣の前へと飛んだ。

女の面は、ただの甲羅のようなものだ。眼球を狙っても意味はない。

俺は修羅蜈蚣の唇、鼻を斬りながら着地し、額へ剣を突き刺した。修羅蜈蚣の突進にやや押されたが、巨体の動きを止めることに成功した。

その間、カプリスは修羅蜈蚣に剣を構えたまま、全く動けないでいた。

「……この剣だと、硬さを売りにした相手とは戦い難いな。カプリス、とっととこの場から離れろ」

「き、貴様……！　まさか、あれだけ踏み込まれて、敢えて首を斬りつけられるまで反応を見せなかったというのか？」

カプリスが目を見開き、俺を見る。

その場から動く様子がない。カプリスの近くで修羅蜈蚣とぶつかるのは少し危険過ぎる。

俺は修羅蜈蚣の額に突き刺している剣を素早く横に振るい、修羅蜈蚣の頭を横へと大きく飛ばした。頭が向かった先へと、〈軽魔〉で素早く飛んで回り込む。

修羅蜈蚣の弱点は、逆さの顔面の、地面へ向いている頭の部分だと、そう聞いたことがある。だが、自身の顔面と地面で隠しているため、直接叩くのは難しい。

俺は修羅蜈蚣の顎を叩き付けるように斬り、地面にぶつけて軽く頭部を跳ねさせる。着地と同時に、修羅蜈蚣の上がった頭を素早く突いた。剣をねじ込むように突き入れ、その上から柄の先〈剛《ごう》魔《ま》〉で強化した足で蹴り、より深く刃を抉り込ませる。

修羅蜈蚣の全身が激しく痙攣し、その場で動かなくなった。

まさか、地下四階層に巨鬼級《レベル5》が出てくるとは思わなかった。

……長らく誰も踏み込んでいなかったためだろうか？

とはいえそれも、十年以内のことのはずだ。そうそう簡単に巨鬼級《レベル5》が迷宮内で発生するとは考えにくいのだが……。

8

俺は修羅蜈蚣から剣を引き抜く。修羅蜈蚣の甲殻を強引に突いたためか、刃がかなり脆くなっている。おまけに修羅蜈蚣のヘドロのような血に塗れ、錆臭さと髪の焦げたような臭いの混じった悪臭が、刃に染みついていた。

「そこそこ気に入っていたのだが……」

勿論〈装魔〉で剣を強化していたのだが、さすがに限界があったようだ。そろそろ買い替えねばならないだろう。俺は溜め息を吐き、軽く振るって血を飛ばす。

「た、倒しちまったのか……？　巨鬼級《レベル5》の魔物を、あんなにあっさりと……」

ギランが驚いたように俺へと声を掛け、修羅蜈蚣の死骸を見上げる。

「巨鬼級《レベル5》の中では、動きが単調で扱いやすい。速さには驚かされたが、細長い身体の分、弱点を守る肉の鎧も薄いからな」

市販品の剣で対応するのは少ししんどかったが、こんなものだ。名も無き二号《ツヴァイ》のような馬鹿力や、名も無き三号《ドライ》のような装甲貫通攻撃、名も無き四号《フィーア》のような高火力魔法があれば、もっと楽に決着はついていただろう。

ただ、俺の強みは元々、対人剣技と各種の魔剣を扱える器用さにある。下手に人前で魔剣を出せない今の状況だと、耐久力に長けた大型の魔物はあまり相性がよくない。修羅蜈蚣くらいならどうにかなるが。

「よ、よく、そんなこと軽く言ってくれるぜ……」

「アインさん、本当に何者なんですか……？　絶対ただの平民じゃありませんよね？」

ギランとルルリアが、茫然とした表情で俺へと声を掛けてくる。ヘレーナは無言のまま、呆気に取られた顔で、俺と修羅蜈蚣を交互に見比べていた。

「悪いが、俺のことはあまり言わないでおいてもらえると助かる。ネティ……フェルゼン学院長との約束でな」

俺はカプリスへとそう言った。カプリスの二人の取り巻きは、恐々と顔を見合わせた後、俺へと向き直ってこくこくと頭を下げた。

「な、何が何なのかは知らんが、助けられたのは事実だ……」

「カプリス様を守っていただいたこと、感謝する。仮にお怪我を負わせることがあれば、我が家の危機だった。公爵家の名に懸けて、他言はしないと誓う。学院長も絡んでいるのなら、詮索するまい」

二人が俺へと頭を下げた。俺の気が緩んだ、その瞬間のことだった。

「やはり、余の勘は当たっていたのだ！　貴様だったかアイン！　この余の目を以てしても、底が知れぬ！　このような退屈な学院に通ったのも、無駄ではなかったということだ！」

カプリスは言うなり、剣を抜いて俺へと飛び掛かってきた。

二人の取り巻きの表情が真っ青になった。俺もまさか、こんな流れで斬り掛かってくる奴がいるとは思えなかった。

「カッ、カプリス様!? いくらなんでも、その蛮行は！」

飛び掛かってきたカプリスの剣を、俺は剣で受ける。

「よくぞ、よくぞあんなちゃちな演技で、この余の目を欺いたものだ！ 認めよう、この余でさえ足が竦んだ修羅蜈蚣を、貴様は容易く討伐してみせたのだ！ 貴様の武勇は、この余にさえ勝る！」

「ならば、斬り合う意味はないだろう！」

カプリスの前で実力を見せるべきではないとはわかっていたが、さすがに助けた手前、ここは下がってくれると思っていた。

本気でカプリスの思考が理解できない。今まで全く見たことのない人間だった。

「だからこそ意味があるのだ！ この余が、ただ弱者を弄ぶための戯れに剣を磨いていると思ってか！ アイン！ 貴様という深海に、どれほどこの余の剣が通用するのか、確かめねばならん！ 受けてみるがいい、余の至高の一撃を！」

カプリスは競り合っていた刃の角度を変え、自身を上へと跳ね上げる。

〈軽魔〉を用いて、飛距離を稼いでいる。カプリスの腕の筋肉が膨れ上がり、身体から赤い蒸気が昇る。膂力を強化する〈剛魔〉を、人体の限界近くまで発揮している。

「受けてみよ！　〈轟雷落斬《ごうらいらくざん》〉！」

　俺は腕を上げて剣で受け止める。

「おお！　凄い……凄い、凄いぞ！　素晴らしい！　余に剣を指南した〈銀龍騎士〉の男とて、こうもあっさり余の〈轟雷落斬《ごうらいらくざん》〉を受けることはできなかっただろう！　アディア王国に、それも余と同世代に、こんな男がいたとは！」

　カプリスは大口を開け、歓喜の声を上げる。俺は剣を下ろしながら身を引き、カプリスを地面へと叩き落とした。カプリスは横っ腹を地面に打ち付けたが、跳ねるようにして素早く起き上がった。

「それで満足か？　いい加減にしてくれ、カプリス」

「余を止めたくば、その程度の攻撃では無意味よ！　言ったであろう、余は〈魔循〉と反応速度故に、ロクに怪我を負ったことがないとな！　叩き付けるのならば、本気でやってみせよアイン！」

　どうにもカプリスは一向に止めるつもりがないらしい。

　カプリスの取り巻き二人は、あわあわと俺とカプリスを交互に見ている。どうすればいいのかわからないのだろう。

　俺もこんな変人は初めて見たので、全くどう対応すればいいかわからない。王族なので叩き伏せるわけにもいかない。

「見せてやろう！　剣聖ゼロスの編み出した、王家にのみ伝えられる秘技〈理剣十一手《りけんじゅういって》〉！　相手に一切の反撃を許さぬ、究極の理によって作り上げられた、十一の斬撃だ！」

カプリスがいくつもの斬撃をお見舞いしてくる。

〈理剣十一手《りけんじゅういって》〉は知っているが、〈魔循〉に差があれば、打破できる隙はいくらでも存在する。しかし、仮にも王子相手、下手に破っても、その先を考えなければ意味がない。突き飛ばして、とっととルルリア達を連れて地上へ逃げるべきか。

「ぐっ……」

七手目を受けたとき、俺の刃が砕けた。

元より市販品の剣。これまで散々酷使してきたのもあるが、修羅蜈蚣の甲殻に強引にねじ込んだのがやはり響いていた。

その上で、カプリスに馬鹿みたいに何度も打たれていたのだ。破損もやむなしだろう。

しかし、勝負を止める丁度いい切っ掛けになったかもしれない。俺はそう思ったのだが、なんとカプリスの剣は止まっていなかった。

剣聖ゼロスの編み出した〈理剣十一手《りけんじゅういって》〉の第八手目。理詰めで回避を潰した剣が、正確に俺の逃げ場を潰す。

余計なことを考えなければ回避もできただろうが、まさかノータイムで次の剣を振るってくるとは思わなかった。カプリスの変人ぶりを見落としていた。

俺は咄嗟に、剣の柄の部分でカプリスの顎を突き上げた。ゴシャ、と人体の関節部が鳴らしたとは思えない音が響く。

「ふぶぶうぅ！」

「あっ……」

カプリスの顔の肉が大きく持ち上げられて歪み、首が大きく傾いた。中で出血したらしく、カプリスの鼻から血が舞った。高く弾き飛ばされたカプリスの身体が、一切の受け身も許されぬまま地面へ叩き付けられる。

カプリスの身体が大の字に開く。手足が痙攣していた。

顎を柄で抉られたため、脳が揺らされたのだろう。白眼を剝いていた。口から血が垂れていると思えば、折れた歯が唇の横から落ちた。

9

カプリスの取り巻きの二人に、ルルリア、ギラン、ヘレーナ。全員が押し黙ったまま、蒼褪めた表情で失神したカプリスを見つめていた。俺の額を、冷たい汗が流れ落ちるのを感じた。

やってしまった。怪我を負わせないようにどう切り抜けるか考えていたのに、まともにカプリスの顔面を剣の柄でぶん殴ってしまった。

これなら適当に剣を弾くなりしておいた方がよかった。これ以上妙な執着を持たれないようにいい手はないかと余計なことを考えていたのがよくなかった。まさか、このタイミングで剣が折れるとは思っていなかったのだ。

「カッ、カプリス様ー！」

「しっかりしてください！　い、生きておられますか⁉」

取り巻き二人が必死にカプリスの身体を揺らす。

「アインさん、これ、まずくないですか……？」

寄ってきたルルリアが、泣きそうな目で俺を見る。

俺は手許の剣の柄へと目線を下げる。カプリスの血がべったりと付いていた。

「まずいかもしれない」

「お、落ち着いてる場合じゃありませんわ！　一応あんなのでも王子ですのよ！　あんなのでも！　向こうが悪いとはいえ、正面から顔に大怪我を負わせた以上、どうなるか……」

ヘレーナはそう言うが、落ち着いているわけではない。内心焦っているが、俺はあまり怒りや焦りが顔に出ないのだ。

俺がカプリスの恨みを買えば、下手をすれば王家と教会の抗争へ発展する。そうならないように、何が何でもカプリスと関わりを持ちたくなかったのだが、顎を柄でぶん殴って気絶させるという珍事を引き起こしてしまった。

「ハッ、あの馬鹿王子にはいい薬になっただろ。感謝されることはあっても、恨まれるなんてお門違いだぜ。アインは命を助けた上に殺されかけたところを反撃しただけなんだから、教育に失敗した王家が悪いんだよ」

「そんなこと言いましても、相手は第三王子ですわよ、第三王子！」

ギランとヘレーナが言い争いを始める。

「そ、そうです！　いっそトドメを刺しておきましょう！　修羅蜈蚣とぶつかって相打ちになったことになるかもしれません！」

「ルルリア、貴女、落ち着きなさい！　本当はそんな子じゃないでしょう！　貴方はいい子だから！」

ヘレーナはルルリアの肩を掴み、必死にそう言い聞かせる。

カプリスの取り巻き二人は、その間も必死にカプリスの身体を揺らし、彼へと声を掛けていた。

そのとき、がくんとカプリスの身体が揺れたかと思うと、彼はゆっくりと立ち上がった。

「熱い……熱い！　顎が、熱い！　頭に熱が走る！　思考が纏まらぬ、世界が揺らぐ……！　まるで、脳が鎖で縛られているかのようだ！」

カプリスは顎を右手で押さえながら、大声でそう喚き始めた。

「アイツ、本当に頑丈だな……。まともに一撃入ってたのに、こんなにあっさり起き上がるとは」

「あの様子なら、思ったよりダメージは浅いのかもしれない……。嫌な手応えがあったが、とりあえず最悪の事態は避けられそうだ」

幸い、カプリスも根に持つ性格ではない……と思う。後遺症でも出ればどうなるかわかったものではなかったが、本人さえ無事なら、さほど大事には至らないかもしれない。

……もっとも、カプリス自体が未知数過ぎて、どうなるのかわからないのが怖いところだが。

「これほどまでの激痛、余は生まれて初めてだ！　物心ついてから、まともに出血したこともなかったというのに！　これが痛みというものか！」

何故かカプリスは、歓喜したようにそう口にする。背筋にぞくりと、冷たい悪寒が走った。

「アイン、アインよ！　素晴らしい、素晴らしいぞ！　もっと余を驚かせてみよ！　アイン、貴様の技を、余に見せよ！　見せぬというのなら、引き摺り出してやろう！」

カプリスは地面を蹴り、獣のような構えで俺へと向かってきた。

大怪我を負っているはずなのに、〈軽魔〉を用いた歩法のキレが、何故か先程までより上がっている。速度が明らかに違う。

「アイン、アイン、アインッ……ぐぼっ！」

俺は右手の拳で、カプリスの顔面を殴り抜いた。カプリスの身体が綺麗にくの字に曲がり、勢いよく地面に叩き付けられる。

カプリスはさっきは倒れても握り締めていた剣を、今は手放していた。今度こそ完全に意識を失ったらしい。

「アインさん……どうして……？」

しんと静まり返った中、ルルリアが俺へと尋ねる。

「すまない、気色悪さで、つい……」

命の危機でもない状況で、これほどの恐怖と嫌悪を覚えたのは初めてのことだった。

この後、取り巻きの二人がカプリスを担ぎ、俺達から逃げるように慌ただしく迷宮を出ていった。

10

「地下四階層は諦めて、今日のところは地上へ戻ることにしよう」

「そうですわね……。アインが派手に殴り飛ばしてくれたカプリス王子の件も、学院でどう伝わるのかわかったものじゃないですし、呑気に迷宮探索なんてしている場合ではありませんわ」

俺の言葉に、ヘレーナが頷いた。俺はルルリア、ギランに目で合図をしてから、修羅蜈蚣の頭部を見上げた。

「……さすがに、こいつを持って帰るわけにはいかないな。魔石を取るだけでも手間が掛かりそうだし、持ち帰れば余計な噂の火種となりかねない」

それに巨鬼級《レベル5》の魔石はかなりの重量があるはずだ。抱えて地上まで戻るにはなかなか手間が掛かる。

「そうですよね……。あの、アインさん、あんまり自分のことが噂になるのを、よしとしていないんですよね？」

ルルリアはやや口惜しげに修羅蜈蚣を見上げながら、そう口にした。

俺がカプリス達に、学院長のフェルゼンとの約束であまり目立ったことができないと言っていたことを思い出したのだろう。

いや、そうでなくとも、入学してから俺はずっとルルリア達と共にいたのだ。俺の言動から、何となく察してくれていたのかもしれない。

「そうだな。だから、この修羅蜈蚣はこのままにしておこう」

「仕方ねえが、勿体ねぇなァ。巨鬼級《レベル5》の魔物の魔石なら、かなりの値が付くだろうに」

ギランの言葉に、ルルリアが彼を振り返る。

「どっ、どのくらいの値が付くんですか!?」

「あァ？　知らねえよ……巨鬼級《レベル5》の魔物なんざ、普通は個人で討伐されることなんざ、まずねえんだから」

「そ、そうですよね……」

ルルリアはチラチラと修羅蜈蚣を見ていた。

口の端からは少し涎が垂れている。よほど魔石のことが心残りらしい。

「まあ、たまたま死骸を見つけたと言えば、大丈夫だろう。ここで巨鬼級《レベル5》の魔物が出たということは、地下四階層で妙なことが起きているということかもしれない。どちらにせよ俺達には、そのことを学院に報告する義務がある。学院のことを想えば、修羅蜈蚣のことは結局明かさねばならない」

地下四階層までは、学院の生徒も立ち入ったことがあったはずなのだ。そして、騎士団の調査は地下五階層まで進んでいる。

その際に巨鬼級《レベル5》の魔物は発見されていなかったはずだ。

単に以前の調査から期間が開いたために巨鬼級《レベル5》の魔物が自然発生したのだとは思うが、異常事態であることには間違いない。学院側に伝えておくべきだろう。

それが冗談や見間違えでないと証明するためには、魔石を持って帰るのが手っ取り早い。

「ほっ、本当ですか!?　本当に持って帰るんですか!?」

ルルリアは興奮気味に、両手をぱたぱたと動かす。喜んでもらえているようで何よりだ。

「ああ。ただ、なかなか骨の折れる作業になるだろうから、ルルリア達にも協力してもらうぞ」

「任せてくださいアインさん！　私、なんでもやります！」

ルルリアは両手で拳を握り、眉を引き締める。

それから俺達は一時間以上掛けて、修羅蜈蚣の人面状の甲殻を剝がし、肉を抉り、ついに魔石を取り出した。ギランとヘレーナは、修羅蜈蚣の体液塗れになって床を転がっている。

「疲れましたわ……もう何もしたくない……。修羅蜈蚣の錆臭い臭いが身体から取れません……戻って水を浴びたいですわ……。ここから地上まで戻らないといけないだなんて、私、信じられませんのよ……。多少お金になったとしても、とても割りに合っているとは思えませんわ」

「まさか、たかだか魔石の取り出し作業に〈羅刹鎧《らせつよろい》〉を使うことになるたァ、思っちゃいなかったぜ……。アイン、俺はもう空っぽだ。悪いが、帰りは魔物に対応できねえ」

ギランもヘレーナも、もうまともに戦えそうにない様子であった。

「やりました！　アインさん、これです、これ！　すごい、すっごい重たいです！　見てください！　魔石が、私の頭くらいあります！　巨鬼級《レベル5》の魔石って、こんなに大きいんですね！　きっといい値が付きますよ！」

ルルリアは紫色に輝く魔石を掲げ、大喜びしていた。

彼女は人一倍熱心に作業を行っていたはずなのだが、妙に元気だった。決して軽くはない修羅蜈蚣の魔石を抱えて跳び回っている。

「アインがピンピンしてるのはわかるが、ルルリアまで体力お化けだったのか……」

「あの子……無敵ですの……？」

ギランとヘレーナが、驚愕の表情でルルリアを見つめていた。

ルルリアの笑顔を眺めていると、自分の表情も和らいでくるのを感じていた。皆で協力して魔石の取り出しを行えて、とても楽しかった。

少し話し合い、ルルリアが修羅蜈蚣の魔石を抱えて運搬することとなった。今の疲れ切ったギランとヘレーナには、修羅蜈蚣の巨大な魔石を任せるのは酷だということになったのだ。帰り道での魔物の対処に当たるために、なるべく俺の手は空けておきたかった。

「……しかし、大丈夫か、ルルリア？　重いだろう」

「いえ！　この重みが心地いいので、問題ありません！」

ルルリアは魔石を両手で抱えながら、笑顔でそう断言する。

「そ、そうか……」

「それより……その、いいんですか？　修羅蜈蚣の魔石の金額まで、四等分するなんて……」

元々、俺には金銭に執着する理由はない。そして魔石の取り出しや運搬は、ルルリア達にも協力してもらっている。それに俺は金銭などよりも、皆で協力して魔石を取り出した想い出や、ルルリアの笑顔の方がずっと嬉しい。

「本当に、本当にいいんですか、アインさん？　巨鬼級《レベル5》の魔石なんて……き、きっと、これだけで数十万ゴールドはいきますよ！　ど、どうしましょう……ヘレーナさんと都市部へ遊びに行くためのお小遣いを稼ぐのが当初の目的でしたが、そんなにあったら、早速父さんと母さんに仕送りができてしまいます！」

ルルリアは魔石を抱えて歩きながら、笑顔でそう語った。

11

修羅蜈蚣の魔石を取り出した俺達は、地下迷宮を上り、とっとと学院へと戻ることにした。帰路でも出くわした魔物を倒し、中鬼級《レベル3》の魔石の数は合計五つとなった。

入口へと戻ると、受付は眉を顰め、怪訝な表情を浮かべていた。俺達に気が付いたらしく、こちらへ目を向ける。

「〈Eクラス〉の四人組……。無事に、大きな怪我もなく戻ってきましたか」

「なんだか難しそうな顔をしていたが、気になることでもあったのか？」

「実は貴方達と同学年のカプリス王子が、大怪我を負って迷宮から戻ってきたんです。クラスメイトの二人に担がれていて。まさかないとは思いますけど、人が人だけに、私にも何か飛び火するかも……。ああ、わざわざ休日に入出管理なんかさせられた上に、どうしてこんな心配までしないといけないの……」

受付の人は、深く溜め息を吐き、力なくカウンターに拳を落としていた。

「……どうしたんですか、貴方達。気まずそうな表情をして」

俺はちらりとルルリア達を振り返る。

ルルリアは顔を蒼くし、ギランは目を逸らし、ヘレーナは顔を手で覆っていた。俺は首を小さく振って強張った表情筋を緩め、受付へと向き直った。

「いや、少し疲れているだけだ。まさか〈Aクラス〉の生徒が、そんな大怪我を負うとは。俺達も、迷宮ではもっと慎重に行動しなければな」

「アイン……貴方、肝が据わりすぎじゃなくって？　一番当事者なのに、よくもまぁ……」

ヘレーナは俺の顔を見上げ、少し引き攣った表情をしていた。ギランがヘレーナを睨み、「余計なこと言うんじゃねえ」と、小さな声で彼女に釘を刺した。

「魔石を換金してほしいんだが、ここで頼めるのか？」

「貴方達まさか、魔石の換金目当てで学院迷宮に潜っていたんですか？」

受付の人は、呆れたように口許を歪める。

「まさか、できないのか？」

「いえ……一応、受け付けてはいますけれどね……はぁ。学院迷宮の生徒への開放は、生徒に迷宮探索の訓練をさせる、というのが主な目的なんです。それに、あくまで教育機関の一環ですから、あんまり高値では引き受けてあげられませんし、そもそも学院迷宮は探索が進んでいて魔物化していない魔石がほとんどありませんから、魔石の換金目当てでの探索には不向きなんです」

「それは承知している」

「おまけに劣等……いえ、〈Eクラス〉の探索できる範囲なんて限られていますし、労力に見合った額にはなりませんよ……はぁ。まぁ、〈Eクラス〉には平民も多いですし、それくらいでも貴重なのかもしれませんが……」

「あァ!?　なんだテメェ、喧嘩売ってやがるのか！」

ギランが目を細め、カウンターを叩いて受付の人へと顔を近づける。

「なっ、なんですか！　私に暴行でも働こうものなら、すぐにトーマス先生に伝えさせていただきますからね」

「退学と引き換えに、嫌な奴を一発ぶん殴れるなら悪くねぇなァ！」

「悪いに決まってるでしょう！　ちょっとアイン、ギランを押さえておいて頂戴！」

俺はヘレーナに従い、ギランの腕を押さえて前に出られなくした。

ヘレーナはもがくギランを横目で睨み、魔石を包んだ布を取り出してカウンターの上に置いた。

五つの魔石が露になる。受付の人は警戒気味に腕を構えてギランを睨んでいたが、魔石の大きさに気が付くと顔色を変えた。

「こ、これ、まさか……全部、中鬼級《レベル3》!?　〈Aクラス〉の生徒だって、一度の探索でこれだけの中鬼級《レベル3》を仕留めるのは難しいはずなのに、こんな……！」

目を剥いて驚いていた。カプリスとのトラブルで早めに戻ることになって、よかったかもしれない。

「貴方達……まさか、カプリス王子をぶん殴って奪ったんじゃないでしょうね？」

「違う」

ヘレーナが横目で俺を睨んだが、気付かない振りをした。

平静を装いはしたが、焦りで少し返答が早かったかもしれない。奪いこそはしていないものの、まさか殴ったことをピンポイントで当てられるとは思っていなかった。

「ま、まあ、既に一般騎士相手に互角以上に戦えるカプリス王子です。もしも不意を衝《つ》かれたって、たかだか生徒相手に後れを取るとは思えませんけれど……」

受付の人は、訝しげに魔石を手で転がし、本物かどうかを確かめているようだった。

目盛りの刻まれた板をあてがい、大きさを確認する。

「こ、これなら、合計十六万ゴールドで引き取りましょう。今年度では、最高金額です。……本当に、怪しいことはしていませんよね？」

「あとすいません、こっちもお願いします！」

ルルリアが、抱えていた布に包んだ魔石をカウンターに置いた。

修羅蜈蚣のものだ。受付の人は恐々とそれを眺めていたが、布を取ってその巨大な魔石を確認すると、「ひぃっ！」と声を上げた。

「これは、これはいくらくらいになりますか！」

「あっ、貴方達、そんなもの、どこで見つけたんですか！」

受付の人は、声を震わせて修羅蜈蚣の魔石を指で示す。

「迷宮の地下三階層奥地で、巨大な魔物の死骸を見つけたんだ。そこから抉り出した。亡骸の魔石であっても、発見者のものでいいんだよな？」

「そ、それはそうですけれど……いえ、でも、この大きさ……大鬼級《レベル4》以上のものじゃ……。見たこともありません……」

受付の人は、慌ただしくマニュアル本のようなものを確認し始めた。緊張のためか、手が小刻みに震えている。

実際には大鬼級《レベル4》どころではなく、巨鬼級《レベル5》なのだが。

「いくらですか!? 何十万ゴールドになるんですか!?」

ルルリアがカウンターを叩き、受付の人へと詰め寄る。ギランに詰め寄られても気丈に対応していたというのに、ルルリアの必死の形相に気圧されてか、大きく身を引いていた。

目盛りの付いた板を修羅蜈蚣の魔石にあてがい、マニュアル本をぺらぺらと捲る。

「せ、先生方に確認しないと何とも言えませんけれど……こ、ここ、これだと……マニュアルの基準に合わせると、四百万ゴールド以上にはなるかと……」

「よっ、四百万ゴールドですって!?」

ヘレーナが声を上げる。ギランも表情を歪ませていた。

二人共まさかそこまでだとは思っていなかったので、喜ぶ以前に思考と感情の整理ができないのだろう。

「わ、わかりませんけれど……こんなの見たことありませんし……先生方に確認しないと……」

受付の人が、困ったような声を上げる。

「よかったな、ルルリア。これできっと、仕送りも早速行えるはずだ」

俺はルルリアの肩を叩いた。

その瞬間、ルルリアの全身から力が抜け、その場に倒れそうになった。俺は慌てて彼女の身体を支える。

「ど、どうした、ルルリア!?」

ヘレーナがルルリアの顎に手を当てて顔を固定し、瞼や額を触り、頬を軽く引っ張る。

「……気を失ってる……刺激が強過ぎたんですわ……」

12

放課後、教室の扉が勢いよく開かれた。現れたのは〈狂王子カプリス〉であった。

カプリスは昨日の怪我がまだ癒えておらず、顔中包帯だらけになっていた。右眼が包帯に隠れており、ぎょろりとした左眼が教室中を見回す。

明らかにただごとでない様子の乱入者の出現に、〈Eクラス〉中がざわついていた。

「アインはどこだ！　アインを出せ！」

担任のトーマスは、私室で害虫を見つけたような目を、この国の第三王子へと向ける。

カプリスは俺を見つけると、素早く剣を抜いて床を叩いた。床に罅が入り、教室内に悲鳴が上がった。

「見つけたぞアイン！　余と戦え……」

俺の横に立っていた、銀髪の女生徒がカプリスの前へと出る。

「すみません、〈Eクラス〉の方々！　また王子がご迷惑を……！　すぐに連れ出しますので！」

カプリスと同じ〈Aクラス〉の生徒、シーケルである。シーケルは四方八方へと、深くぺこぺこと頭を下げる。見ているこっちが憐れになってくる勢いであった。

「シッ、シーケル！　何故ここにいる！」

カプリスの顔が蒼褪める。

シーケルは、カプリスが〈Eクラス〉に乗り込んでくることを見越していたらしく、授業を早退してこっちで待機してくれていたのだ。トーマスは彼女の話を聞いて半信半疑の様子であったが、結局シーケルの言う通りになった。

「すみません、皆様方……！　特にギランさん達には、〈太陽神の日〉に学院迷宮でご迷惑をお掛けしたと伺っております！　なんとお詫びしたらよろしいものか！」

「余の保護者面をするなシーケル！　おい、止めろ！　頭を下げるなといつも言っているであろうが！」

カプリスが苛立ったように叫ぶ。

カプリスの傍若無人ぶりを止められるのは、シーケルだけだ。彼女が来てくれていてよかった。

カプリスは王家であるため下手に手出しをできない上に、異様に頑丈なのでちょっとやそっとのダメージではすぐに起き上がってくる。確かに〈魔循〉のお陰でまともに怪我を負ったことがないと豪語していただけのことはある。おまけに外聞を一切気にせずに突っ込んでくるので、目を付けられたら最後、ほぼ打開策がない。

ただ、シーケルだけは弱点のようなので、どうにか彼女にカプリスを止めてもらうしかない。

「シーケル貴様、必要以上に卑屈に出て余を貶《おとし》めようとしているであろう！　おい、止めろ！　土下座しようとするな！　頭を上げよ、おい、止めさせろ！」

カプリスが必死に喚く。〈Ｅクラス〉の女子生徒達がシーケルの許へと集まり、身体に手を触れて彼女の土下座を止め始める。

起こされたシーケルは俺にだけ見えるように顔を上げた。

口端を吊り上げ、悪い笑みを浮かべていた。

「すみません、これが一番、カプリス様には効果的ですので」

小さな声で、シーケルが俺へと言う。

俺は曖昧に頷いた。……何にせよ、カプリスを連れ帰ってくれるのであればありがたい。

「チッ！　もうよい！　余は寮へ向かうぞ！」

カプリスが声を荒げてそう叫び、身を翻した。教室内全体に安堵の空気が広がる。

そのとき、ギランが長机に足を乗せた。

「カプリス、待ちやがれ。俺も散々、テメェに虚仮《こけ》にされてきた。帰路に一方的に襲撃されるわ、迷宮探索を妨害されるわ。その上、お前なんざに眼中はねぇっていう、その傲慢さが気に喰わねえ。アインへの用事が終わったっていうんなら、俺の相手をしてもらうぜ。昨日の怪我引き摺ってるくらい、ヤワじゃねえだろ？」

ギランが剣の柄へと手を触れる。

「ギラン、さすがにそれはまずい。ここは教室内だ」

ギランは権力を嵩に着た相手を嫌う傾向にある。

これまでカプリスには、一方的に襲撃を仕掛けられてきていた。相手が王子だからといって、下がってくれそうだからそれでよかった、とは思えないのだろう。

ただ、それでも、カプリス相手に下手に関わりを増やすべきではないと思うが……。

「先に室内で剣を抜いたのはあちらさんだろうがよ。おいカプリス、聞こえてんだろ！　俺と勝負しろ！」

「困りましたわ、ウチにも面倒臭い人間がいらっしゃったのを忘れていましてよ」

ヘレーナが疲れたように口にする。

シーケルは、困り果てた顔でカプリスとギランを交互に見やる。

「あ、あの、あまりカプリス様を刺激しない方が……」

シーケルがギランの説得を試みる。だが、ギランはシーケルを完全に無視している。

「諄《くど》いぞ、ギルフォード家。貴様如きでは、余の相手は務まらん。前に片腕で捌いてやったのを忘れたか？　元より余は、貴様に喧嘩を売ったつもりなどないのだから。余を誰だと心得ている？道端の野良犬を蹴飛ばしたとして、それを咎められる謂れはない。二度目だ、ギルフォード家。余への不敬には、相応の対価を払わせるぞ」

カプリスがギランを睨み付ける。

シーケルの奮闘によってぐだぐだになっていた場が、ピリついた、剣呑な空気に支配されていた。

カプリスの言葉の後、教室内が静まり返った。誰もが場の成り行きを、ただ黙って見守っている。

「ハッ！」

静寂を破ったのは、ギランの笑い声であった。

「テメエのその態度が気に入らねえ！」

長机を蹴飛ばし、ギランがカプリスへと飛び掛かる。

「この状況で、ただの〈魔循〉か。〈軽魔〉さえ使い熟せぬ凡人が、この余に楯突くとは」

カプリスは鼻で笑い、ギランへと片手で剣を構える。

「〈羅刹鎧《らせつよろい》〉！」

ギランの身体が、赤いマナの輝きに覆われていく。空中で速さを増した。

「俺には、あんなチマチマした魔技は必要ねえんだよ！」

カプリスはギランの剣を、剣で防ごうとした。だが、ギランの身体はカプリスの横を駆け抜けて背後を取り、そのまま壁に足を付けて止まった。ギランの勢いで、教室の壁が足形に凹んだ。

「卑怯な真似を」

カプリスが振り返りながら剣を掲げる。ギランが一直線に攻めてくると思っていたので、予想が外れたのだろう。

俺もギランの性格上、ああいった攻め方は珍しいように感じた。先の敗北が響いているのだろう。

確かにカプリスは、生徒の中では突出した強さを有している。

「どうしたァ？　アテが外れて、焦っちまったか？」

「いや、結構。凡人は知恵を絞り、策を練るものだ。しかし、余にそのようなものは不要！　全て纏めて叩き伏せてみせよう」

ギランはカプリスの死角と上を取った。ギランは剣に体重を乗せやすい上に、カプリスはあの姿勢では力が入りにくく、狙える箇所も少ないため、自然と剣の変化の幅が狭まる。この位置取りは、圧倒的にギランが有利である。

「喰らいやがれ馬鹿王子！」

ギランが両手で剣を振り下ろす。〈羅刹鎧《らせつよろい》〉の膂力強化が乗った渾身の一撃に対し、カプリスはあくまで片手持ちのままで対応した。両者の刃が衝突した。

「教えてやろう、ギルフォード家！　圧倒的な力の差というものを！」

ギランはカプリスに対し、万全の地の利を得ている。力を乗せやすく、攻撃しやすい上を取り、かつカプリスの体勢が不完全なところを叩けている。おまけにカプリスは片手持ちだ。

ギランはこの一打に全てを懸けているらしく、長くは持続できない〈羅刹鎧《らせつよろい》〉を用いて膂力を強化している。圧倒的にギランが有利な状態ではあった。だが、相手は入学試験で過去最高点を叩き出したカプリスである。

ギランの刃と、カプリスの刃は拮抗していた。

「ここまでやっても、届かねえのかよ……！」

「有り得ぬ……。この男もまた、片手とはいえ余の膂力に匹敵する力を出せるというのか？」

ギランとカプリス、両者共に苦悶の表情を浮かべていた。

「舐め腐られたまま、負けて終われるかよ……！」

ギランの腕の筋肉が膨張する。〈剛魔〉を最大まで使っているらしい。

カプリスもまた〈剛魔〉を用いているらしく、腕に力が漲《みなぎ》っている。ただ、カプリスは意地でも片手しか使わないつもりのようであった。ギランを凡人と嘲り大見得を切った手前、対等に戦うつもりはないらしい。

「だが、このままカプリスが片手で戦うつもりならば、ギランが押し切れる……！」

「言ってる場合ですかアインさん！　あっ、あれ、止めた方がいいですよ絶対！」

ルルリアは慌てふためいた様子で俺へと声を掛ける。

「しかし、両者が乗り気であるのならば、真剣勝負にあまり水を差すわけには……」

「人前で王子に大怪我負わせたら、前のときのようにはいきませんわよ！　それにギランの馬鹿、手加減とか寸止めとか、器用なことが苦手ですもの！」

確かに俺は、厄介事でしかないカプリスとは極力接触しない方針である。それは今でも変わらない。

だが、俺はこれまで〈幻龍騎士〉として大きな使命を負って戦っていたが、そこには俺個人の夢や目標は存在していなかった。この学院に来たのは平穏に学院生活を享受するためだったが、それは既に叶いつつある。

ギランのように、自分の全てを賭して挑めるような、そんな大きな目標を有してはいないのだ。

だからこそ、友人が本気で挑んでいることは、応援して見守っていたいと思っている。

「二人共活き活きとしているし、水を差さないでやらないか？」

「時と状況によりますわ！　アイン、ギランにちょっと甘いんじゃなくって！　しっかりしてくださいませ！　あの凶犬、アインの言うことしか聞きませんのよ！」

ヘレーナが顔を赤くして腕を振る。

「私も、さすがに止めた方がいいかなと」

ルルリアも控えめにそう口にした。

「そ、そうか……。わかった、二人がそう言うのなら……」

思いの外ルルリアとヘレーナから反発を受けた。

目標を尊重したいとは思っていたが、それにもやはり限度があるらしい。俺とはあまり縁のないものだったので、必要以上に神聖視してしまっていたかもしれない。

俺が止めようと前を向いたとき、ギランの〈羅刹鎧《らせつよろい》〉が赤の輝きを増した。

ギランの剣が、カプリスの剣を押した。押し勝ったのは、ギランだった。

「喰らいやがれカプリス！」

「押し切られはせんぞっ！」

そのとき、カプリスは片手持ちから両手持ちへと切り替えた。カプリスの剣はギランの剣を押し留め、そのまま勢いよく弾き飛ばした。ギランの身体が横に吹き飛ばされる。

「うがアッ！」

〈羅刹鎧《らせつよろい》〉に巻き込まれた机や椅子が倒れ、破損していく。ギランの身体が壁に叩き付けられる前に、トーマスが前に割り込んでいた。トーマスはギランの身体を抱き留め、壁に背を軽く打ち付けた。

ギランの身体から、〈羅刹鎧《らせつよろい》〉の輝きが消える。

「そこまでだ。お前ら、教師の前で何てことしやがる」

トーマスがギランの身体から手を放す。ギランは力を出し切ったらしく、その場に力なく膝を突いた。息を荒げながら、カプリスを睨む。

「チッ……どこまで馬鹿力なんだ……。あれだけやっても、届かねえのかよ……」

「両手も魔技も使わされるとは。だが、剣技も〈魔循〉も、魔技を用いた一発技も、この余には遠く及ばぬ。余の敵ではない」

カプリスは鼻を鳴らし、剣を鞘へと戻す。

「次は最初から両手で相手をしてやる。必死に研鑽を積むがいい、ギラン・ギルフォード。そのときも今程度の未熟な技量であれば、つまらぬぞ」

ギランは目を開き、カプリスを見る。

カプリスはこれまで、ギランとの戦いを面倒だと口にしていた。だが、今の発言は、またギランと戦うという意思表明であった。荒い言い方ではあるが、カプリスが初めてギランを認めた言葉であった。

「……二人共、個人成績とクラス点へのペナルティは覚悟しろよ。下手したら寮での謹慎もあるからな」

トーマスが呆れたように口にする。

「ほう？　教師如きが、余の行動を咎めるか」

「生徒の喧嘩くらい俺個人としては見逃してやりたいんだが、そんな真似すりゃ他の生徒と教師から突つかれるんでな。それに、上級貴族相手にぺこぺこと頭下げてるだけじゃ、ここの学院の教師は務まらない。王子といえど、校則を軽んじた言動を見逃すわけにはいかん」

トーマスとカプリスはしばし睨み合っていたが、カプリスは鼻で笑って表情を崩した。

「フン、好きにするがいい。余は成績もクラス点も、寮での謹慎もどうでもよい。それとも、この余を退学にしてみるか？　父上はさぞお怒りになるだろうがな。フッ、トーマスよ、余の好きにやらせてもらうぞ」

カプリスがそう言い放ってトーマスに背を向けようとしたとき、シーケルが勢いよくトーマスへと頭を下げた。

土下座しかねない勢いだったので、周囲の生徒から身体を押さえられて止められていた。

「申し訳ございません、トーマス先生……！　カプリス様の失礼をお詫びいたします。カプリス様は天邪鬼でして、規則や建前があまり好きではなくて、少しムキになっているだけなんです。カプリス様が校則を軽んじて学院の格調を下げるような真似をしないよう、私も全力を尽くします」

「止めよシーケル！」

カプリスが怒鳴り声を上げる。内心を知ったように語られたことへの怒りか、本心を突かれたことへの気恥ずかしさか、色白の顔が赤くなっていた。

「カプリス様は個人の成績はあまり気にしないので、クラス点の方にペナルティを課すのはいい考えだと思います。カプリス様は強がってこそいますが、自分の我が儘で周囲の足を引っ張り続けるのは、さすがに好ましくないと考えているはずですので。他生徒からの反発があるかもしれませんが、彼らへの説得は私も尽力いたしますから！」

カプリスは憎々しげにシーケルを睨んだ後、足音を大きく鳴らして教室から出ていった。シーケルはカプリスの背を見て満足げに笑みを漏らした後、トーマスへと一礼して素早く彼の後を追い掛けていった。

「……俺も助かってはいるんだが、あの子はあの子でなんか怖いな」

トーマスはシーケルの背を眺めながら、そう呟いた。ギランは制服の埃を払いながら立ち上がる。

「本当に傍迷惑な自信家ヤローだぜ。次があったら、そんときこそぶっ飛ばしてやらァ」

ギランの言葉に、ヘレーナが目を細める。

「……再戦を匂わされて、ちょっと嬉しそうでしたわね。ギランがカプリスに敵意を向けていたのって、眼中にない扱いされて拗《す》ねてただけじゃなくって？」

「あァ!?」

ギランに睨まれ、ヘレーナがびくりと肩を震わせる。

……ひとまずカプリスは、これでしばらくは大人しくなりそうな様子であった。

第三話　害意のハーム

1　―マリエット―

〈Cクラス〉の寮棟の食堂にて、クラスの女帝であるマリエットと、彼女の取り巻きであるミシェルが顔を合わせていた。ミシェルが美味しそうにケーキを口にする前で、マリエットはぼうっとティーカップの紅茶に映る、自身の顔を眺めていた。

「紅茶が冷めますの。また考え事ですの、マリエット様？」

ミシェルはケーキ片を飲み込み、マリエットへと声を掛ける。

「別に考え事というほどではないわ」

「そろそろクラス点を上げるための、次の計画を練った方がいいんじゃないですの？　最近はマリエット様があまり派手な行動をしないから、クラスの統制も乱れてきていますの。現状のままだと、敢えて〈Cクラス〉に入った意味がありませんの」

元々マリエットは、充分〈Bクラス〉に入ることのできる実力を有していた。家柄も申し分ない。

だが、〈Bクラス〉ではトップに立つことができない。マリエットは確実にクラストップに立ち、その実力で他のクラスメイトを従わせ、統制したクラスで〈Bクラス〉を蹴落とすことにしたのだ。

彼女の実家であるマーガレット侯爵家は権謀術数に長けており、マリエットにもそういったやり方を求めていた。クラス内の貴族達を指揮してクラス対抗に挑むことは、権謀術数を磨くまたとない修練の場にもなるはずだったのだ。

「……わかっているわよ、そんなこと。今はあまり、そんな気分になれないの」

前回の騒動で、アインにそのやり方は合っていないので止めておけと、そう否定されたばかりであった。マリエット自身の性分に向いていないため中途半端になり、結果的に彼女の本分さえ充分に発揮できなくなっている、と。

「でも、今更そんなことといって、どうするんですの？　ご両親の意向に反することになりますの。今更クラスだって、どうしようもありませんし……。親衛の徴集だって最近はまともにありませんの。これも統制の緩みに繋がっていますの」

「わかっていると、言っているでしょう。私だって、何も考えていないわけじゃないわ」

「親衛の男子だって、またマリエット様の椅子にされたいと……」

マリエットが机を叩き、表情に嫌悪と羞恥の色を浮かべる。

「その男子って、誰のこと!?　すぐに親衛から外すわ！」

マリエットはそう怒鳴ってから溜め息を吐き、ようやく紅茶を口に含んだ。既に冷めており、少しだけ眉を顰める。

ミシェルの「淹れ直しますの？」という言葉には何も答えず、暗い顔で小さく俯いた。

「ミシェル、貴女を巻き込んでおいて、今更揺れているのは、申し訳なく思っているわ」

「マリエット様、そういうわけではありませんの！　ただ、私は、マリエット様がご実家からお叱りを受けるのではないかと不安なんですの。マリエット様が心から決めたことでしたら、私はどのようなことだって受け入れますの。でも、最近のマリエット様は、明らかに悩んでいますの……」

「ミシェル……」

二人は互いの心意を確認するかのように、顔を合わせる。しばしの静寂が訪れた。

上に立つ者は迷いを見せてはいけない。親友であるミシェルだけであればまだしも、マリエットが悩んでいるのは〈Cクラス〉全体に筒抜けであっただろう。

自分がしっかりせねば、クラスはどんどん纏まりを欠いてしまう。そうなれば、自分が今後取れる動きも限定される。今後どうするにしろ、早くに方針を固め、真っすぐと立っている姿を示さねばならない。

「……マリエット様、もしやアインのことが気になっているんですの？」

「かほぉっ！　けほっ！」

マリエットは紅茶が咽《む》せ、苦しげに咳き込んだ。

「な、何を言うのかしら、ミシェルは！　そんなわけがないでしょう！」

「どうにも私には、マリエット様が方針のことだけで頭を悩ませているようには思えませんの。確かに難しい問題ではありますけれど、私の知っているマリエット様なら、変えるなら変える、変えないなら変えないと、信念を持っているからこそ、そこに疑問が生じたのならばその場で決断して切り捨てることのできる強さを持っていますの。あれ以来、ずっと頭を悩ませているのは、方針以外に悩み事があるからではありませんの？」

「ただの思い過ごしよ！　いくらミシェルとはいえ、私のことを見透かしたように語って、好き勝手に口にするのは許さないわよ！　私のこれまでのやり方は、家のやり方でもあるの！　たとえ私に合っていなかったとしても、そう易々と切り捨てられるものではないのよ！」

「も、申し訳ありませんの、マリエット様……」

ミシェルがマリエットへと頭を下げる。

「わかればいいのよ。まったく……ミシェルは恋愛脳なんだから。私だって人のこと言える状態ではないかもしれないけれど、この学院で気を抜くのは止めて頂戴。この学院の生徒達は、未来の上級騎士候補よ。私達子息は、家の看板を背負っている。始まっているのよ、格付けは。私達は、それに出遅れている。色恋沙汰に呆けているつもりはないし、平民と恋愛する立場でもない。婚約が決まる前に適当に遊んでおこうだなんて思えるほど、私は腑抜けてはいないわ」

「わかりましたわ、マリエット様」

そのとき、同クラスの女子生徒の声が聞こえてきた。

「ね、ね！　噂のハートの魔石、本当にあるんだって！　迷宮の受付の人が言ってた！」

二人の女子生徒が噂話をしている。その大きな声に、マリエットは冷たい目を向けた。

だが、彼女達はマリエットの視線に気が付いていないようであった。

「食堂で煩《うるさ》い子達ですの、はしたない。注意いたしますの？」

ミシェルが呆れたように訊いた。

「そこそこいい値で引き取ってもらえるらしいけど、私は見つけたら絶対アクセサリーに加工してもらうね！　だって身に着けていたら、どんな恋愛だって叶うらしいんだもん！」

女子生徒は楽しげに話している。ミシェルは彼女の様子に溜め息を吐いた。

「恋愛事に、迷信ときましたの。おめでたい連中ですの。この学院での三年間がどれだけ大事なのか、きっとわかっていませんの。まったく……彼女達を導いていかなければならないと思うと、気が重くなりますの」

ミシェルが首を振る横で、マリエットは厳しい目つきのまま立ち上がり、女子生徒達の許へとつかつかと歩いていった。マリエットの様子に気が付いた二人は、表情を引き攣らせる。

「貴女達……！」

「マリエット様……！　ご、ごめんなさい、煩かったですね！　あの、静かにしますから……」

「その魔石について、詳しく教えてもらえるかしら？」

マリエットの言葉に、二人の女子生徒がぽかんと口を開けて目を合わせる。

「マリエット様……？」

ミシェルが疑心に目を細め、マリエットの背を見つめる。

2　―マリエット―

後日、マリエットはミシェル含む取り巻きの女子生徒二人を連れて、学院迷宮へと向かっていた。

「C、〈Cクラス〉のマリエット・マーガレット様……！　すぐに手続きいたします！」

迷宮の受付の女性が、マリエットへぺこぺこと頭を下げる。

「三名よ」

「学院職員ならどっしり構えておきなさい。貴女の役割は、私達を統制すること。今の私は侯爵家の令嬢である以前にレーダンテ騎士学院の一生徒なのだから。そんな態度では職務に支障を来たすでしょう」

マリエットは呆れたように口にする。受付の女性は、彼女のその言葉にも頭を下げそうになっていた。

「と……最近、迷宮内のマナの流れが少し乱れているようですのでお気を付けください。教師達が調査に入った際には安定状態の範囲内の数値だったそうですが、測定を行えたのは地下三階層までですから。下の階層で何かあって、上の階層に悪影響が出ることもあります」

「教師がマナの流れの測定を？　何かあったのかしら」

「ええ、地下三階層で巨鬼級《レベル5》の魔石が見つかったそうです。他にも稀少な魔物の異常発生や、纏まった量の魔石の自然発生が生じているみたいで」

「ふぅん……例のハートの魔石が発見されたのも、その影響なのね」

マリエットが呟く。

マリエットが学院迷宮を訪れたのは、先日〈Cクラス〉の食堂で耳にしたハートの魔石の噂が発端である。何でも高学年の生徒が、地下三階層奥地でハート形の魔石を見つけたそうなのだ。ハート形の魔石は、瘴気が結晶化する場所のマナの流れの偏りによって生じる、という話であった。

一つ見つかったということは、他にも近辺に複数存在する可能性が高い。そしてそのハートの魔石は、その形により恋愛に強いご利益があると噂されていた。

「……今更ですけど、マリエット様、やっぱりあのアインのことが好きになったんですの？」

ミシェルが恐々と尋ねる。マリエットは呆れたように首を左右へ振った。

「はぁ、貴女も頭の中は恋愛事ばかりなのね。これじゃあ噂好きのクラスメイト達を笑えないわ」

「ち、違うんですの……？」

「当然でしょう。何を言っているのかしらこの子は。私は、私のやり方で前に進むことにしたのよ。マーガレット侯爵家のやり方じゃなくてね。力で押さえつけて服従させて、裏工作で政敵を沈めるのに躍起になるのは止めにしたのよ。私の実力と行動でクラスメイトを惹きつけて、敵は正面から堂々と倒すことにしたわ」

「それはいいと思いますけれど……えっと、それと今回のことに何の関わりがありますの？」

「学院中の女子生徒が噂しているハートの魔石を手に入れれば、それだけで注目を集めることができるわ。何せ、ハートの魔石が欲しくても、地下三階層を自在に探索できる実力がなくて諦めている子は多いはずよ。〈Aクラス〉、〈Bクラス〉に対して、〈Cクラス〉のマリエットを意識させることができるわ。何より、クラスの女子生徒からの支持を集めるのにも丁度いいわ。今後は力ずくではなくて、人望によってクラスを支配するつもりなんだから。これはその第一歩よ」

「そこまで考えていただなんて、さすがマリエット様ですの！　よかったですの……てっきりマリエット様が、恋愛事に気を取られて迷走しているのかと……」

「はぁ……馬鹿にしないで頂戴、ミシェル。私はマーガレット侯爵家の長女よ。色恋沙汰なんて生まれたときから無縁なの。婚姻は他家との繋がりを深めるための道具なんだから」

「あっ！　マリエット様、だったら私にくださ い、私に！」

マリエットとミシェルの話に、もう一人の女子生徒が割り込んできた。彼女の名前はロゼッタ。

橙色の鮮やかな髪の、童顔で背の低い少女であった。

「どうして貴女にあげなくちゃいけないのよ。別の形でお礼はしてあげるわ。でも、ハートの魔石は私の人望集めのために有効活用するつもりなの。貴女にあげたら意味がないでしょう」

「クラスメイトにプレゼントしたってなったら、きっと人望が深まりますよ！　私、カプリス王子の気を引きたいんです！」

「あの変人が好きなんですの……？」

ミシェルに尋ねられ、ロゼッタが頷く。

「はい！　格好よくて強いですし！　何より王族だけど、本人の性根がアレで倍率が低そうなところに惹かれます！　私でも頑張ったらワンチャンありそうです！」

「ロゼッタ……貴女、可愛い顔してなかなかえげつないことを言いますの……」

「元々私ってあんまり長く騎士をやるつもりはなくって、それよりこの学院にいる将来の龍章持ち騎士候補の殿方に唾を付けておきたいんです！」

ロゼッタの言葉に、ミシェルが頭を抱える。

「……でも、マリエット様。ロゼッタの恋路を応援するのは悪くないかもしれませんの。女子生徒からの人望を集められますし、もしカプリス王子とくっ付けるのに成功すれば〈Cクラス〉の切り札になりますの。カプリス王子は入学試験歴代一位ですが、その半面クラス点にはあまり興味がないという話……上手く利用できれば、大きな武器になりますの。ロゼッタのローベルン伯爵家はマーガレット侯爵家の傘下ですし、万が一婚姻までいけば卒業後の手札にもなるかもしれませんの」

「…………」

マリエットはミシェルの言葉を聞いて、自身の胸許をぎゅっと摑み、唇を嚙み締め、泣き出しそうな表情を浮かべていた。

「マリエット様……？」

「い、嫌……。だ、だって、もっと有効活用できる方法、他にあるかもしれないから……」

赤らめた顔で、絞り出すようにそう口にした。ミシェルとロゼッタは、しばし言葉を忘れて、ぽかんとマリエットの顔を眺めた。

「そ、そうですよね！　ごめんなさいマリエット様、私なんかが図々しくもらおうとしちゃって！　もっときっと、他に何かありますものね！」

ロゼッタがマリエットの肩に触れ、彼女を慰めるように声を掛ける。

「……マリエット様、やっぱり、あのアインのことを気に掛けていらっしゃいますの？」

ミシェルが小さく、そう口にした。

3

マリエット達は学院迷宮の地下三階層まで進み、そこでバグベアという魔物と対峙していた。

中鬼級《レベル3》の魔物であり、黒い毛むくじゃらの毛皮と、硬い爪、そして高い俊敏性を持った単眼の鬼である。

バグベアの毛は硬質で、毛皮越しに傷つけることは困難である。マリエットは下がり、ミシェルとロゼッタが前面に立ってバグベアと戦っていた。

ミシェルは自身の小さな体軀を活かし、バグベアの死角へ潜りながら剣を振るう。ロゼッタはミシェルに気が取られがちなバグベアの隙を突いて剣を振るう。

一見互角の形勢を保っているが、実態は異なる。ミシェルとロゼッタはバグベアの素早い一撃を受ければ致命打となりかねない。しかし、二人にはバグベアの厚い毛皮を貫通する術はない。

おまけに形勢有利を取って、ようやく互角の状態なのだ。少しでも二人の連携が乱れれば、そこから一気に崩される。

「グモォッ！」

焦れたバグベアが、大きく腕を振るう。

「今ですのマリエット様！」

ミシェルはバグベアの側部へと回り込む。バグベアの正面が空いた。その隙を突いて、マリエットが地面を蹴って跳び込んだ。

マリエットの刃が迫る。だが、バグベアは足を振り上げてロゼッタを牽制しつつ、マリエットの刃を爪で防いだ。

「グモモ……」

バグベアが奇怪な声を上げる。笑っているかのようであった。

中鬼級《レベル3》の魔物は、騎士でも気を抜けば殺されかねないような相手である。頭数頼みの学生の攻撃で、そう容易く仕留められるようなものではない。

「刃はフェイクよ」

マリエットは左手に宿したマナの爪で、バグベアの単眼を引き裂いた。

「グモォッ！」

バグベアの単眼から血を噴き出し、その身体が床に倒れた。

バグベアの毛皮を斬るのは困難である。大きく開いた単眼が、最大の弱点であった。

マリエットは長い剣をフェイントに用いて、短く小回りの利く〈魔獣爪《まじゅうそう》〉の魔技《まぎ》で仕留めたのだ。

指先で操る五本の刃は、動きも長さも自由自在。相手の弱点を突くのに適していた。

ミシェルは戦いが終わったのを確認し、安堵の息を吐きながら剣を鞘へと戻した。

「さすがマリエット様ですの！　マリエット様に掛かれば、バグベアなんて敵ではありませんの！」

そのとき、ロゼッタがよろめいて膝を突き、剣を床に転がした。

「マ、マリエット様ぁ……私、もう、疲れました……。きょ、今日は引き上げませんか……？　身体もそうですが、あんな速い魔物との戦闘は、凄く精神を消耗すると言いますか……」

「騎士見習いが、そう簡単に剣を手放すものではないわよ」

「うう……で、でももう本当、限界なんです……。足とかも、すっごくパンパンで……」

「……仕方ないわね。無理をして大怪我されても私が困るもの。人数も、無理があったかもしれないわね。この人数だと、個々の負担が大きすぎる」

マリエットはそこまで言って、ミシェルへちらりと目をやった。

「ミシェルも口にはしないけど、かなり疲労が来ているみたいだし。ロゼッタ程正直になれとは言わないけれど、貴女もあまり無茶はしないで頂戴。私の右腕なんだから、怪我をされれば損失よ」

「マ、マリエット様……すみません」

ミシェルがやや照れたように頭を掻く。

実際、ミシェルの体力の限界が近いことも事実であった。バグベアは、気軽にそう連戦できる魔物ではない。地下三階層を満足に探索するには、もっと大人数で、個々の負担を軽くする必要があると、マリエットはそう考えた。

「体力がなくって、申し訳ないです、マリエット様。マリエット様が想い人のためにハートの魔石が欲しい気持ちはわかりますし、応援はしてあげたいんですけど……」

「だ、だから、わかりやすい実績作りのためだって口にしているでしょう！　ロゼッタ、貴女は、本当に余計なお喋りが大好きなようね！　私の婚姻相手は卒業すれば親がそのときの情勢に合った相手を見繕ってくるし、私に変な噂が付き纏いかねないような真似をするわけにもいかないのよ！」

マリエットが顔を赤くし、怒ったように口にする。

「ご、ごめんなさいマリエット様、もう言いませんから……！」

「まったく……本当にどの子も、口を開けば色恋事ばかり……！　私達は、この国を支える騎士の見習いなのよ。もう少し自覚を持ちなさい」

ミシェルは腑に落ちないといった顔を浮かべていたが、マリエットに睨まれて慌てて表情を取り繕った。

そのとき、三人へと近づく足音があった。マリエットが素早く剣を抜き、それに続いて後ろの二人も武器を構える。

「例の魔石は見つからないのに、魔物ばかり出てくるのね……。中鬼級《レベル3》じゃないといいけれど。貴女達、前衛は疲れたでしょう？　私も前に出るわ」

マリエットが下がって確実に隙を突いた方が効率はいいが、既にミシェルとロゼッタは疲弊しつつあった。

「本当ですか⁉　いやぁ、嬉しいですぅ。さすがマリエット様」

「ロゼッタ……遠慮ってものがありませんのね」

ミシェルが苦々しげに零す。

曲がり角の先から、明らかに異質な化け物が姿を現した。三人はやや気が緩んでいたが、その化け物を見た瞬間、一気に表情が凍り付いた。

それは、異様に細長い腕や脚をしていた。首には捻じれた痕があり、横に倒されている。

カラフルな衣装と融合したかのような異様な胴体。先が二つに分かれた帽子を被っている。口は大きく裂けており、目は生気がない。まるで服のボタンでも取り付けているかのようだった。

一言で表せば、それは子供の作った道化のぬいぐるみのような姿をしていた。

「よ、よよ、ようこそ、ようこそ……。僕はハーム、〈害意のハーム〉。ヒッ、ヒヒ、お嬢さん達、僕の作る、ハートの魔石が欲しかったのかな？」

甲高い声が迷宮内に走る。

「悪魔……」

マリエットはぽつりとそう零した。

悪魔とは、瘴気より生じる魔物の一体である。その姿は千差万別だが、共通する特徴としては、子供の見る悪夢のような姿をしている。

人語を介し、瘴気の扱いに長けている。そして高い知性を有するが故に、迷宮内の階層を頻繁に跨いで自在に歩き回る。通常は人間から警戒されないようにその姿を隠し、目立つ行動を避けるのだといわれている。

悪魔の危険度は個体によって異なる。

だが、マリエットは、その姿を見ただけで理解した。

相手は中鬼級《レベル3》なんて甘い魔物ではない。明らかに大鬼級《レベル4》以上である。おまけに悪魔は高い知性やトリッキーな性質を有しているため、同ランクの魔物よりも遥かに凶悪である。

4

マリエットは目前の悪魔、ハームへと刃を向ける。

ハームは大きく裂けた口で笑みを作る。

マリエットはハームと対峙しただけで、身体が芯から冷えてくるのを感じていた。

相手の佇まいだけで、ある程度は力量がわかる。ハームは、三人を前に、明らかに負けることを想定していない。

額から冷や汗が垂れた。マリエットは息を呑み、背後の二人へと目を向けた。

「……私が戦うから、二人は逃げなさい」

「でっ、でも、マリエット様を残して逃げるだなんて、そんなわけにはいきませんよ！」

ロゼッタが慌ててそう口にする。マリエットは目を細め、彼女を睨む。

「貴女達なんかじゃ、時間稼ぎにもならないわ。力不足なのよ。邪魔だから、とっとと下がってて。こいつはバグベアなんかとはわけが違うわ」

「ううっ……。そ、それでも……！」

「学院に情報を持ち帰らないと、大変なことになるわ。騎士なら、私情より国のために動きなさい。学院迷宮の地下に悪魔が潜んでいたなんて大事件よ。つまらないプライドで命を捨てるのは結構だけど、人に迷惑が掛からないときにするべきね」

マリエットが冷たい言葉を吐き捨てる。ロゼットは俯き、背後の通路へと駆け出した。

「ごめんなさい、マリエット様……！　絶対にご無事でいてください！」

「ヒ、ヒヒ、あ、ああ、必死に頑張っちゃって、可哀想……。だって、それも無駄になるっていうのに！　これまで潜んでいた僕が、ヒヒ、目撃者を逃がしたりなんてするわけないのに！」

ハームは地面を蹴り、ロゼッタの後を追う。

その奇妙な長い足は、人を真似て雑に作られたような構造をしており、人間の関節とはやや異なる。独特の走り方で、されど高速でロゼッタへと迫る。

マリエットはハームの動きに意表を突かれたものの、素早く横へと跳んで腕を伸ばす。だが、ハームは身体を捻り、その刃を避ける。

僅かに届かない。

マリエットとは反対側から、ミシェルがハームへと刃を振るった。ハームは避け損ない、腕で防いで背後へと跳んだ。

「ミシェル！」

「伝令役は、一人で充分ですの」

「貴女がいたって、勝てる相手じゃ……！」

「確かにつまらないプライドかもしれませんの。でも、貴女と地獄にお供するのは、私にとって命を懸けるだけの価値のあることですの」

ミシェルは短剣を振るい、ハームへ構える。

「ありがとう……ミシェル」

マリエットはそう口にしてから、ハームを睨み付ける。

「残念だったわね。今からあの子を追えば、私達を逃がすことになるわ。どちらにせよ、貴方の存在は露呈することになる。私達が勝てなくても、学院が総力を挙げて貴方を殺しに掛かるわよ」

「あ、ああ、そうか……ヒヒヒ、ああ、それは、お互い不幸なことだねえ」

ハームはわざとらしい動作で口を隠して笑う。

「どういうこと？」

「どど、どういうこと、だろうね？　ヒヒヒ。そ、それより、いいのかい？　格好よく逃がしちゃったけれど……ヒヒヒ、本当は後悔、してない？　わざわざ逃げる言い訳まで与えて、逃がしちゃって……。でも、本当に本心からのこと、なのかな？　本当は助かりたいでしょう？　あの子は、君達二人が意地になって助けるだけの価値のある子なのかな？　本当に？」

ハームはマリエットの顔を見つめ、そう語り掛ける。

長々と、ゆっくりと話しながら顔色を窺う。まるで、心の弱いところを探り当てようとしているかのようだった。

「貴方達悪魔は可哀想ね」

ハームの意図とは反対に、マリエットはそう吐き捨てた。ハームの口許が歪む。

「所詮瘴気の塊だから、百年掛けたって自分より大切なものを何一つ見つけられやしないんでしょう。だから信念も恥もなくて、私達の気持ちが理解できないのよ。悪魔って初めて見たけど、こんなに孤独で、哀れな生き物だったのね」

マリエットの言葉に、ハームの全身が震え、手足が膨張し、指先から爪が伸びた。明らかに怒りを示していた。

「そうかい、そうかい、高尚なお考えだ。言葉で揺さぶれないなら、甚振って心を折ってあげるよぉ！」

ハームが地面を蹴り、マリエットとミシェルへと飛び掛かってくる。

「ミシェル、私から離れないで！」

「わかってますの！」

ハームは明らかに二人より速く、力もある。常に数の利を充分に活かさなければ、まともに戦うことはできない。

ミシェルが素早くハームの死角に回りながら肉薄する。ハームは首を歪な角度で曲げて彼女の姿を視界に留めつつ、長い腕を撓《しな》らせてミシェルの腹部を打つ。破裂音に似た鋭い音が響く。

「かはっ！」

ミシェルの身体がくの字に折れ、口から咳に混じって血が飛んだ。地面に身体を打ち付け、転がっていく。

その間にマリエットが逆側から刃を振るう。だが、ハームの身体が歪に折れ曲がり、彼女の刃を回避した。

「関節、どうなってるのよ貴方……！」

隙を晒したマリエットへ、ハームは素早く腕を打ち付けようとする。マリエットは屈んで避け、追撃を地面を転がるようにして躱す。離れ際に、腕へと一撃をお見舞いした。

ハームの腕に斬撃が走り、半分近くまで斬れた。黒い血のようなものが垂れる。

「あ、ああ……頑張った……頑張ったねえ」

ハームは自身の腕を見て、感心したように口にする。だが、腕が細かく振動したかと思えば、あっという間に肉が生え、傷口が塞がった。

マリエットは息を呑んだ。再生能力が桁外れに高すぎる。

「むむ、無意味、だけどね……ああ、可哀想、可哀想……ヒヒッ」

「どうしろっていうのよ、こんなの……」

「ちょっと本気、ヒヒッ、出しちゃおうかな？」

ハームが両腕を後ろへと伸ばす。

両腕が震えたかと思えば、ゴムが引き伸ばされていくかのように、その長さが増していく。倍以上にもなっていた。

「何を……」

次の瞬間、ハームが鞭のように両腕を素早く振るった。辛うじて起き上がっていたミシェルは、どうにか身体を反らして腕を避ける。だが、腕は素早く地面を跳ねてミシェルを追い、彼女の身体を打った。

「嘘……さっきより、遥かに重……！」

宙に浮いた彼女の身体に、三発目が放たれる。床へと叩き付けられた。

そしてその上に、容赦なく四発目が叩き込まれる。叩き付けられたショックで半ば意識を手放していた彼女は、完全に無防備な状態で四発目の直撃を受けた。

腕を垂れさせ、身体を痙攣させる。手から剣が離れていた。もう、まともに立ち上がることさえできる状態ではなかった。

マリエットは剣を縦に構えて受け、鞭の衝撃を利用して後退して間合いから逃れ、被害を抑えていた。だが、掠めた手の甲は皮が剥がされて血塗れになっており、刃越しに鞭の衝撃を受けた際に胸骨にダメージが響いていた。

「よ、よく耐えたねえ、ヒヒ、ヒ……でも、次のは、どう……」

「次はないわ！」

マリエットは地面を蹴り、ハームへと跳んだ。〈軽魔《けいま》〉を用いた歩術で一気に距離を詰める。

「ヒ……？」

ハームの左腕は、間合い外に逃れたマリエットを追って、最大まで伸ばされていた。今は、だらしなく床に垂れている。

「随分と舐めてくれたものね！　そんなに伸ばして、仕留め損ねたときはどうするつもりだったのかしら！」

「そんなの、簡単……」

ハームは右腕を引き戻そうとした。

だが、腕が動いた瞬間にミシェルが右腕にしがみつき、思いっきり噛みついた。それでも腕の動きは止まらなかったが、ミシュルを引き摺っているため速度が乗らない。

「チィッ！」

ハームは後方へ跳ぼうとする。だが、振り切れない。両腕を大きく無防備に伸ばした状態で、マリエットの肉薄を許すことになった。

「貴方の再生能力……なかなかのものだけれど、完全に切断したらどうなるのかしら！」

マリエットは剣を片手持ちに切り替え、逆の手でマナの爪を伸ばす。〈魔《ま》獣《じゅう》爪《そう》〉である。

「まさか……！」

「これで終わりよ！」

マリエットが爪と刃を力任せに振るった。ハームの両腕が千切れ、黒い飛沫を上げた。

「あっ、ああ、ああああっ！　そんな……この僕が、たかだか騎士見習い如きにっ！」

ハームが悲鳴を上げる。

マリエットは身体がふらついたものの、背後へ逃れようとするハームを追う。ハームを仕留めようと刺突をお見舞いするが、ハームは歪な動きで横へと逃げた。

「なんてね」

ハームの腕が震え、切断面から瞬時に新しい腕が伸びる。マリエットは、自身の目を疑った。

「そんな……！」

「ヒッヒヒ、ヒヒヒヒ！　ああ、その顔が、その顔が見たかったんだよ！　ニンゲンが絶望するときの、その顔、顔！　顔顔顔顔顔！」

ハームは力任せの一撃によろめいたマリエットへと距離を詰め、彼女の頭部へと両腕を回して押さえつけ、顔面に膝蹴りをお見舞いした。

間を置かず右手で頭部を地面に叩き付け、左肘で後頭部に追撃して挟み撃ちにする。周囲にマリエットの血が飛んだ。

マリエットは辛うじて首を倒し、霞む視界でハームを見上げる。だが、意識は半ば途切れており、もう睨む気力も残っていなかった。

「た、ただの雑魚だったね、ヒヒヒ。ね、ねえ、訊きたいことがあるんだけど、僕がお遊びで嘆けた修羅蜈蚣……殺したの、誰？」

ハームは屈んで、マリエットの髪を摑んで持ち上げ、視線を合わせる。マリエットは力なくハームを見上げていたが、ついに完全に意識を失ったらしく、地面へと目線を落とした。ハームはミシエルへと目を向けるが、彼女も既に意識を手放している様子だった。

「ま、まぁ……いいや、ヒヒ。どの道、生かして連れていく必要があったんだ。ゆっくり聞かせてもらうよ……ゆっくり、ゆっくりね」

5

俺は校舎横で、ギラン、ルルリア、ヘレーナを相手に模擬戦を行っていた。

ここ数日、そういった機会が増えていた。元々ギランに稽古を頼まれてよく付き合っていたのだが、そこに流れでルルリアとヘレーナが巻き込まれたのが発端となり、以来頻繁に一対三の模擬戦を行う習慣ができていた。

最初の内、ヘレーナはあまり乗り気ではなさそうだった。ただ、修練後に俺がヘレーナのヘストレッロ家流剣術は奥深くていい剣術だと話したところ、鼻高々に嬉しそうにしており、最近ではルルリアを引っ張って自分から俺の許を訪れることが増えていた。

ネティア枢機卿よりいただいた〈アイン向け世俗見聞集〉には、人を動かすには褒めるのがいいと書いてあったが、その意味がよく理解できた。

「うらァ！」

俺はギランの連撃を最小限の動きで避け、死角に潜り込んであばらの付近を刃の腹で軽く打った。

「うぐっ……」

ギランは唇を噛み、その場に膝を突く。

「ギランの反射神経と身体能力なら対応できたはずだ。攻めることに専念し過ぎて、隙を突かれやすいのが弱点だな。それがギランのスタイルだとも言えるんだが、さすがにもう少し守りも意識した方がいい。今のまま改めずにいると、もっと上のレベルで限界が見えてくる」

「下級魔術《ランク2》〈ファイアスフィア〉！」

ルルリアが俺の足許へと剣先を向ける。炎球が一直線に放たれる。

狙いは悪くない。ギランと俺が衝突し、立ち位置が変わったところを即座に叩いてきた。

共闘しているギランに絶対に当たらないタイミングで、少しでも俺の隙を突けるところを狙っている。身体を狙ってもいいとは言っていたのだが、足許狙いだったのはルルリアの性格上仕方ないことか。

「ただ、俺とギランの動きを予測して、もう少し早めに魔術を使えていたはずだ。戦闘中に相手が止まっているわけがないんだから。魔術は俺も得意ではないが、俺を狙うというより、俺の移動したい先に置いておくという意識の方がいいかもしれないな」

俺は跳んで躱し、ルルリアへと一気に肉薄する。

「ふぇっ!?」

ルルリアは構えていた剣を慌てて俺へ振るうが、さすがに遅すぎる。

俺は刀身で軽く彼女を突き飛ばした。ルルリアは尻餅をついた。

「魔術を使った後への意識もまだ薄いな。対応させて隙を生じさせてから剣で追撃するのか、不利な間合いだと認識させて相手を動かしてからその動きを読んで次の手を打つのか、距離を置いて一方的に攻撃できる状態の継続を狙うのか。今のルルリアだと、魔術を使った後の動きが、場当たり的過ぎて一歩遅れている」

「は、はい……」

「私だけになった以上、もうこうなれば破れかぶれですわ！」

ヘレーナが大振りの剣を振るってくる。

剣の先端で狙ってきており、ヘレーナとの間に距離の開きもある。少し身体を反らしただけで容易に避けられる一撃だ。

だが、この攻撃は悪くない。

この剣は、あまりに避けるのが容易い上に、その後も簡単にヘレーナの死角に回って優位な状態で攻撃を仕掛けることができる。要するに、誘い手なのだ。

敢えて誘いに乗らずに剣で防ぎ、その後の展開にヘレーナが対応できるかを確かめるのも訓練としては有意義だろう。

しかし、ここはヘレーナの思惑に乗って、避けてから王道に攻めることにする。俺はさっと躱し、王道的に死角から攻める。

ヘレーナは素早く身体を回す。肘の位置を高くし、手首の関節を大きく曲げ、変わった姿勢で剣を構え、俺の刃を受け止める。

「ほう、そうやって受けるのか」

奇妙な型だったが、考えなしにできる受け方でもない。一見無意味で隙の大きい初撃は、この形勢に持っていくための布石だったのだ。

相手に攻めさせ、返し技を見舞う。それがヘレーナのスタイルだ。

「〈水鏡輪旋《すいきょうりんせん》〉……んん!?」

ヘレーナの手首から、ゴキっと嫌な音が響いてきた。そのまま彼女は、頭の軌道で綺麗な半円を描くように地面へ横倒しになる。

俺は慌ててヘレーナの二の腕を掴んで引き、彼女の転倒を阻止した。あのままであれば、頭を地面に打ち付けていた。

「だ、大丈夫か、ヘレーナ？」

「う、うう……び、びっくりしましたわ……。なんですの、アイン、今の技？　身体が地面に糸で引き寄せられるみたいな感覚でしたわ」

ヘレーナは関節から奇妙な音が鳴った手首を押さえて摩《さす》る。

「それは俺のせいじゃないと思うんだが……」

以前に〈Dクラス〉との試合で見たヘレーナの返し技、ヘストレッロ家三大絶技の一つ〈龍雲《りゅううん》昇《しょう》〉は、相手の剣を搦め捕り、力の流れを制御して垂直に投げ飛ばすものだった。

恐らく〈水鏡輪旋《すいきょうりんせん》〉も、力の流れを制御する返し技だったのだろう。ただ、ヘレーナの返し技が中途半端に成功した結果、彼女でさえ想定していない方向に力が向かい、異様な事態が発生したのだ。

「……どうにかなんねぇのかァ、ヘレーナのその剣はよ。あんな雑な大振りがあるか？」

立ち上がったギランが、呆れたように零す。

「いや、あれは巧妙な誘い手だ。俺もヘレーナの戦い方を知らなければ、ただの雑な牽制だと思っただろう」

「そうなのかァ……？　まぁ、アインが言うんだから間違いはねぇか。悪かったなァ、ヘレーナ」

珍しくギランがヘレーナに謝った。ただ、当のヘレーナは首を傾げていた。

「誘い手……？　何が？　私が？　どれがですの？」

さすがの俺も意表を突かれた。目を見開いてヘレーナを見る。自身の顔が強張っているのを感じていた。

「……アインさんがこんなに驚いているの、私、初めて見ました」

ルルリアが引き攣った表情でそう口にした。

ほ、本当に、ただの偶然だったのか……？

いや、さすがにそんなはずがない。恐らくヘレーナは、そもそもヘストレッロ家流剣術とやらの理合いを充分に理解しないままに、身に着けた型を使える状況に合わせて使っているのだ。

「しかし、失敗していたとはいえ、そんな状態であんなスムーズな型の移行が行えるのか……？　いや、逆か？　思考を挟まずに覚え込んだ型を感覚で使っているからこそのものだとでもいうのか？　だが、さすがにそれは……」

俺は手で口を覆い、自分の考えを整理する。

下手にヘレーナに、彼女の剣の理合いについて口を挟まない方がいいのかもしれない。

通常、理合いを学ばないままに型を真似た剣などロクな威力を発揮できないものだが、彼女の場合はそこについては特に問題はない。

教え込まれた剣の型が正確無比なものだったためか、不思議と上手くいっているように見える。

何よりヘレーナの剣技は、動きも構えも仕掛け方も独特で繊細だ。

ただ、ヘレーナはあまり器用な方だとは言えない。思考を挟めば技の出が遅れる危険性もある。

それを見越したヘレーナの師が、敢えて一切の理合いを教えずに感覚だけを研ぎ澄まさせてきたのかもしれない。やはり、ここに余計な口を挟むべきではない。

しかし、ヘレーナの剣が未完成であることは間違いない。偽りの隙を作って攻めさせ、返し技で反撃するのが主流のはずなのだが、ヘレーナはその肝心な返し技が使えないのだ。結果として、ただ隙の大きい変な剣術となっている。

俺もギランも何度も練習に付き合っているが、結局成功したところを見たのは〈Dクラス〉との戦いのときだけである。

動きや反応自体はよくなっているし、先程のようにただの失敗でなく技の暴走のような事態が生じるようになったため、進展はしているはずなのだが。

「……アイン、やっぱり私、今からでも一般的な剣術を学んだ方がいいんじゃなくって？」

ヘレーナが不安げに俺へ訊ねる。

「いや、それは間違いなく勿体ない。ヘレーナは今の方面で大きく成長できる余地があるはずだ」

「ほ、本当かしら？　フフン、まあ、アインがそこまで言うのなら……」

「それに、今から普通の剣術を学ぶと、恐らく変に混じって収拾がつかなくなる。完全にクセを抜くのにも、かなりの時間が掛かるだろう。その上で、一から身に付けた剣技で、他の生徒がこれまで人生を懸けて磨いてきた剣技と張り合わなければならない。とてもじゃないが、三年後の騎士団編入に間に合うとは思えない」

「……わかりましたわ。剣術流派を鞍替えするのは諦めますわ」

ヘレーナはがっくりと肩を落とした。

ヘレーナの剣術は、極めればいくらでも上を目指せる余地のある、いい剣術だとは思う。

マナの成長限界や扱える魔技は、その大部分を才能に依存する。その分、純粋な技術を要する剣技は、修練次第で血筋に捉われずに高みを目指すことができる。

……問題は、ヘレーナの剣術がその方向性に特化しすぎていて、今の彼女では満足に扱い切れていないことだが。

そのとき、慌ただしい様子で校舎から出ていく女の人が見えた。

学院迷宮の受付をよくやっている人だ。ただ、様子がただ事ではない。目が合うと、相手はこちらを見て足を止めた。

「あっ！　よかった、貴方達！　劣等……こほん、〈Eクラス〉の四人ね！　少し頼みたいことがあるんです！」

「あァ!?」

ギランが目を細めて握り拳を作り、一歩前に出る。俺はギランの肩を引いて止め、受付の人へと顔を向けた。

「何かあったのか？」

「学院迷宮に、推定大鬼級《レベル4》の悪魔が出たんです！」

大鬼級《レベル4》の悪魔……？

通常、大鬼級《レベル4》というと、龍章持ちの騎士でも命を落としかねない魔物だ。

中でも悪魔は、人間より凶悪な身体能力や特異能力、そして他の魔物にはない高い知性を有する。

それ故、人間から存在を隠し、低階層に潜んで迷宮内で罠を張ることがある。

学院迷宮にいていいような存在ではない。悪魔がいたのが本当ならば、学院の教師陣から実力派を集め、討伐隊を組まねばならないような事態だ。

6

「一年の〈Cクラス〉の子が三人学院迷宮に入っていたのですが、悪魔の襲撃に遭ったそうなんです。一人は他の二人に庇われる形で逃げてきたそうなんですが、その子も怪我を負っていて……」

受付の人の言葉に息を吞んだ。既に二人、悪魔と遭遇して以来、安否が不明な状態なのか。

「〈Cクラス〉の生徒……まさか、マリエット達か？」

「顔見知りだったんですか？　そうです、マリエットさんとミシェルさんが、迷宮の中にまだいるはずなんです」

〈Cクラス〉というと、マリエットのクラスだ。学院一年目で、授業外で学院迷宮へ自主的に訪れる生徒は少ないと、トーマスがそう言っていた。マリエットは〈Cクラス〉の中では頭一つ抜けた実力者であるし、彼女である可能性は高いと考えたのだ。

だが、外れていてほしかった。素直に友好的とは言えない、奇妙な縁ではあった。ただ、見知った相手がこうした事態に見舞われるのは、気分がよくはない。

「とにかく、今、逃げてきた子を医務室に運んできたところで、これから別棟にいるはずの教師の方々へ、知らせに向かうところなんです！　ただ、生徒が迷宮内にいるのに封鎖するわけにもいきませんから、学院迷宮への扉は開放したままになっているんです。念のため、中へ侵入する生徒がいないか、見張っておいてください！　まずそんな間の悪いことは起こらないとは思いますし、私も開けたままにしておくつもりでしたが、見張りを立てておけるのであれば、そちらの方がいいですからね」

「わかった、引き受けさせてもらう」

俺が了承すると、大急ぎで受付の人は駆けていった。

その後、俺達四人はやや駆けながら、地下にある学院迷宮の入口へと向かった。

「な、なんだか、大変なことになっていますね。マリエットさんとミシェルさん、大丈夫なのでしょうか？」

ルルリアが不安げに問う。

「そうですわね……。教師の方々が動けば、悪魔自体はすぐに倒してくださるでしょうけれど。〈銅龍章〉持ちも、ちらほらといるはずですし」

ヘレーナの言葉に、俺は首を振った。

「〈銅龍騎士〉の教師は、元々数名だったはずだ。それに今日は休日……〈太陽神の日〉だ。すぐには連絡の付かない教師もいるだろう。それに悪魔は狡猾で手強い。一つの基準として〈銅龍騎士〉であれば大鬼級《レベル4》と単騎で戦えると言われているが、それは一対一で戦えば絶対に勝てるというわけではない。あくまで対等に戦える、というだけだ。迷宮内には他の魔物もいる上に、相手がどこに隠れたのかも定かではない。最低でも、〈銅龍騎士〉が四人はいないと話にならないだろう」

俺は顎に手を当て、軽く俯いて考える。

学院の教師数名で、安定した悪魔の討伐と生徒の救助を目指せるかというと、かなり怪しいところなのではないだろうか。教師の個別の力量を把握しているわけではないので、言い切ることはできないが。

「で、でも、フェルゼン学院長は、元〈金龍騎士〉ですわよ！　あんなにムキムキなんですから、こんなときくらいあの筋肉を振るってもらわないと……！」

「……さすがに年じゃねぇのか？　あの気迫で弱いわけはねぇと思うけどよ」

ギランがヘレーナの言葉に目を細めた。

特に教師の中で一応は実力派だった〈銅龍騎士〉のエッカルトが退職したばかり……ということも響いている。人間性はともかく、大鬼級《レベル4》の魔物への戦力になる実力者であったことは間違いない。

「俺が迷宮の中を見てくる。ルルリア達には、外で見張りを行っていてほしい」

「ア、アインさん……でも、あまり噂になり過ぎると、何かご実家の方で厄介なことがあるんですよね？　そのために〈Eクラス〉に入ったと……」

「……そう、だな。もしかしたら、今度こそ呼び戻されて、学院を去ることになるかもしれない」

前の〈Dクラス〉との決闘騒動では、俺はネティア枢機卿に呼び戻されることを覚悟していた。結果的にエッカルトの実家であるエーディヴァン侯爵家が、彼の醜態が表沙汰になることを嫌ったためにそうならずに済んではいるが。

ただ、迷宮内で悪魔が発見されたという話は、すぐに広まることになるだろう。下手に討伐を隠せば、生徒達の不安を煽ることにも繋がりかねない。今回ばかりは少し危ういかもしれない。

「だが、いいんだ。俺はこの学院に、大切なものを幾つも教えてもらった。それを守るためなら、ここを去ることになったとしても別に構いはしない」

ネティア枢機卿の期待には反することになる。しかし、それでも友人を見殺しにするよりはずっといい。

「アインさん……」

ルルリアが寂しげに呟く。

「なんか事情があるのはわかってたが、そんなにお堅いことだったのか。アイン、俺も連れてってくれ。いや、断られたってついていくぜ。これが最後になるかもしれねぇっていうのなら、絶対譲れねえよ」

ギランはそう言って自身の手のひらを拳で叩く。

「……悪魔は悪賢い。マリエットとミシェルが捕らえられている可能性もある。人質策への対抗手段として数がいるのはありがたいが、何が出てくるかわからない。それに、地下迷宮に修羅蜈蚣が出没したことといい、おかしなことが連続している。ここに裏があるのなら、危険なのは悪魔だけじゃないかもしれない」

「ハッ！　危険を恐れて騎士なんか目指せるかよ。勿論俺は行くぜ」

ギランは間髪容れず、そう宣言した。

「わ、私も行きます！　アインさんに指南してもらって、少しはまともに動けるようになったはずなんです！　数の利があれば、敵を倒さなくてもマリエットさん達を助けて逃げられるはずですし！」

ルルリアも両手で握り拳を作り、ギランに賛同した。

「わかった、三人で行こう。ヘレーナ、見張りは任せていいな？」

「え!?　え、えっと……わ、わわ、私も勿論行きますわよ！　ヘストレッロ家流剣術を披露して差し上げますわ！」

「おい、ヘレーナァ……お前、別に無理しなくていいんだぞ？　無理強いしてるわけじゃねぇんだから」

ギランが言い辛そうな顔で、ヘレーナへとそう口にした。珍しくギランがヘレーナに気を遣った。

「なっ!?　ど、どうしてルルリアは止めないのに、私を止めるんですの！」

7

学院迷宮ことレーダンテ地下迷宮へと潜った。

頼まれていた見張りに誰も残らないのは申し訳ないが、元々受付の人も、俺達が見つからなければそのまま見張りは置かずに教師らを呼びに行くつもりだったようだった。

実際、わざわざ午後の遅いこの時刻より、それも教師らが戻ってくるまでの短時間に、学院迷宮に受付不在を無視して入り込む生徒が偶然現れるとは思い難い。

「……非常事態を知った上で、受付記録なしで学院迷宮に入り込んだのって、やっぱりかなりまずかったりしないかしら？　これでもし退学になったら、父様にブチ殺されますわ……」

ヘレーナが表情を歪めてそう零す。

「今更んなことグダグダ言い出すんじゃねぇぞヘレーナ！　嫌ならとっとと一人で戻って、見張りでもやってやがれ！」

「戻りませんわよ別に！　……ちょ、ちょっと、不安になっただけですわ」

ヘレーナが小声でそう言い訳する。

ヘレーナは騎士になれなければ、騎士である父親が死んだ際に平民扱いになってしまう。彼女が騎士になれる見込みを失った時点でヘストレッロの家名は滅ぶことがほぼ確定してしまい、そうなれば実質取り潰しの扱いを受けるはずだ。

そのためヘレーナの父親も、彼女が騎士になることを熱望しているに違いない。今になって迷いが出てきてしまうのも仕方のないことではあった。

「大きな問題になる前にさくっと片付けば一番いいんだがな。後は学院長と受付の人に頭を下げて、どうにか口裏を合わせてもらうか、だな」

「そ、そうよね！　アインだっているんですもの、すぐに片付きますわよね？　ね？」

「期待させて悪いんだが、相手が人質を取って広大な迷宮に隠れている上に、時間制限まであるとなるとな。俺も一人ですぐに片付きそうにないと判断したから、同行してもらうことにしたんだ」

「……そりゃそうなるわよね」

ヘレーナががっくりと肩を落とす。

「捜索も人質救助も、俺はあまり得意でなくてな。こういうのは〈名も無き三号《ドライ》〉が得意だった」

「ドライ……？」

ギランが目を細める。

「俺の知人だ。彼女は戦闘面はやや苦手だが、捜索や人質救助が得意だった。この学院迷宮くらいの規模なら、感知魔術と転移魔術を駆使して、階層内の魔物の数と座標を一分程度で把握できていただろう」

もっとも戦闘面が苦手といっても、それは〈名も無き三号《ドライ》〉の攻撃魔術が速さと規模に欠けるというだけだ。防御と逃げに徹した彼女に決定打を与えるのはほぼ不可能だ。実際に俺と彼女が戦えば恐らく千日手《せんにちて》になる。

「んな化け物が知人にいるのかよ……。じょ、冗談だよな？　んな奴がいたら、有名人になってねぇとおかしいと思うんだが。実在すんなら会ってみてぇけどよ」

俺は〈名も無き三号《ドライ》〉のような便利な魔術は有していない。残念ながら自分の足で捜すしかない。

悪魔が地下一階層にいるとは考えにくい。

悪魔は賢い。生徒を逃がした時点で、学院側が討伐と救助に向かうのはわかっている。悪魔とて、人間側から本気で目を付けられるのは相当に厄介であるはずであり、逃げられたのは恐らく失策だっただろう。

悪魔は自身の身を守るため、迷宮深くに潜り、討伐に出てきた人間が疲弊するのを狙ってくる可能性が高い。

だが、それは、あくまで可能性だ。ほんの少しの違いで、簡単に行動は変わる。絶対でない限り、見逃がしを警戒して、階層ごとにある程度全体を確認しておくべきだろう。

「修羅蜈蚣討伐の際、通った経路は覚えているか？　三人でそこを移動して、地下二階層への階段まで向かってくれ。俺はそこ以外の、地下一階層内の経路を軽く調べておく。悪魔が出てきたときは、絶対に交戦せず、大声を出して走って逃げてくれ。マリエット達だけを見掛けても、安易に近づかずにまず俺を呼んでほしい。悪魔の罠の恐れがある」

ギランが突っ走りそうだが、そこはどうにかルルリアとヘレーナに抑え込んでもらうしかない。少し過保護なようだが、今回の騒動は本来、騎士見習いを同行させていいようなレベルの事態ではないのだ。気を付け過ぎているくらいで丁度いい。

「えっと……私達が最短に近いルートで地下一階層を抜けている間に、アインさん一人で他の道を見てくるってことですか？」

ルルリアが困惑したように話す。

「さすがに見縊《みくび》り過ぎだぜアイン。ルルリアは〈魔循《まじゅん》〉が苦手だが、入学当初程致命的な弱点ってわけでもなくなっただろ？　第一大まかとはいえ、階層内全体を確かめるなんて、いくら時間があっても足りやしねぇぜ」

「事態が事態だから、久々に本気を出す。ギラン達も急ぎつつ、気になったことがあったら後で報告してくれ」

俺は通路の先へと顔を向け、息を深く吸って意識を集中する。

目を見開き、〈剛魔《ごうま》〉で膂力を強化して地面を蹴り、その刹那に〈軽魔〉へと切り替えて移動速度と距離を稼ぐ。膝を軽く曲げながら壁に足を付け、再び〈剛魔〉と〈軽魔〉を用いて自身の身体を斜め前方へと打ち出す。

左右の壁が狭い迷宮内では、マナの消耗を度外視するのであればこれが一番速い。上手く〈軽魔〉と膝関節を用いれば音を殺すことができるため、足音から逃げられる危険も低い。

もっとも悪魔はマナで人間を感知できるため完全に接近を隠すことはできないが、少なくとも『大きな音が連続しているため危ないものが来るかもしれない』と危機感を抱かせることはない。

「また、地下二階層への階段で会おう」

俺は軽く振り返り、三人へとそう叫んだ。

ルルリア達は、口をぽかんと開けて俺の背を見ていた。ギランが慌てて、俺とは別の道を指で示した。

「は、早く行くぞ！　遅れて足引っ張るわけにはいかねぇんだからよ！」

8

地下一階層、地下二階層の探索を終え、俺達は一度集まり直して、四人で地下三階層への階段を下りていた。

「やはり低階層にはいなかったか。ここからが本番だな」

「……なんで迷宮中、高速で飛び回ってたアインが一番疲れてねぇんだ？」

ギランが肩で息をしながら口にする。

「さすがに俺も少し疲れた。ただ、あまり顔に出ないだけだ」

「……少し、ですか」

ルルリアがやや引き攣った顔でそう言った。

「ただ、ここからは危なすぎるな。一階層、二階層と同じように動き回るのは避けた方がいい。三人は入口近辺を当たってくれ。俺は奥を捜索して、一通り見てから戻ってくる」

地下三階層からは中鬼級《レベル3》の魔物、バグベアが出没するようになる。群れる魔物ではないが、運が悪ければ他の魔物から横槍を入れられることもある。そこに大鬼級《レベル4》の悪魔が出現する可能性もあるのだ。かなり慎重に動いてもらう必要がある。少し不運が重なっただけで、大惨事になりかねない。

「悪魔が地下一階層か地下二階層にいるならば、自分の存在が露呈したことに対して学院側がどのような動きを取って来るのかの偵察、或いは人質を用いた交渉、それを匂わせての騙し討ちが目的だと仮定していた」

凶悪な悪魔とて、人間に存在が露呈することは好ましくないのだ。

所詮は単体の魔物である。人間が組織ぐるみでの対処に当たれば、いかに強大な悪魔もいずれは命を落とすことになる。

今回の件も、学院側は悪魔を討伐するまで学院迷宮を封鎖し、教師を送って悪魔の討伐を試みるはずだ。仮に教師で戦力不足と見れば、騎士団の手を借りることもあるだろう。最終的にどれだけの被害になるかはわからないが、存在が露呈した時点でいずれは討伐できるはずの相手ではあるのだ。

悪魔もまた、学院側の動きに対して何らかの対策を行ってくることは間違いなかった。

「地下五階層以降に潜ったのならば、それは自身の姿を晦《くら》ますためだ。地下五階層は、騎士団の調査もあまり進んでいないという。悪魔がそこに隠れ続ければ、短期で決着を付けるのは困難になる」

解決しなければ、長期的な学院迷宮の閉鎖も考えられる。

世界の奥底にある巨大なマナの流れ、〈深淵〉。そこで特定の条件が重なったときのみ、高い知性を有する魔物、悪魔が現れるとされている。悪魔はそれだけ稀少であり……そして、危険な存在であるのだ。

「じゃあよ、地下三、四階層にいたらどういう狙いだとアインは思うんだよ」

「それは……」

俺が答えるより先に、通路の先から声がした。

「ヒッ、ヒヒ……それは勿論、迷宮探索で疲弊したニンゲンを狙って攻撃するためだよ。僕の存在が明るみになれば、ニンゲンを捕らえる機会が減ってしまう。今のウチに、数を狩っておかないとね」

甲高い、奇妙な声だった。

声に続き、腕が異様に長い、道化を模したような化け物が現れた。道化服らしきものは身体の一部らしく、一体化しているようだった。表情からは一切の感情が窺えない。顔というより、人間の顔を模しただけのただの飾りのようだ。

どうやら件《くだん》の悪魔らしい。ギラン達が一斉に道化姿の悪魔へと剣を構える。

「こっ、こいつが、推定大鬼級《レベル4》の悪魔か！」

「悪魔……とは、失礼だね、ヒ、ヒヒ、そんなまるで、知性のない獣でも呼ぶかのような言い様。君達は、友人を『ニンゲン』と呼ぶのかい？　僕はハーム、〈害意のハーム〉さ。親しみを込めて、そう呼んでおくれよ、ヒヒ。僕達悪魔は、最もニンゲンに近しい魔物なんだから」

「マ、マリエットさんとミシェルさんの姿がありません！　あの二人をどうしたんですか！」

ルルリアが道化姿の悪魔、ハームへと叫ぶ。

「マリエット……ミシェル……？　ああ、あの二人の子のことかな？」

ハームは無機質な顔の大きな口の両端を吊り上げ、笑みを作った。長い腕を曲げ、指を口の中に入れ、涎を垂れ流しながらしゃぶり始める。

「ああ、おいし、美味しかったなぁ、本当に！　死にたくない、死にたくなぁい！　助けて、助けてぇって！　そういうこの世への未練がたっぷりな子が、一番美味しい！　美味しい！　美味しいいい！　僕達はねぇ、ニンゲンを食べても、そのニンゲンの肉を味わうわけじゃない。生きたまま噛んでバラバラにしてねぇ、その苦痛と嘆きを楽しむんだよ。僕達はね、ヒヒ、美食家なんだ！」

ハームが狂ったように笑い始める。

「う、嘘……そんな……」

ルルリアの声が震える。

「嘘なものか！　ああ、心外だ！　ヒヒヒ！　僕達悪魔は、穢《けが》れたニンゲンと違って純粋でねぇ。言葉足らずで誤解を招くようなことはあっても、絶対に嘘を吐いたりしないのさ。ああ、ああ、楽しみだ！　君達の中で、一番美味しいのは誰かなぁぁああ！」

「絶対に許しません……！　騎士を志す者として、マリエットさん達の友人として、貴方を殺してみせます！」

ルルリアが怒りに顔を赤くし、ハームへ剣を向けながら前に出る。俺はそれを手で制した。

「落ち着け、ルルリア。この悪魔は俺が生け捕りにする」

ルルリアは疎か、ギランでもまだハームの相手は早い。

魔物のランクは、規模や膂力、マナの保有量に則《のっと》ったものでしかない。変わった性質と高い知性を有する悪魔は、推定レベル以上に厄介なはずだ。

「どうしてアインさんは、落ち着いていられるんですか！　マリエットさんとミシェルさんが、殺されて……！」

「悪魔の嘘だ。そのお陰で、むしろ二人の無事が保証された」

ハームの身体がぴくりと震えた。

「ほ、本当ですか、アインさん……？」

「ヒヒ、ヒ、都合のいい方にしか考えられないのは、ニンゲンの大きな欠陥だよ。ヒヒ、僕ら悪魔からしてみれば、ニンゲンの脳は余計な機能が多すぎて、お粗末な劣化品……。薄っぺらい心を守るために、有りもしないでっち上げを頭の中に作り出し、そうであるはずだと信じ込む。結局はそれが、自分をより惨めにするだけだと知りもせずにね。ああ、ああ、なんて滑稽な……」

「悪魔に嘘を吐かない、なんて性質はない。わざわざそんなくだらない嘘を吐くのは、その先に言った言葉も嘘だったと自白したようなものだ」

恐らくハームは、俺達が騎士見習いだと見て、悪魔と実際に対峙したことのある者はいないと判断したのだ。

悪魔は稀少な魔物だ。この国の童話や教訓話にも悪魔が度々登場するのだが、その恐ろしさと珍しさからか、勝手な設定が付与されていることがある。嘘を吐かないだとか、人間との契約を必ず守るだとか、そういった類のものだ。

ハームはそれに便乗して、俺達を騙そうとしたのだ。ハームがわざわざ『言葉足らずで誤解を招くことはあっても』と付け足したのは、悪魔が狡猾で冒険者や騎士を欺いて騙し討ちすることが広く知られているため、辻褄を合わせようとしたのだろう。

「ヒ、ヒヒ……この期に及んで、都合のいい話ばかり。どこからそんな嘘が出てきたのかな？　これだからニンゲンは。ああ、そうかい、お友達が僕を恐れて士気を下げないように、気を遣ってそんなことを言っているんだね。よくそんな残酷なことができるねぇ、ヒヒ」

ハームは揺さぶりを掛けにきた。

「俺は何体も悪魔を狩ったことがある。例外なく残酷でずる賢く、そして嘘吐きだった。本当にハームがマリエット達を嚙み殺していれば、間違いなく俺達の前に惨死体を用意していただろう」

ハームは首を奇妙な動きで回して、俺達の表情を窺う。その後、細長い不気味な指先を天井へ向け、わなわなと肩を震わせていた。

悪魔は人間の負の側面に近い性質を有する。特に嗜虐心と自尊心が突出している。要するに、意地悪でプライドが高い。全く嘘が通用しなかったことに腹を立てているようだった。

「なるほど……ヒヒ、気に喰わないガキだ。騎士見習いの分際で、よく吠えてくれる」

ハームがゴキリと首を鳴らし、俺を睨み付ける。

9

「ハーム、お前はあの二人を殺していない、そうだろう？　だが、この迷宮の奥深くに、見張りもなしに人質を安全に確保していられる場所があるとは考えにくい。二人をどうした？」

生かしたならば、何かしらの理由があったはずだ。魔物の蔓延《はびこ》る迷宮内に、何の対策も講じずに放置したとは思えない。殺してよかったのなら、ハームの言葉通り、残忍な手段で殺していたはずだ。

「さぁ、ねぇ、ヒヒ、ヒヒ、どうだろう？　案外、君の推理が全て外れていて、とっくに死んでいるのかもしれないよ？　ヒヒ、それに……冷静振って、偉そうに語っている場合なのかな？」

ハームはだらりと両腕を垂らし、俺達へと向かって歩いてくる。

悪魔は嘘吐きだ。どうにかマリエット達の情報をハームから引き出したいが、単純に力で押さえつけても、この場ですぐに口を割らせるのは難しい。

悪魔が何のためにマリエット達を生け捕りにしたのか、何故安全の保障ができない迷宮の中に置き去りにすることができたのか。それについてこちら側の情報が少なすぎて、悪魔の言葉の真偽を確かめることがほとんど不可能だ。

嘘を真実と言い張られれば、それ以上追及することはできなくなってしまう。再生能力の高さ故に、痛みに対する感覚も人間とは違う。当然精神構造も異なる。拷問は有効ではない。

「ヒヒ、ヒヒヒ、まさか討伐隊の第一陣が、ただの騎士見習いだなんてね。悪いけれど僕は、そこらの騎士相手にだって遅れを取るつもりはないんだ。君達、死んだよ」

ハームはそう言って、俺達を見回す。

「ヒヒ、でも、僕だって、ただ殺すのなんて退屈なんだ。もう飽いてしまった。君達四人の内……そうだね、半分の二人は見逃してあげるよ。君達さ、二人になるまで殺し合いなよ。ああ、勿論、自害して他のニンゲンに席を譲ったって、構わない……もっとも、そんなことはしないだろうけれどね」

「ハッ！　四人相手だと、戦闘になったら逃げられるとでも思ったか？　悪魔ってのは恐ろしい化け物だと聞いてたが、案外打算的な小物なんだなァ！　だが、そんなもんより、テメェの身を案じた方がいいぜ。今からテメェを、派手にぶっ殺してやるからよ！」

ギランが剣を構える。ルルリアもヘレーナも、ハームの言葉に動揺した様子は一切見せなかった。

「ヒヒ、身の程を知らないみたいだねぇ。騎士見習い如きが、ちょっと頭数を揃えただけで僕に勝てるだなんて」

「いや、ギラン達は下がっていてくれ。こいつは俺一人でやる」

「……はい？」

ハームが顔や身体を強張らせる。顔付きこそさほど変わりはしなかったが、激怒していることは間違いなかった。

「おい、アイン！　このままじゃ、付いて来ただけみたいじゃねぇか。俺だって、ここ一ヵ月でかなり腕を上げた自信があるぜ。このくらいの魔物相手……！」

「まだマリエット達も見つかっていない。帰りもあるから、体力は温存しておいてもらわないとな。それに、ハームからはまだ聞き出しておきたいことがある。ギランに勢い余って、派手にぶっ殺されては困る」

「こ、言葉の綾って奴だ。倒すっつっても、締まらねぇだろ？　そんくらいの気持ちでやるってことだよ。……まぁ、アインがそう言うなら任せるけどよ」

ギランが剣先を下ろした。その動きを見て、ハームが一層苛立ちを露にする。

「これまで僕の見てきた騎士見習いは、皆僕に恐れを抱き、諂《へつら》っていたものだけれどね。君達……本当に僕を舐めているみたいだ。愚かさや無知とは、罪なものだ。その言葉……態度、僕を怒らせたと思いなよ」

「マリエットもか？　あの誇り高い女が、お前のような下劣な悪魔に媚を売ったとは思えないがな」

「…………」

俺の言葉に、ハームが沈黙した。

「やはり悪魔は嘘吐きだな。生徒から恐れられていたというのも、案外嘘かもしれない」

「本当に減らず口を叩くねぇ！」

ハームが地面を蹴り、俺へと接近してくる。長い腕を大きく振るう。

俺は剣を構え、刃でハームの腕を防いだ。ミシリと、刃が悲鳴を上げた。

「……市販品の剣を使うのは避けるべきか」

こうも毎度のように、愛着が出てきた頃に破損させられていればキリがない。魔技の〈装魔《そうま》〉で刃にマナを伝わせて瞬間的な強化もできるが、戦闘中に毎回武器の保護に意識を向けさせられていれば、それだけで大きなハンデになる。

「へぇ……一撃で沈めるつもりだったけれど、なかなかいい反応じゃないか。大口を叩いていただけのことはありそうだね。四人共連れていくのは無理だから半分は殺すつもりだったけれど、とりあえず君は残すことにしようかな」

ハームが大きく口の両端を吊り上げる。

その後、腰を大きく左右に捻り、両腕を俺へと激しく打ち付けてきた。威力の底上げのためだろうが、あまりに動作が大きすぎて隙だらけだ。俺は右腕の一撃を身体を反らして避け、左腕の一撃を刃で受け流した。

「なら、これはどうかな！」

ハームが首を捻りながら頭突きを放ってくる。人間ならば首の骨が折れているような捻り方だった。

人間の身体を模してはいるが、関節も動かし方も滅茶苦茶だ。なまじ先入観がある分、動きを読むのが難しい。

「ぐっ！」

俺は右腕で防御し、ハームの頭突きを防いだ。

背後へ飛び、腕への衝撃を逃がし、ダメージを軽減する。俺が地面に着地したところで、ハームの右腕が俺の首目掛けて一直線に伸びてくる。

「お、おい、アイン、大丈夫か？　動きが普段よりかなり鈍いぜ。やっぱり、迷宮駆け回って捜索してたの、かなり負担になってたんじゃねぇのか？」

ギランが不安げに声を掛け、迷いながら剣を構えていた。

「大丈夫だギラン。心配を掛けたな」

俺は言いながら、身体を背後に反らしながら、迫ってきたハームの右腕を叩き斬った。黒い腕が綺麗に切断され、宙を舞った。

「ぐうっ！　ぼ、僕の腕が……！　なるほど……さっきの二人とは確かに、桁が違うらしい！　見習い騎士だと舐めていたけれど、これじゃあまるで〈龍章〉持ちレベルだ」

俺は床を蹴り、ハームへの距離を詰める。ハームの胴体目掛けて刃を構え、大きく振るった。

「少し手こずったが、これで終わり……」

「君の方がね」

切断したばかりのハームの右腕が、一瞬で元に戻っていた。

悪魔の再生能力は高い。魔物の在り方よりも、純粋な瘴気の塊そのものに近いためだ。マナさえ充分にあれば、腕の一本を一瞬で再生するくらい、なんてことはない。

ハームの右腕が、俺の頭を摑んで地面へと叩き付けた。

「ヒ、ヒヒヒヒ！　実力は多少マシだったけれど、所詮はガキだ！　油断したねぇ！　ヒヒヒヒ！」

「うぐっ！」

俺は顎先に〈魔循〉のマナを高めてガードし、ダメージを押さえた。

「ア、アイン！」

「アインさん!?」

「嘘……まさかアインが、敗れるなんて！」

ギラン達が三方向からハームへ飛び込もうとした。ハームは俺の後頭部に手を乗せたまま、背中に足を掛けた。

「おっと……ヒヒ、ストップだ。それ以上近づけば、この男の腰を踏み抜いて骨を潰して、二度と立つことさえできなくしてしまうよ、ヒヒ」

「ぐっ……！」

ギラン達が足を止める。

「そう、それでいい。逃げるのも禁止だよ、ヒヒ」

「俺を、殺しはしないのか……？」

普通こういう場合、身体の破壊など回り諄い真似をせずに、シンプルに俺の命を狙ってくるはずだ。

ハームは対面時にも『存在が明るみになれば、ニンゲンを捕まえる機会が減る』と口にしていた。今も俺をどこかへ連れていこうと考えているかのような発言をしている。

マリエット達を殺さずに捕まえ、迷宮内に放置しながらも他の魔物に手出しをされないと確信していることと、何か繋がりがあるのだろうか。

「随分と怯えているようだねぇ。ヒヒ、ああ、そうだ。君は殺しはしないよ。でも、ヒヒ、そうだねぇ、すぐに死んでいた方がマシだったと、そう思うようになる」

ハームは俺へと顔を近づけ、ギラン達に聞こえないように小声で口にした。

「……何をするつもりだ？」

「ヒヒ、君達を、ある御方の許へと連れていく。僕も確かに残酷だけれど、あの御方のそれには遠く及ばない。いつの世だって、悪魔なんかよりニンゲンの方が、ずっと邪悪なものだ。僕達はただ本能に従って、君達を狩っているだけなのだからさ。可愛らしいものだと思わないかい？」

「人間が嚙んでいると言うのか？」

それは、予想だにしていなかった。

学院側の人間が噛んでいるのか？

いや、いくらなんでも考えにくい。そんな噂、これまで耳にしたこともなかった。

俺の問いに、返答はなかった。しばしの沈黙の後、ハームは俺の顔を覗き込む。

「……随分と質問が好きだねぇ。なんか君、余裕ない？」

悪魔は嘘吐きだ。

それに俺達には情報が少なく、時間にそれほど余裕があるとも思えなかった。単純にハームを追い詰めても、突飛な嘘を真実だと言い張られてしまっては、それ以上は対応不可能に追い込まれる可能性もあった。

だからハームが優位だと思い込んでいる間に、彼に少しでも情報を吐かせる必要があったのだ。どんな抽象的なことでも喋らせれば、それらしい嘘を吐ける範囲はどんどん狭まっていく。

「だが、ここまでのようだな」

俺はハームの手首を摑んだ。

「ン……？　これは、何の真似……」

一気に〈剛魔〉で膂力を強化する。ハームの腕越しに、彼の身体を振り回した。

「なっ、ななな！　なんだ、この、馬鹿力は……！　君、ニンゲンじゃない……！　アガァ！」

ハームの腕が引き千切れ、彼の身体が地面を転がった。ハームは膝を突いて起き上がりながら、自身の右肩を、逆の腕でがっちりと摑んでいた。怯えるように俺を睨みつけている。

俺は軽く腕を振るう。

「思いの外、脆いんだな。もう少し威力を乗せてから地面に叩き付けるつもりだったが」

しかし、人間の関与か……。

あのタイミングで口にしたのだ、嘘ではないだろう。あまり腑に落ちてはいないが、大まかには背景が推察できる。どうやら想定していたよりも、ずっと大きな事件になっているらしい。

10

俺はハームへと歩む。ハームは腕の千切れた右肩を押さえながら、ゆっくりと立ち上がった。

「なんだ、今の剛力……！　それに、僕の攻撃を受けて何故そんなにも平然としていられる！　騎士見習いに扮して、〈金龍騎士〉でも交じっていたというのか？　まさか、あの御方のことが既に露呈していたとでも？」

俺は軽く剣を振った。ビュウと、刃が宙を斬る。

刃はハームの一撃を防いだ際に罅が入っていたが、まだ使えそうだ。

「お前を捕まえるまでは持ちそうだ。その御方とやらのところへ、案内してもらうぞ」

俺は刃の先をハームへと向ける。

「捕まえる？　ヒヒ、この僕を、捕まえるだって？　随分と余裕があるんだねぇ。殺さず無力化するのは、殺すよりも遥かに難しいのだと、理解しているのかい？　特に僕みたいな、頑丈な悪魔相手にはね」

ハームは笑い声を上げた後、俺を睨みつけた。

「やれるものならやってみるがいい！　僕はねぇ、騎士って人種が一番嫌いなんだよ！　建前ばかり並べて、有りもしない騎士道精神なんてものを持っているごっこ遊びをする。なんて薄ら寒い！　君達さぁ、気色悪いんだよ！　高潔振りやがって！　ニンゲンの中でも一番理解できない奴らだ」

「俺も正式な騎士ではないから、知ったようなことは言えない。与えられていた任務を、ただ任務だからと熟しているだけだった。そこにそれ以上の意味を求めてはいなかった」

そんな日々に疑問を感じたからこそ、こうして〈幻龍騎士〉を抜けて学院に来たのだ。

人生を懸けて騎士を目指そうとする生徒達の意志や、貴族の建前と自身の本音に翻弄されながら自分の在り方を模索する者達を見て、むしろ〈幻龍騎士〉にいた頃よりも騎士への理解がずっと深まったように思う。

だからこそ、いい加減な暴言を並べ立てる悪魔が、如何に薄っぺらい存在なのかがよくわかった。

「何かを成すために、誰かを守るために、苦しみながら高潔であろうとすること、それ自体が高潔なのだ。悪魔は何体か見たことがあるが、今思えばどいつも、世の真理を突いているような口振りで、的外れなことばかり宣《のたま》う。お前達は本当に、人間の心というものが一切理解できないのだろうな。哀れな生き物だ」

「ニンゲン如きが、僕を哀れむんじゃあない！　多少〈魔循〉の守りがあるとはいえ、ニンゲンは脆い！　内臓一つ潰れればそれでお終いさ。まさか片腕もいだくらいで、勝った気になっているんじゃないだろうねぇ！」

ハームの右肩が震え、千切れていた腕が再生する。ばかりか身体全身が激しく震え、膨らみ、二十近い数の長い腕が伸びる。

最初から異形の魔人であったハームは、ここに来て人を模しているのかどうかさえ怪しい化け物へと変貌した。

「な、なんですの、あの気味の悪い姿……！」

ヘレーナが口許を手で覆った。

「僕は、あの御方が造った悪魔だ！　圧倒的な身体能力に、君達ニンゲンをも凌ぐ頭脳！　だが、それだけじゃあない！　僕の再生速度と変異性は、自然発生の悪魔なんかとは桁違いなんだよ！」

「じ、人造の魔物……それも、特殊な力を持った悪魔だァ？　んなもんがあり得るのか？」

ギランが顔を蒼くして、そう口にした。

「有り得ない。魔物を造ることのできるニンゲンなど、俺も両手で数えられる程しか知らない」

「……結構ご存知なんですね」

ルルリアが引き攣った表情でそう口にした。

人造の魔物など、ここアディア王国を含む周辺各国で禁忌とされている。危険思想の錬金術師が個人で行っているケースもあるが、国主導で秘密裏に行っているところも多い。因みにネティア枢機卿もその内の一人である。

「そっちの三人は、君より遥かに弱いんだろう？　君がいくら速かろうと、力が強かろうと、この手数の前にはそんなものは関係ない！　マナがある限り無尽蔵に身体を造り出せる僕と、負傷すればそれまでのニンゲンでは、覆しようのない差がある。ニンゲンの範疇では、たった一人じゃ僕には絶対に勝てないんだよ！　ヒヒ……ヒヒヒヒ！　僕の腕が尽きるまで斬ってみるかい？　できるわけがないけどね！」

ハームが飛び掛かってくる。俺は〈装魔〉で、壊れかかっている武器にマナを伝わせて強化し、床を蹴って前方へと飛び、彼の横を通り抜けた。

ハームの長い腕、十八本。それらが全て、バラバラと床へと落ちた。

「……はい？」

ハームが間抜けな声を上げる。それから慌てて、背後に立つ俺へと振り返る。

「い、今の刹那に、僕の腕を全て切り落としたというのか!?　嘘だ、有り得ない！　こんなの、ニンゲンじゃな……」

振り返った衝撃で、切断していたハームの首が地面へと落ちた。頭部を失った身体が力を失い、膝を折って地面へと倒れた。

俺の剣の刃が、中央で真っ二つにへし折れた。マナを伝わせて強化していたのだが、既に罅が入っていたこともあって耐えられなかったらしい。

俺は折れた刃へ目を向け、溜め息を吐いた。

「まあ、まだ使えないことはないか」

また買い替えなければいけなくなってしまった。

学院では悪目立ちするわけにはいかなかったし、訓練と低レベルの魔物の討伐くらいしか行わないだろうと踏んでいたので市販品の中でも安価なものを使っていた。だが、こうなると多少値の張るものを選んだ方がいいかもしれない。

「結構強そうな悪魔でしたけれど、蓋を開けてみればアインさんの圧勝でしたね……」

ルルリアが、転がった悪魔の頭部を見下ろす。

「……俺はもう、アイン絡みじゃ何があってもビビらねえぞ」

ギランがぽつりとそう呟いた。

俺はハームの道化帽子の先端を引っ張り、頭部を持ち上げた。装飾に見えるが、本体の一部であるためくっ付いているのだ。

「ヒ、ヒヒ……ヒィ！」

身体を再生するマナももう残っていないように見える。仮にブラフであったとしても即座に対応できるが。

「あの御方とやらの許まで案内してもらうぞ。この迷宮の中にいるのか、この迷宮がどこかに繋がっているのかは知らないが、そこにマリエット達がいるのだろう？」

悪魔が嘘吐きなのを危惧していたが、ハームがペラペラと喋ってくれたおかげで、ある程度は事情を把握することができた。何を言われても相手の言葉を全て疑わなければならなかったさっきまでとは状況が違う。

第四話　迷宮に潜む悪意

1

「こんな化け物が、どうして学院迷宮なんかに……！　こんなの〈金龍騎士〉どうこうなんて次元じゃない！　そうかい、僕のペットの修羅蜈蚣を殺したのも、コイツだったのか！」

ハームの生首が声を荒げ、俺を睨み付ける。

「言え、マリエット達はどこにいる」

俺はハームの帽子を頭の高さまで持ち上げて問うた。

「ヒ、ヒヒヒ……喋ると思うのかい？　この僕が」

「口を割らないのなら、そのときは自分の足で捜す。お前がぺらぺらと得意げに話してくれたお陰で、人間が絡んでいることはわかったからな。だが、お前達悪魔に、他人のために少しでも身体を張ろうという気概はないだろう。話せば、案内している間は生き延びることができるぞ」

ハームが口をへの字に曲げる。少しの間思案する素振りを見せた後、口許をフッと和らげて笑みを作った。

「……ヒ、ヒヒ、いいだろう。君は悪魔に心がないというが、それは大きな間違いさ。君達とは物の感じ方が少しばかり異なる。それを心がないと断じるのは、君達ニンゲンの驕りに過ぎない。確かに僕達悪魔には、利害なしに主のために身を尽くすなどという心掛けは存在しない。だがね、知人を助けたいという君達の熱意には動かされた。ニンゲンの激情を観察するのは、僕達にとって有意義な時間さ。君ならば確かに、あの御方にも敵うかもしれないね。それを見届けて消えるというのも、悪くはない」

ハームは先程までとは言動を一転させ、長々とそう口にした。

「前置きはいい。それで、マリエット達はどこにいる。俺はさっきから、そう訊いている」

「し、信じるんですか、アインさん。本当に、悪魔の言うことなんて真に受けて大丈夫でしょうか？　手がかりがないのは確かですが……」

「アイン、このクソヤローは煮ても焼いても食えねえぜ。俺は悪魔に会ったのなんかこれが初めてだが、自分の勘には自信がある。悪魔は知らねぇが、こいつは信用に値しねぇ」

ルルリアとギランが、そう言って俺を止めた。

「ヒヒ、信じないのならそれでいい。だが、この広大な地下迷宮で、僕の手助けなしにあの二人を見つけられるかな？　無傷で助けたいのなら、急いだ方がいいとは思うけれどね。あの御方は、ニンゲンというより悪魔に近い。ヒヒ、手足がなくなっていてもいいのなら、ゆっくりとこの迷宮を探せばいいさ」

ハームの言葉に、ルルリア達が不安げに顔を見合わせる。

「大丈夫だ。悪魔の性格の悪さは信用できる。嘘で誘導して時間を稼いだって、この悪魔にとってはその後に殺されるだけだ。悪魔にとっては、それなら主を裏切ったって、主と俺達をぶつけて、そのどさくさに紛れて逃げる機を窺った方がいい。悪魔というのはそういう連中だ」

頭を摑んでいてわかったが、ハームにはまだマナが残っている。抗戦や逃走を選ばなかったのは、今強行しても勝算がないと考えているためだろう。ハームはこの期に及んで、力が尽きた振りをして俺達の隙を窺い、逃げる算段を考えているのだ。

追い詰められた悪魔が命懸けで人間に嫌がらせをすることは充分に有り得るが、ハームが逃げ支度を整えている以上、その線は現状では薄い。道案内させるのは悪くない選択だ。事前に情報を取っておいたお陰で、ハームの吐ける嘘の自由度も大幅に下がっている。

万が一の逃走を許さないためにはもう少し斬って弱らせるべきかもしれないが、追い込み過ぎればハームが自爆的に俺達に嫌がらせをする可能性が増す。少なくともハームは今、自身の主と俺達をぶつける算段でいるようだ。状況が変わり、方針を切り替えられれば厄介だ。マリエット達の救助を優先するのであれば、逃げられるリスクを取っても、今は見逃しておいてやるべきだろう。

ハームが口許を大きく曲げた。恐らく、少しは騙せている自信があったのだろう。

「ヒ、ヒヒ……まぁ、僕の思い通りになるのなら、何でもいいのだけどね」

ハームは歯切れ悪く、そう言った。

「あのお嬢さん方なら、地下五階層の奥に囚われている。君の力なら、お嬢さん方を助け出すことも、さして難しいことではないかもしれないねえ」

「地下五階層……」

以前、俺達が魔石集めに入った際には、結局地下四階層への入口付近で引き返している。

地下四階層は学生の過去最高到達階層だと聞いている。地下五階層は、騎士団が調査で浅い部分に入った例しかこれまでなかったらしい。それも、随分と昔の話だったはずだ。

「そんなところを拠点にしている人間がいるのか？　信じ難い話だな」

「ヒヒヒ、本当の話さ。あの御方は、追われる立場にあると言っていた。学院迷宮だからこそ、入るのは難しいが、それだけ追っ手の心配をせずに済む、とね。それに、レーダンテ地下迷宮の深部には、古くに王家が秘密裏に作らせた研究所や、表に出せない書類を纏めた書庫が存在する。研究熱心なあの御方にとって、学院迷宮深部は、最高の隠れ家だったのさ」

俺はヘレーナへと目を向けた。

この手の話は一番彼女が詳しい。ギランは貴族だが王国や貴族界隈の話には関心が薄いし、ルルリアは平民の出である。ネティア枢機卿は〈幻龍騎士〉をあくまで戦力として用いていたため、俺も犯罪組織絡み以外の話は別段詳しいわけではない。

「た、確かに、その手の噂は聞いたことがありますわ。古い王家が、レーダンテ地下迷宮をそういった用途で使っていたことがある、と。ですけれど……その、もし言っていることが本当だったとして、この悪魔の飼い主って、とんでもなく危険な人物なんじゃなくって？」

地下四階層以降では、大鬼級《レベル4》相当の魔物が出没するという。地下五階層ともなれば、恐らく巨鬼級《レベル5》……修羅蜈蚣のような化け物が複数生息していたっておかしくはない。

以前出てきた修羅蜈蚣も、恐らくハームが地下五階層から引き連れてきて、浅い階層へと嗾けたものだったのだろう。そこで平然と暮らしているとなれば、かなり危険な人物だ。

2

迷宮深部にはかつての王家の重要な資料が眠っていると、貴族の間でも噂になっていたのだ。ハームの言葉で、その噂は恐らく真実らしいと裏付けられた。王家と繋がりの強い騎士団も当然知っているはずだ。

だというのにかつての調査は、地下五階層の途中で打ち切りになっている。それは地下五階層が、騎士団でさえも尻込みする領域である、ということだ。

だが、そんな地下五階層を隠れ家にして、のうのうと暮らしている人物がいるらしい。この迷宮に潜んでいる者は、〈金龍騎士〉では対処できない類の怪人だ。ハームの言葉から察するに、研究者で、王家の歴史にも造詣が深い。

「どうするんだい？　ヒ、ヒヒ、怖気づいたかな？」

むしろ〈幻龍騎士〉の管轄内の仕事だ。意図せず国内の、それも学院敷地内に潜伏していた巨悪を発見することができたのは幸運であったとさえ思うべきだろう。

ただ、ここまでの相手となると、さすがにルルリア達を巻き込むわけにはいかなくなってきた。相手は表の常識が通じない魔人の類だ。

「ア、アイン、さすがにこれは引き返した方がいいですわ。この悪魔の言っていることが本当なら、騎士団に頼らないとどうにもならない案件じゃなくって？」

ヘレーナがぐいぐいと俺の袖を引っ張る。

……ただ、恐らく〈金龍騎士〉で編成した特別部隊を送り込んでも、よくて相打ちといったところだろう。

しかし、場所が迷宮奥で人質がいるとなれば、俺にはあまり向いていない案件ではある。〈幻龍騎士〉の中でも一番器用な〈名も無き三号《ドライ》〉に向かってもらった方がいい。だが、その間にマリエット達がどんな目に遭うかはわかったものではない。

〈幻龍騎士〉としては、間違いなく一度ネティア枢機卿の許に戻り、指示を仰ぐべき状況だ。しかし、今の俺は〈幻龍騎士〉の〈名も無き一号《アイン》〉ではなく、騎士学院の一生徒である平民のアインである。

屁理屈ではあるが、ただのアインとして、地下五階層へとこのまま向かわせてもらう。ネティア枢機卿には、後でお目玉を喰らうことになるかもしれないが。

下手をすればこれが原因で〈幻龍騎士〉に戻るように命じられるかもしれない。だが、そんなことは関係ない。

「俺は行くことにする。心配はいらない」

「ほ、本気ですか、アインさん!?」

ルルリアが困惑した表情で口にする。

「アインがこう言ってるんだ、心配はねえさ。それに、こんな小物悪魔の飼い主だろ。大したことねぇよ」

ギランがばっさりとそう言った。生首のハームが眉間に皺を寄せてギランを睨みつけたが、俺が目をやるとそっと視線を逸らした。

「アインが行くなら、勿論俺も行くぜ。ここまで来て、何もしないまま逃げ戻っちゃ、ただの馬鹿みたいだからよ」

ギランが手のひらを拳で叩く。

「ななな、何を言っているのかしら!?　アインはともかく……ギランって、カプリスにも勝てないじゃないですの！　ここから先は、さすがに手出しできる領域じゃありませんわ！　大人しく戻りましょうよお！」

ヘレーナがぐいぐいとギランの腕を引き、彼の説得を試みた。

「あの馬鹿王子は関係ねぇだろ！　テメェは一言多いんだよ！」

「い、いひゃいいひゃい、いひゃいれすわ！」

ギランはヘレーナの頬を指で挟み、彼女の顔を引っ張った。

「……さすがにこの先についてきてもらうのは危険過ぎる」

「そう！　そうですわよね！　私達なんていたって、どう考えたってただの足手纏いですわよね？

ね？」

「そうだな……相手の力量を考えると、かなり派手な戦いになりかねない。だが、俺が相手を足止めしている間、マリエット達を安全に助ける戦力が欲しいのは事実だ。かなりの危険を伴うだろう。

悪いが、三人にはここで下がってほしい」

俺は顎に手を当て、考えながらそう話した。

「なるほど、俺にもきっちりやることがあるんだな！　だったら尚更、余計な心配せずについていけるぜ。〈Cクラス〉の馬鹿女二人の救助は俺に任せとけ。自分可愛さで戦地から逃げ出すなら、元々騎士なんて目指してねぇよ」

「なんでアイン、正直に話したんですの！　そんなこと言ったらギランの性格上、ついていくって騒ぎ出すに決まっているじゃないですの！」

ヘレーナが俺の襟を摑んだ。

「す、すまない、つい……。友人には、無暗に嘘を吐くものではないと」

「アインさんもギランさんも向かうのなら、私も行きます！　皆でマリエットさん達を助け出しましょう！」

ルルリアがぐっと両手の握り拳を固めた。

「はぁ……しょうがありませんわね。ギランだけ突っ走らせても心配ですし、私もついていきますわ」

ヘレーナががっくりと肩を落とす。

「ヘレーナ……」

「……元々一人じゃ、帰るより進んだ方がまだ安全そうですし」

「……それはすまない」

俺達が話し合いを行っている間、ハームは口許を曲げて、嫌な笑みを作ってこっちをずっと窺っていた。

ハームは俺と目が合っても、その表情を崩す素振りを見せなかった。

ハームは俺を罠に掛けるつもりではないらしいと、俺はそう直感した。この悪魔は、俺では先に潜む相手には勝てないと、そう確信しているのだ。そして、その自信を俺に対して隠すつもりもないらしい。

「ヒヒ……茶番はここまでにしてもらえるかな？　覚悟が決まったのなら、案内してあげるよ。あの御方の許に、ね」

「ああ、そうしてもらおう」

「せいぜい途中の魔物に敗れないでおくれよ？　そんなチャチな喜劇より、ずっと面白そうなものが見られそうだと期待しているんだ。もう既に心は決まっているようだから隠しはしないけれど、君のこと、凄く馬鹿だと思っているよ。なまじ腕が立つばかりに、あの御方に挑もうとするなんてね」

3

生首ハームに道案内をさせ、俺達は学生の最高到達階層であった地下四階層を乗り越え、無事に目的階層であった地下五階層へと到達した。

地下五階層は王国騎士団の調査隊の最高到達階層でもある。気を引き締めて掛かっていくべきだろう。

この階層に入ってから、大鬼級《レベル4》の魔物が次々に現れるようになった。

「オオオオオオ！」

今も俺達は、三メートル以上はある巨体の大鬼、三体のオーガの群れと交戦していた。丸太のように太い真っ赤な腕の先には、刃の如き巨大な四つの爪がついている。

「群れる魔物ではないはずだが、運が悪いな。二体は引き受けるから、そっちの奴は任せたぞ」

俺は片手でハームの帽子を摑んだまま、刃の折れた剣を逆の手に構える。

「ヒ、ヒヒ、そんな武器で、オーガを二体同時に？　確かに君は強いけれど、慢心があまりに過ぎるようだ。その程度の警戒心じゃ、あの御方の許へ辿り着くことも……」

俺は跳び上がり、片方のオーガの頭部をへし折れた刃の断面で抉るように殴りつけ、もう片方のオーガの頭部をハームの生首でぶん殴った。

「ヒィイイイイ!?」

ハームの絶叫が周囲に響く。

頭に衝撃を受けた二体のオーガは、焦点の合わない目で身体をふらつかせる。俺はそのまま刃とハームを手放し、二体のオーガの頭部に手を添えて倒立の姿勢になり、腕を交差して打ち付けてやった。オーガの硬い頭蓋が砕ける音がした。

俺は宙返りしながら地へと降り、先に手放した刃が落ちる前に回収した。ハームの頭が地面に激突した。

「アガァア!?」

苦しげにびたんびたんともがくハームの帽子を摑み、再び宙へと持ち上げる。ハームは俺と目線を合わせると、額に皺を寄せて睨みつけてきた。

「化け物め……。君、武器いらないいんじゃないのかい？」

「馬鹿なことを言うな。俺はこれでも、剣の扱いの器用さで評価されていた。魔剣の扱いと、剣技には自信がある」

　素手同士ならば確かめるまでもなく〈名も無き二号《ツヴァイ》〉が一番強い。十回戦わされても一度も勝てないだろうという確信がある。もっとも〈名も無き二号《ツヴァイ》〉相手に十回も殴り合いをしたら、その時点でまず生きてはいないだろうが。

「ああ、そうかい……」

　俺は折れた刃に染みついたオーガの体表や血、脳漿《のうしょう》を、軽く振って飛ばし、ルルリア達を振り返った。

「アーイーンー！　軽く言って任せてくださいましたけれども！　私達がオーガなんて倒せるわけないじゃありませんの！　大鬼級《レベル4》は騎士殺しって呼ばれていますのよ!?」

「逃げんじゃねえヘレーナァ！　戦力が減ったら、勝てるもんも勝てねぇだろうが！　たまにしくじった奴が大鬼級《レベル4》に狩られるってだけで、このくらいの魔物ならあっさり仕留められる騎士の方が遥かに多いんだよ！」

　弱音を吐いているヘレーナが、ギランに怒鳴りつけられていた。

「でも！　私達！　まだ騎士じゃありませんもの！」

「騎士見習いと騎士の違いなんざ、王国に認められてるか認められてねぇか程度の違いだろうが！　んなもんに実質的な意味はねぇよ」

「大アリでしてよ!?　馬鹿じゃありませんの!?」

　ルルリアは汗と土塗れになりながら、地面を駆け回ってオーガに魔弾を撃ち続けている。ギランもヘレーナに文句を飛ばしながらも、どうにか魔弾に気を取られたオーガの隙を突いて、足や腕を浅いながらも斬りつけていた。

「落ち着いてください、ヘレーナさん！　アインさんが私達に任せてくださったということは、対応しきれると判断してのことなんです！　ですからヘレーナさんも手を貸してください！」

　ルルリアがヘレーナへとそう叫ぶ。俺はその様子を見て、顎に手を触れた。

「……やっぱり大鬼級《レベル4》は厳しいか？」

「アインさん!?」

　ルルリアが悲鳴のような叫び声を上げる。

　正直、ギランと同じ考えだった。大鬼級《レベル4》はだいたい〈銅龍騎士〉と同等の戦闘能力を有していると、学院でそんなことを耳にしたのだ。オーガ程の膂力を持つ〈銅龍騎士〉がいるとは思えないが、魔物には技術がないため、その辺りを考慮した考え方なのだろう。

　騎士学院の上位ならば、平均的な新人騎士とそこまで差はないだろう。人数もいるので、〈銅龍騎士〉相当のオーガくらいならばギリギリどうにかなるのではないかと思ったのだが、そこまで単純に考えるべきではなかったかもしれない。

「ルルリアはアインを過大評価し過ぎですのよ！　正直アイン、ちょっとズレてることの方が多いんですから！　アイン、早くこいつの相手をして頂戴！」

「……いや、悪い。ただ、オーガくらいどうにかできないと、やはりここで先に戻っておいてもらった方がいいかもしれない」

地下五階層を三人で行動できないとなると、かなりできることが限られてくる。元々危険は承知の上で、それでも人手は確かに必要だということでついてきてもらっていた。ただ、オーガにも対応ができないとなると、言い方は悪いが単に足手纏いになってしまう可能性の方が高い。

俺も覚悟を決めているとは言われても、三人を犬死させるような選択を取れるわけもない。マリエット達を助けに行って三人の内の誰かが死ねば元も子もないのだ。

「ルルリアァ！　ヘレーナァ！　死ぬ気でオーガをぶっ殺すぞ！」

俺の言葉を聞いて、ギランが声を荒げて叫ぶ。

「あまりここで消耗されても困るし、時間を掛けるわけにもいかないんだが……」

特にギランには、ここでマナの消耗の激しい〈羅刹鎧《らせつよろい》〉を使われるわけにもいかないのだ。

「死なねえ程度に死ぬ気でやるぞ！　ヘレーナァ！　次無様に下がったら、魔物が殺さなくても俺がテメエをぶっ殺してやるからな！」

「ひいいいいい！　昼間は和やかに剣の修練を行っていただけでしたのに、どうしてこんなことに！」

「喜べヘレーナァ！　結局人間、追い詰められたときくらいじゃねぇとまともに成長しねぇんだよ！　特にお前みたいな奴はな！」

ヘレーナが半泣きの表情でオーガへと斬り掛かっていく。

「恐らく三人共、実力不足というより、巨体の魔物の相手をした経験がないから警戒しすぎているんだ。ギランも後半歩踏み込んでいい。ルルリアはいいんだが、後を思うと無暗に撃ち過ぎだ。もう少しギランとの連携を意識して、数を絞った方がいい」

ギランの言う通りといえば言う通りでもある。彼らに戦力になってもらうためには、実戦で巨大な魔物との戦闘にどうにか慣れてもらうしかない。一度や二度の戦闘経験で大きく変わることはないが、ゼロと一では全く違うのもまた事実だ。

「アイン！　私は！　私には何か助言はありませんの!?」

「……さっきやった、両手を思いっきり伸ばして振り回す技は、多分もうやらない方がいい」

ヘレーナの家流剣術には敢えて隙を晒すような動きが多い。手の位置もちぐはぐだが、実践になると意外と理に適っていることが多かったりする複雑な剣技だ。

ただ、あの動きは人間とリーチの異なるオーガ相手には絶対通用しない上に、下手したらそのまま殺されかねないので、少なくとも今は封印するべきだろう。

「腰が引けているだけで、技でもなんでもありませんわ！　申し訳ございませんでしたわね！」

4

「ぜぇ……ぜぇ……ほらな、ヘレーナ？　やればできるもんだっつったろうが」

「はぁ、はぁ……死んだかと思いましたわ。五、六回くらい死んでいましたわ……」

「正直私……どうして勝てたのか、全然わかりません……」

やや苦戦はしていたものの、どうにかギラン、ヘレーナ、ルルリアの三人のみでオーガを倒すことに成功していた。

俺もかなり口出しはしていたが、奇跡的に上手く嚙み合っていた結果だといえる。

ギランの〈剛魔《ごうま》〉がなければ頑強なオーガを倒し切ることはできなかっただろう。ルルリアの魔法で上手くオーガの視線を分散し、ヘレーナの剣技でオーガの隙を作ることに成功していた。

「三人共、よくやっていた。一番よかったのはヘレーナだな」

どれか一つでも欠けていればオーガを倒すことはできなかっただろう。だが、今の戦いの最大の貢献をしたのは、ヘレーナであったといえる。

ヘレーナがオーガの目前で背を向けたときには終わりかと思ったが、ヘレーナはそこから素早く構えを変え、自身の脇から死角であったオーガの腹部の急所を突き刺したのだ。

オーガは攻撃を受けるとわかれば、肉をマナで強固にして守りを固める。ヘレーナは至近距離で隙を晒し、死角から攻撃をお見舞いすることでその守りを抜けたのだ。内臓に一撃を受けたのが、オーガの大きな隙となり、ギランの決定打へと繋がった。

　正直、三人の戦い振りを見て、まだオーガの相手は早すぎたかと思った。その実力差を覆したのは間違いなくヘレーナの一撃だった。

「えへ、えへへへへへ……咄嗟に振り回してただけなのですが、そんなによかったかしら？」

「…………」

　……内心、そんなところではないかと思っていた。

　敢えて隙を晒し、不意を衝く。ヘレーナは自身の家流剣術の理合いをまともに理解しないまま、ただ変に動作の大きい剣としてそれを使っている節がある。

　追い込まれて咄嗟に実戦で技が繋がったのは、生存本能の手繰り寄せた努力の賜物のようなものなのかもしれない。

　ただ、何にせよ、実戦で理合いを活かした技を発揮できたという経験は間違いなく彼女の中に残ったはずだ。多少は彼女の身体に、家流剣術の理合いが馴染んだはずだ。多少は。

「……ギランも言っていたが、やはりヘレーナは死ぬ一歩手前まで追い込み続けるくらいで丁度いいのかもしれないな」

「アイン!?　冗談ですわよね!?」

　ヘレーナがぎょっとした表情を浮かべた。

「とにかくこの調子なら、マナを温存した状態で、三人で安定してオーガに対処することができそうだな」

「本当にそう思いますの⁉　もう私達、ボロボロですわよ⁉」

「うぜぇぞヘレーナ！　アインがそう言ってるからそうなんだよ！」

ギランが口を尖らせてそう言った。

「さすがにもうちょっと疑うことを覚えた方がいいですわよ⁉　ほら、ギラン貴方、頭に爪を受けてたじゃありませんの！」

ヘレーナの言いたいことも勿論わかる。

「ただ、それくらいの気の持ちようでなければ、正直ついて来てもらった意味がない。これ以上は駄目だと思ったら、先に引き返してくれ。悪いが、先を急ぐから付き添いはできない」

決して安全では済まないことは、既に彼らに伝えてある。オーガと戦って心が折れたのであればそれまでだ。

少しタイムロスになってでも三人に対処してもらったのは、その再確認の意味もあった。ヘレーナは表情を引き攣らせていたが、がっくりと肩を落とした。

「う、うう……行きますわよ、わかりましたわよ……」

「頼むぞ、ヘレーナ。二人には悪いが、今回、俺はヘレーナが頼りだと思っている」

「プレッシャー掛けるようなこと言わないでくださいまし⁉　私を押し潰す気ですの⁉」

ヘレーナがあたふたと、早口でそう言った。

「ヒ、ヒヒヒヒヒヒ……楽しげな様子だねぇ、いやぁ、賑やかで、愉快愉快」

俺の手にしていたハームが、大口を開けてそう笑いだした。

「急にどうした？」

「いやぁ……君達は、世の深淵っていうものを、知らないんだと思ってねぇ。ここ何十年と、人の世は表では平和な時代が訪れている。だからだろうねぇ、王国最大戦力であるはずの騎士達が、見習いとはいえこんな甘ちゃんばかりだっていうのはさ。君も、もっとお友達に忠告してあげた方がいいんじゃないかな？」

「テメェ……今すぐには殺されねぇと思ったら、余裕面かましやがって。一つ教えておいてやるが、俺は気に喰わねえと思ったら損得関係なくぶっ殺してやるからな」

ギランがハームを睨み付ける。ヘレーナが慌ててその腕を掴んで止める。

「ちょ、ちょっとギラン、本気でやりかねないから止めてくださいまし！」

「……いや、ハームの言っていることは正しい。確かに俺は、言葉が足りなかったかもしれない」

「あ、ああ？　どういうことだよ。アインも、俺達でオーガを倒せたから、通用するって言ったじゃねえか」

俺の言葉に、ギランがムッとしたように口許を歪めた。

「通用する、とは言っていない。敵の拠点についたら、なるべく何も見ず、深く考えないようにしてくれ。戦闘も絶対に行わないで、とにかくマリエット達を捜して連れ出して、そこからは全力で逃げろ。俺は別行動するかもしれないが、絶対に三人で離れるな。今から乗り込むのは、恐らくそういう場所だ」

さすがのギランも表情が歪んでいた。そこまで過酷だとは思っていなかったのかもしれない。

「ヒヒッ、怖気づいたのかい？　脆いねえ。今からぴーぴーと泣きながら、地上まで走って帰ったらどうかな？」

「じょっ、上等だ。やべー奴がいるってのは百も承知だ。だが、即座に逃げるってのは納得できねぇな。あの馬鹿侯爵共の一派を安全なところに連れていってやらなきゃならねぇのはわかってるがよ、俺が首魁をぶった斬っちまっても構わねぇだろ？」

ギランは手のひらに拳を打ち付け、声を張り上げてそう言った。まるで自身を鼓舞しているかのようだった。

ハームはギランの言葉を聞いた後、楽しげに俺の方を見た。俺は目を瞑り、小さく首を振った。

「今回ばかりは……相手を同じ人間だと思わない方がいい」

5

「あそこか……」

通路の先に、細かく術式が刻まれているのが見えた。

魔物の侵入を防ぐための結界が張り巡らされている。恐らく、あの先がハームの口にするあの御方とやらの拠点となっているのだ。

「気を付けるんだよ、ヒヒ、中は意外と広いから。罠があるから、僕の言葉をしっかりと聞いておいた方がいい。ひとまずここは真っすぐ行くんだ」

ギランがハームを睨み付ける。

「疑うのなら、僕を殺して行ってもいいんだよ？　でも、疑わしい情報源でも、ないよりはマシだと思うけれどね。信じられないのなら、聞いてから判断すればいい。そうは思わないかな、冷静なアイン君」

ハームは目線を上げ、俺の顔を見る。挑戦的な口振りだった。

「……アインさん、ひとまず、生かしておきませんか？　もう、脅威となるようなマナは残っていないのですよね？」

ルルリアに言われ、俺は小さく頷いた。

「逃げ出すくらいのマナは持っているように感じる。ただ……こうなった以上、最早たかだか大鬼級《レベル4》程度の悪魔に構っている場合でもない。こいつが逃げ出しても、後で騎士団に退治してもらうなり、学院迷宮を封鎖するなりすれば済むだけの話だからな。そんなリスクよりも、少しでも情報が欲しいというのは間違いではない」

「随分と、この僕を小物のように言ってくれるねえ……。後悔するかもしれないよ？」

ハームはニヤニヤと笑う。

悪魔も自身の死は勿論嫌う。ただ、それは人間ほど重いものではない。悪魔が死を嫌うのは、それ以上人間を害することができなくなってしまうからに他ならない。

今、ハームの命を握っていることは確かであるが、その意味を人間相手と同じように捉えていれば、足許を掬《すく》われかねない。

「……まあ、ここまでのお前の案内が役に立ったことは間違いない」

ずっと素直に付き従ってくれるとも思えない。最終的に不要になれば、こちらもハームを処分するつもりだ。どこかで裏切ってくるはずだ。だが、その直前までハームから情報を引き出し続ける必要がある。

目標はマリエット達の救出にある。ハームの処分を最優先に置く必要はないのだ。ハームに対して後手に出るのは仕方がなくもある。

四人で息を殺し、術式だらけの通路を歩む。先の道が枝分かれしているところはハームに判断を委ねた。

「こっちの通路の方が、感知術式は温《ぬる》い。あそこの先にある、壁に埋め込まれた魔石を砕けば、安全に通れるよ」

ルルリアが不安げに俺を見る。俺は頷き、水晶を指差した。

「ルルリア、頼む。アレを壊してくれ」

ルルリアは頷き、火炎球を放つ。魔石が割れ、壁に刻まれていた術式の一部が、溶けるように消えていった。

感知術式のあった通路を抜けたところで、雰囲気ががらりと変わった。壁や床には花や魔物のような模様が刻まれており、魔石を用いた灯りが壁に設置されていた。

ずらりと本棚の列が並んでおり、まるで図書館のようだった。

ただ、本の詳細については一見ではわからなかった。背には、見たこともないような記号やら、数字やらが書かれている。

「書庫……みたいですわね。大昔の王家は、レーダンテ地下迷宮に極秘の資料を保管していたと噂にはありましたけれど、そのときのものなのでしょうか？」

ヘレーナがおどおどと口にする。

「古い王家絡みのものなのは間違いないだろう。ただ、今はここに立ち入った者の私物と化しているようだが」

書庫を抜けたところで、物置のような部屋へと辿り着いた。壁には処刑される罪人やら、人間を喰らう悪魔やら、不吉な絵画が何枚も飾られている。クリスタルのケースがいくつも積まれており、中には魔物の臓器らしきものが入っていた。

「な、なんでしょう、ここ……」

ルルリアが小声で問う。無理もないが、かなり不気味がっているようだった。

「あまり見ない方がいい」

クリスタルのケースに、赤子やら人間の脳味噌、まだ生きているらしい悪魔が入れられているのが見えた。

ある程度は覚悟していたが、やはり相当に趣味が悪い。最悪の状態を想定しておくべきかもしれない。

俺の意識がついクリスタルケースに逸れた……その瞬間のことだった。ぶちぶちぶち、と音がして、ハームの帽子から頭が離れた。帽子にはべったりと血が付いている。

「キャハハハハハハ！　キャハハハハハハハハ！　キャハハハハハハハハハハハハ！」

ハームは頭部を転がして移動しながら、けたたましい笑い声を上げた。

このタイミングで裏切ってきた。内部まで誘導してから仕掛けてきたのは、俺達が逃げられないようにするためだろう。大声を上げることで、俺達の侵入をここの主に確実に伝える意図もあるはずだ。

俺は帽子を投げ捨てて素早く移動し、折れた刃でハームの頭を砕いた。肉が爆ぜ、血が飛び散った。

「キャハハハハハハハハハ！」

ハームの帽子から細長い腕が生え、地面を這って入口の方向へと高速で逃げていった。あちらの方が本体だったらしい。

「ク、クソ、アイツ……！」

「ギラン、追うな！」

俺は言いながら、中に腕のようなものが入っていたクリスタルを持ち上げ、ハーム目掛けて投擲した。

クリスタルケースが扉と衝突し、壁を砕いて破裂した。中から出てきた腕が、ごろりと地面を転がる。

「ギャアアアアッ！」

ハームの姿が崩れた壁に押し潰されたが、拉《ひしゃ》げた身体を引き摺って懸命に逃げていく。……さすがに仕留めきれなかったか。

「先を急ぐぞ。ここの主にバレたらしい」

「……い、今の、致命傷だったんじゃねぇか？　すぐ行けばひっ捕まえられると思うんだが」

「あいつに時間を割いている猶予はない」

ハームの裏切りは仕方なかった。想定していた範囲だ。このリスクは承知の上で、先を強引に急ぐためにハームを利用していたのだ。

ハームは俺達が拠点に入ってから退路を断ちたかった。そして俺達は、少しでも拠点攻略の足しになるものが欲しかった。それだけのことだ。

できれば始末しておきたかったが、アレに構っているよりも少しでも先に進んだ方がいい。

壁に飾られていた絵画がガタガタと震え始め、絵に描かれているあらゆる顔の、目と口の部分に黒い染みのようなものが広がった。

「アアアアアアアアアアアアア！」

「アアアアアアアアアアアアア！」

絵画から次々にと絶叫が響く。俺達は一斉に、更に奥へと走った。

6

走れど、走れど、悪趣味なコレクションルームが続いていた。どの部屋からも、ケタケタと不気味な笑い声が響く。

……あの声を上げる絵画も含めて、人造悪魔の成り損ないようなものなのだろうか？　この場所そのものが、主に俺達の存在を伝えているようだった。

今駆けている部屋には、異様にリアルな等身大の人形がずらりと並んでいた。パーツごとに分けられているものもある。

「ほ、本当に、マリエットさん達、い、生きてるんでしょうか……？」

ルルリアが泣きそうな声でそう漏らした。

あまりに不気味な内装の部屋が続いていたため、マリエット達の安否が不安になったのだろう。

確かに、この場の持ち主がまともな倫理観を有しているとは思えない。

「余計な泣き言ほざいてんじゃねえぞ！　今んなもん口にしたって仕方ねえだろうが！」

ギランが叫ぶ。だが、さすがのギランも顔が蒼くなっていた。

ヘレーナは肩を窄《すぼ》め、両手で耳を塞いでいる。さすがに咄嗟の場面に対応できないので、耳と手は空けておいてほしい。

新しく入った部屋は、牢獄であった。いくつもの檻が並んでいる。中には、手錠を繋がれたまま骸《むくろ》と化していたものもあった。

「ママママ、マリエットさん!?　ごめんなさいまし！　ごめんなさいまし！　やっぱり、間に合わなかっ……！」

ヘレーナが慌てふためいた様子で牢へと擦り寄った。

そのとき、呻き声と、鎖を引き摺る音が聞こえてきた。奥の牢に、マリエットと、ミシェルの姿があった。手足は鎖で絡められている。

「ア、アイン!?　ど、どうして貴方達がここにいるの……？」

マリエットがそう口にする。

二人共衰弱している様子ではあったが、拷問を受けたような痕はなかった。怪我をしているのは、拘束される際に負ったものだろう。

「よかった。悪魔に誘拐されたと聞いて乗り込んできた」

「の、乗り込んできたって、ここ、地下五階層なんじゃ……」

マリエットはあんぐりと口を開けて俺を見る。すぐハッとしたように口を固く結び、目をぎゅっと瞑って首を振るう。

「と、とにかく、逃げなさい！　どうして劣等クラスの生徒だけでここまで来たの！　この鎖……ただの鎖じゃないみたいだし、歩けない私達を連れて逃げるなんて無理よ！　ここの牢の鍵だって、どこにあるのかわかったものじゃないわ！　早く逃げて、龍章持ちの騎士を連れてきて頂戴！　化け物が来るわよ！」

マリエットが早口でそう捲し立てる。

「ギャーギャー喚きやがって！　こんな檻、叩き壊せばいいだろうがよ！」

ギランが刃を振るい、檻へと打ち付ける。甲高い金属音が響き渡った。だが、檻には傷一つ生じない。

「が、頑丈にしても、これはねぇだろ……。何で作ったらこうなるんだよ、クソ……！」

ギランが剣を構え、身体のマナを滾《たぎ》らせる。

「〈羅刹鎧《らせつよろい》〉は使うな、ギラン」

俺はそう命じ、折れた剣を構えた。〈装魔《そうま》〉によって剣にマナを流し、刃を頑強にする。

檻目掛けて一撃を放った。凄まじい音が響く。

だが、折れたのは、俺の刃の方だった。俺はさすがに目を疑った。

〈装魔〉で強化したのだ。刃自身に罅が入っていたためマナがやや分散する感触はあったが、まず大丈夫だろうと踏んでいた。

　牢の金属格子はやや窪んでいたものの、それだけだった。まるで壊れる気配はない。

「ア、アインでも駄目なのかよ……」

　ギランが息を呑む。

「鍵を探しましょう！　それしかありません！　マリエットさん、どこか、心当たりはないんですか？」

「鍵を探しているような猶予なんてないって言っているのがわからないの！　貴方達には期待していないわ。とっとと龍章騎士を呼んできて！　私だって、犬死にしたくないのよ！」

　ルルリアの言葉に、マリエットが声を荒げてそう叫ぶ。

「こんな状況で、怒鳴ってまで追い返そうだなんて……やっぱりマリエットさん、本当は優しい人なんですね。最初からそんな途中で逃げ出すつもりなんてありませんでしたけれど、余計に助けたくなりました」

　ルルリアはそう言って、笑みを浮かべた。

　ただ、声は震えており、汗を掻いていた。強がっていることは間違いない。

「べ、別に私は、そんなつもりじゃ……」

「アインさん、鍵を探しましょう。こういうときのために、手数が必要だから私達を連れてきたんですよね？」

ルルリアは俺の方を向き、飾られている絵画や置物の笑い声を掻き消すように、大きな声でそう言った。不安を押し殺し、自身を鼓舞したかったのだろう。身体こそ震えているが、その瞳には強い意志があった。

「〈剛魔〉！」

俺は拳にマナを溜めて力を込め、檻を殴った。

鉄格子がへし折れ、砕ける。衝撃で部屋全体が大きく揺れ、それに伴い、絵画や置物の笑い声が止んだ。絵画に目を向ければ、不気味な男の肖像が、俺を見て目を見開いて閉口している。

「確かに硬いな」

俺は茫然とするマリエットの手の鎖を摑み、力業で引き千切った。

「……私の覚悟を、五秒でひっくり返さないでください」

「アイン……別格なのはわかってたが、お前見てると、やっぱりちょっと自信失くすぜ」

ルルリアとギランが、深く息を吐き出す。

「貴方、剣、いらないんじゃ……」

マリエットがぱくぱくと口を開閉する。

この学院に来てからたまに言われる言葉だが、俺から剣を取れば、間違いなく〈幻龍騎士〉最弱になるだろう。他の三人は剣がなくてもどうにか戦える者ばかりだが。

俺は続いてミシェルの檻の扉を殴り壊し、彼女の鎖を引き千切った。

「あ、ありがとう、ございますの……？」

何故か疑問形だった。

「何があったのか、事情は後で聞く。ここからまず立ち去る……とは、いかないようだな」

飾られていた姿見の表面から、細長い腕が伸びた。鏡面より人間が出てきたのだ。

白い、長い髪をだらりとした女だった。肌はおしろいを塗ったかのように白く、睫毛《まつげ》は長くて目がぱっちりとしており、人形のような外見だった。

「どうしてハームが生徒を逃してから、この速さでここまで踏み込まれたのかと思って泳がせていたけれど、なるほど、ネティアの子かい。マナの残り香でわかるよ。あの女は元気かな？」

真っ赤な唇は口端が大きく吊り上がっており、攻撃的な笑みを浮かべている。見開かれた目にも、見る者をぞっとさせる邪悪さがあった。

7

人造悪魔を生み出せる人間というだけで数は限られる。そこに加えて、白い長髪に、人形のような美貌とくれば、該当する人物は、俺の知っている中では一人しかいなかった。

「〈逆さ黄金律〉の錬金術師、〈知識欲のウィザ〉……」

〈幻龍騎士〉が行方を追っていた、要注意人物の一人であった。

「おやおや、知ってもらえていたようで嬉しいな。なかなかの手練れのようだけれど、君の名前を知らなくて申し訳ないよ。なにせ君達のことは、確証のある話がどこにもまともに残っていないからね。こうしてお会いできたのは光栄だよ。名前を、聞かせてもらってもいいかな?」

俺は無言で、折れた刃を構える。俺の様子を見て、ウィザはくすりと笑った。

「ああ、ごめんね、ただの兵器に名前はなかったかな?」

どうやら〈幻龍騎士〉にも多少見識があるらしい。

「さ、〈逆さ黄金律〉って、実在したんですの……? 大昔に大貴族が不死の研究をするために結成させた、禁忌の魔法を研究する錬金術士団だとは聞いたことがありましたけれど、てっきりそんな、与太話だと……」

概ねヘレーナの言葉通りである。

〈逆さ黄金律〉は、百年前にヴァーレン公爵家が秘密裏に抱えていた錬金術士団である。既にヴァーレン公爵家は取り潰されたが、〈逆さ黄金律〉の残党は逃れ、拠点を転々としながら活動を継続していた。

ネティア枢機卿が王国内において最も警戒していた団体である。

ウィザが首を傾け、ヘレーナへと目を向ける。目の合ったヘレーナがびくりと肩を揺らす。

「ひ……!」

「フフ、可愛いお嬢さんだね。一つ教えておいてあげよう。私は今は〈逆さ黄金律〉には所属していないよ。既に追われた身でね」

ウィザはそこまで言って、長い赤紫の舌を自身の唇へと這わせる。涎が一筋、顎へと垂れていた。

「どうしても、どうしても欲しい魔導書があってね。でも、持ち主が、絶対に譲らないし、見せたくもないなんて意地悪を口にするものだから、殺させていただくことにしたんだよ。ただね、〈逆さ黄金律〉は裏切り行為を絶対に許さない。そうしたらもう、一人殺すのも何人殺すのも変わらないじゃないか！　ただで逃げるのも勿体ないからね。私はついでに追加で二人ほど殺して、せっかくだから欲しかったものを掻き集めて逃げてくることにしたんだよ」

ウィザは身を乗り出し、口を大きく開けて笑う。ヘレーナはウィザの悪意を剝き出しにした発言の前に、完全に委縮して真っ青になっていた。

何故ウィザが学院迷宮の奥深くに隠れていたのかがわかった。彼女の言葉を信じるのならば、〈逆さ黄金律〉から身を隠すためにこの場所を選んだらしい。

〈逆さ黄金律〉は表に出ることを好まない組織である。ウィザのような錬金術士は、人間や悪魔を用いた研究を好む。

その条件を満たすのは地下迷宮くらいだっただろうが、当然〈逆さ黄金律〉に捜し回られることになる。だが、居場所が絞れたのならともかく、わざわざウィザの調査のためだけに王都の学院迷宮まで捜しに来るような真似はしないと踏んだのだろう。

また、力の源であるマナの性質や総量は、血筋に依存する部分が大きい。人体実験のための人間の確保という点でも、学院迷宮に潜伏することが好ましかったのだ。古い王家の極秘資料もここには眠っているといわれていた。

考えてみれば、ウィザのような人間が隠れ家に選ぶのに、この上なく適していたのだ。

「なるほど、概ね疑問は解消された」

離反してきて追われている身であれば、仲間が近くに潜伏している危険性も低い。

「ネティアの子となれば、いや、本当に興味深いよ。ゆっくりと語らおうじゃないか。私を殺しに来たつもりなのだろうが、それくらいの猶予はあるだろう？」

ウィザが馴れ馴れしくそう口にする。

俺は地面を蹴り、ウィザの背後を取った。

「おい、君っ……！」

ウィザが驚いた顔で俺を振り返る。

そのまま俺は、彼女の胸の高さで刃を走らせた。肉を斬り、骨を断つ感触が手に伝わる。剣は折れてこそいるが、半分以上刃は残っている。生身の人間一人斬る程度であれば問題ない。

鮮血が辺りに散った。ウィザは壁に背を叩き付け、ぽかんと口を開けたまま、胸の傷へと手を触れる。

「さ、さすがアインだ。なんだ……ここまで警戒する必要なかったじゃねえか」

ギランは安堵したようにそう口にする。

「ギラン達は、二人を連れて、地上に急いでくれ。交戦は避けて、逃げることに集中しろ」

俺の言葉に、ギランが顔を顰める。何か言おうとしていたが、その前にウィザがゆらりと立ち上がった。

「これは残念だな。私はお喋りが好きなのだが、こうもはっきりと拒絶されるとは。時間を稼げるのは君にも利のあることだと思ったのだがね」

ギランがぎょっとした顔でウィザを見る。

「な、なんで、死んでねえんだ……。つうか、あそこまでバッサリいってやがったのに……血が、もうほとんど止まってやがんのか？」

ウィザはギランの驚いた様子を見て、満足したように笑みを浮かべる。

「いい反応だね。なに、別に隠すことでもない。〈魂割術《こんかつじゅつ》〉さ。予備の命を作っているんだ。長らく失われていた技術だけれど、この私が一人で復活させたんだよ。大したものだろう？　ギラン君、でいいのかな？」

ウィザに名前を呼ばれたギランは、目を細めて彼女を睨んだ。だが、虚勢であることは明らかだった。

〈魂割術《こんかつじゅつ》〉は聞いたことがあった。歴史の中で、度々それを用いる魔術師が現れている。

嚙み砕いていえば、自身のマナを分けて保管しておくことで、命のストックを作るというものだ。

自分が死んだ際に、保管しておいたマナに死を肩代わりさせて時間を稼ぎ、その間に肉体の損傷を回復させるのだ。

強力だが代償は大きい。保管したマナから離れすぎれば、自身のマナとして扱えなくなって魔術が大幅に弱体化する上に、〈魂割術《こんかんじゅつ》〉としても機能しなくなる。故に術者は分離させたマナを、武器か何かとして持ち歩いていることが多い。

「テ、テメェで種明かしをしてくれるのは結構だが、今のアインの一撃でそれはなくなったんだろ？　あと一回ぶった斬ってやればいいだけの話……」

「私の〈魂割術《こんかんじゅつ》〉は、従来のものから更に進化させていてね。残りの命の予備は、千二十三個といったところかな？」

「せ、せん、にじゅうさん……？」

ギランの顔が蒼白となった。

さすがに俺も、それを聞いて驚いた。これまで聞いたことのある数字は最大で八つだった。質より数を優先した結果なのだろうが、正攻法でどうにかできる数ではない。

「ここは任せて、早く行ってくれ！」

俺はそう叫んだ。

「う、うぐ……すまねぇ、アイン」

ギランはそう呟き、ルルリアとヘレーナと顔を合わせ、頷き合った。それからマリエット達を連れ、部屋の外へと逃げていった。

その間ウィザは楽しげに微笑んでいるだけだった。彼らが逃げるのをあっさり見逃してくれるのは意外だった。

「フフ、別に構わないさ。勝手に出ていってくれるのなら、邪魔者なんてとっとといなくなってもらった方がいい。何せ、ネティアお手製の〈幻龍騎士〉が手に入るのだからね。ただの騎士見習いの死体を千体回収することより、よっぽど意義があることだ。いや、今の動きも剣筋も、なかなかのものだったよ。これが手に入ると思うと、ああ、今から楽しみだよ」

ウィザはそう口にして、舌舐めずりをした。俺の顔を見て、考えていたことを察したらしい。

「でも……〈幻龍騎士〉……フフ、思っていた程じゃないかもしれないな。その折れたナマクラのせいもあるだろうけれど、今のが全力だなんて、そんなことは言わないでおくれよ？」

8　―ルルリア―

ウィザの拠点から無事に逃げ果《おお》せたルルリア達は地下五階層を駆けていた。

とにかくあの怪人から離れ、地上へと向かわなければならない。

だが、この地下五階層には大鬼級《レベル4》の魔物が出没する。ルルリア達はアインの力を借りずにオーガの討伐にこそ成功していたが、オーガは大鬼級《レベル4》の魔物の中では最弱の部類である。

オーガ以外と出くわす可能性も高い上に、オーガとぶつかっても、今の状態では勝てるかどうか怪しいところだった。

マリエットとミシェルは衰弱しており、まともに戦える状況ではない。ルルリア達も疲弊してきている上に、今はアインの助言もない。

この状態で、果たして無事に上の階層まで逃げ切ることができるのか。それがルルリアには不安であった。

「それに……アインさん……無事でしょうか。あのウィザって人……かなり危険な人に思えました。あんな目をした人、今まで会ったこともありません。それに、〈魂割術《こんかつじゅつ》〉……それも、命の予備が千以上もあるだなんて……」

「ぜぇ……ぜぇ、アインのことなんて心配いりませんわよ。殺し切ることができなくったって、アインが負けるはずがありませんわ。倒せないのなら倒せないで、適当なところで切り上げてこっちに合流してくれますわよ。アインのことより、私達は自身の身を案じた方がよくってよ。生徒だけで地下五階層の深部を移動しないといけないなんて、普通に考えて有り得ないことなんだから。私達、普通にこれ、少し運が悪かったら全滅するわよ」

ルルリアの吐いた弱音に、ヘレーナがそう返す。

ヘレーナはマリエットを背負っており、速度を維持して走るのが苦しそうであった。ただ、足を遅くすれば、それだけ魔物と遭遇するリスクが跳ね上がる。

「……悪かったわね。重いでしょう？」

苦し気に喘《あえ》ぐヘレーナに対し、マリエットが口にした。ヘレーナがピンと背筋を伸ばす。

「い、いえいえいえ、そんなことありませんわよ！」

「……別に嫌みで言ったんじゃないわよ。単に人一人背負うのがしんどいでしょうって言ったの。そんなに過剰反応しないで頂戴。私だって、さすがに命の恩人に皮肉を垂れる程、嫌な女じゃないわよ」

「は、はは……勿論わかっていますわよ」

「私はミシェルより軽傷だし、今の体力でも〈魔循《まじゅん》〉を維持して走るくらいならできるわ。降ろして頂戴。足手纏いでいるのは性に合わないの」

「む、無理ですわよ、そんな、ボロボロの身体で。……なんだか、性悪派閥のトップで有名なマーガレット侯爵家の長女に気を遣われると、むず痒いものを感じますわ」

「……貴女、私を何だと思っているの？」

ヘレーナがまた失言を零す。マリエットは目を細めて、彼女の後頭部を睨みつけていた。ルルリアはそれを見て、誤魔化すように苦笑いをした。

ヘレーナがマリエットを背負い、ギランがミシェルを背負っている。身体能力と〈魔循〉でいえばルルリアが一番劣り、侯爵令嬢であるマリエットが無暗に異性に背負われるわけにもいかなかったため、この組み合わせとなったのだ。

ギランとミシェルは、互いに気まずげに沈黙していた。一度は戦闘した仲である。互いに互いの印象がよくはない上に、どちらもさほど気が長い方ではない。

おまけに二人共、あまり不用意に異性とくっ付くのを嫌悪している性質であった。ただ、両者共、今が緊急時である上に、下手に文句を言っていい状況でないことも理解している。故の沈黙であった。命懸けでさえなければ今すぐ口喧嘩が始まっていたとしてもおかしくはない。

ルルリアも気を遣って交代を提言しようかと思ったが、それで移動速度が落ちて魔物に囲まれることになればそれどころではない。

「……気を張った方がいいわ。もしもオーガに囲まれでもしたら、ほぼ確実に終わりなんですわよ。何せ地下五階層は、到達した生徒がこれまで一人もいなかった魔境でしてよ。あの怪人は明らかに異様でしたけれど、それでも下手に逃げるよりも、アインの傍に控えていた方がよかったんじゃないかしら」

ヘレーナの言葉に、ルルリアは目を細めて考える。

それは確かにルルリアも疑問に思っていたことなのだ。この状況、運が少し悪ければ、それだけで簡単に全滅する。それでも尚、アインは一刻も早くあの場から立ち去ることをルルリア達に命じたのだ。

「もしかしてアインさん、あの怪人を、命懸けで掛かっても倒せるのか怪しい相手だと踏んでいたんじゃ……」

ルルリアは顔を蒼くする。アインは端から、ウィザが相手ではせいぜい時間稼ぎしかできないと踏んで、先にルルリア達に逃げるように言ったのではないか、と。

「そ、そんなことあり得ませんわよ！　だってあの、アインですわよ！　〈銅龍騎士〉のエッカルトにあっさりと勝ったくらいなんですから、負けるわけないじゃありませんの！」

ヘレーナが不安を紛らわせるように大声でそう言った。それを聞いたマリエットが眉を顰め、ルルリアはしまったと口許を歪めた。

「ヘレーナさん！　その話、マリエットさん達の前で口にしていい話では……！」

エッカルトとアインの一戦については、緘口令《かんこうれい》が敷かれている。

「……普通はあり得ない話だけれど、今更もう疑わないわ。本当だとはまさか思っていなかったけれど、それらしい噂は耳に挟んだことがあったし。聞かなかったことにするから安心しなさい」

マリエットが呆れたように息を吐く。

そのとき、後方から「オオオオオ！」と叫び声が聞こえてきた。ルルリアが振り返れば、三体のオーガの姿があった。

「オ、オーガ!?　最悪です！　三体だなんて……」

ルルリアは唇を噛んだ。一体でも全滅しかねないと想定していたオーガである。まさかそれが三体も現れるとは思っていなかった。

「とっ、とにかく、足を速めて振り切るしかありませんわ！　ぶつかったら絶対勝てませんもの！」

「で、でも、オーガの脚力から逃げられるとも思えません。何か、策を練らないと……」

「戦って勝つのが無理なんだから、逃げるしかないじゃない！　余計なこと考えている場合じゃないわよ！」

ギランが足を止め、背後を振り向いた。

「チッ、ミシェル、降りろ！　ルルリアに背負ってもらえ！　俺が時間を稼いでやる」

「む、無謀すぎますの！　ちょっと、ルルリアさん！　この男を説得してください！　死ぬつもりですの！」

そのとき、轟音と共に、通路の奥から巨大な逆さの人面が現れた。

「ケタケタケタケタケタ！」

不気味な鳴き声が響く。女の顔の奥には、黒々と輝く甲殻が続いていた。

修羅蜈蚣である。オーガなどとは比べ物にならない、巨鬼級《レベル5》の魔物が現れてしまった。

修羅蜈蚣はあっという間に三体のオーガを轢《ひ》き潰してルルリア達へと迫ってくる。先程まで決死の時間稼ぎを行う覚悟を決めていたギランも、現れた化け物を目前にして顔を真っ青にしていた。

「あ、あんなの相手じゃ、さすがにまともな時間稼ぎもできねぇぞ！」

修羅蜈蚣の天井へ向いた顎の上には、見覚えのある道化の悪魔が乗っていた。アインに斬られて帽子だけの姿になっていたはずだが、既に身体を再生し終えたようであった。

「ヒヒヒヒヒ！　確かに僕の力は弱まっているけれどね、こうして他の魔物を誘導することなんて、僕ら悪魔にとっては簡単なんだよねえ！　ニンゲン如きに舐められたまま逃げるなんてごめんなんだよ！　君達を嬲《なぶ》り殺しにして、借りを返してあげるよ！」

9　―ルルリア―

「とにかく逃げるぞ！　オーガと違って、小回りは利かねえ！　狭い通路まで逃げ込め！」

ギランが叫ぶ。

ルルリアもそれに頷き、〈魔循〉を高めて自身の速度を引き上げた。

後のことは考えていられない。とにかく、今この場面を凌がねばならない。

五人で、狭い通路へと飛び込むように入り込む。だが、安堵する間もなく、通路の両脇をゴリゴリと削りながら、修羅蜈蚣が突撃してくる。あまりに他の魔物と桁が違い過ぎる。

「ケタケタケタケタケタケタケタ！」

「ヒヒヒヒヒヒヒヒヒヒヒッ！」

修羅蜈蚣の不気味な鳴き声に、ハームの笑い声が重なる。

「どこに逃げようと、無駄、無駄、無駄！　僕は君達なんかより、ずっとこの階層の通路に詳しいんだよ！　君達には逃げ場なんてない！　あの男さえいなければ、君達なんて取るに足らない！

散々この僕を舐めてくれたツケを、払ってもらおうかなぁ！」

ハームは修羅蜈蚣の顔の上で、手を広げて顔を突き出し、舌を伸ばしながら捲し立てる。

「どどっ、どうしますの!?　どうしますの!?　このままじゃ私達、間違いなく全滅ですわよ！」

ヘレーナが悲鳴を上げる。

ルルリアは黙ったまま、必死に打開策を考えていた。

ただ、修羅蜈蚣は、まだ上手く行けば撃退できたかもしれないオーガとはわけが違う。まともにぶつかれば勝算はない。

「……私達にやれることなんて、そう多くないわ。二手に分かれて、片方の逃げる時間を稼ぐのよ。そうしないと、仲良く全滅することになるわよ」

ヘレーナの背で、マリエットがそう口にした。

「安心しなさい。恐らく、動きの鈍い、私やミシェルのいる方が狙われることになるわ。……どうせ死ぬところだったんだもの。命くらい張ってあげるわよ。私はマーガレット侯爵家の者、恩も恥も知らないような真似はしないわ」

「だ、駄目ですわよ、マリエットさん！」

ヘレーナが必死にマリエットの言葉を遮る。

「ヘレーナ……貴女」

「そういうので二手に分かれたら、絶対私のいる方に来るんですわ！　私、幼少の頃から絶対にそうでしたの！　失敗できない場面で貧乏くじを引くんですわ！　ね、ね？　皆で一緒に逃げましょうよぉ！　諦めなければチャンスはありますわ！」

「……別に、見直さなくてよかったみたいね」

　マリエットはがっくりと肩を落とし、溜め息を吐いた。

「そ、そうです！　地下四階層まで上がりましょう！　あの化け物の巨体なら、自重で階段では速度がかなり落ちるはずです！」

　ルルリアは思いついた案を口にした。

「ルルリア、忘れたの……？　あの化け物、階段くらい難なく駆け上がれますのよ。地下四階層に下りようとしたとき、襲撃を受けたじゃない」

　修羅蜈蚣は、本来ならばもっと深部に潜んでいる魔物なのだろう。

　だが、ルルリア達は一度、地下四階層へと下りる階段の前で、修羅蜈蚣に襲われている。修羅蜈蚣にとって階層間を跨ぐことはなんてことでもない。

　巨体ではあるが、その怪力で通路を削って移動することもできる。容易に振り切る術はない。それがわかっているからこそ、ハームも襲撃の御供に選んできたのだ。

「振り切るんじゃありません。階段で叩いて、修羅蜈蚣を撃退するんです！　あの巨体で階段内では身動きがまともに取れませんし、自重のせいで動きも遅くなります」

　倒し切れるかどうかはわからない。だが、深手を負わせれば、追跡を諦めさせて撃退することもできるかもしれない。

「い、いやいや……それでも、あんなデカブツ正面から相手取るなんて、さすがに無謀ですわ！」

「いいこと言うじゃねえか、それでいこうぜ。あのクソ悪魔に粋がられてるのに腹が立ってたんだ。一泡吹かせてやろうぜ、どうせ地上まで逃げ切るのは無理だ」

幸い、現地点から地下四階層までの階段であればそこまで遠くはない。地下五階層に出没するオーガを危険視していたが、暴走する修羅蜈蚣の前にわざわざ出てくるとも思えない。それだけはありがたかった。

狭い通路を選んでどうにか距離を稼いで、ついには地下四階層へと上がる階段まで辿り着くことができた。

「ヒ、ヒヒヒ、随分、随分と頑張るねえ。でも、地上まで逃げられると、本気で思っているのかな？　もう、息も絶え絶えじゃあないか。ここらが限界なんだろう？　諦めて、こいつの前に押し潰されていけよ！　まあ、そう簡単には殺してあげないけどね。あの男……アインに、散々屈辱を味わわされたんだ！　あの恨みは、君達で発散させてもらうことにしようかな。ヒヒ、知っているかな？　人の恨みは、本人以外に返した方がずっと面白いんだ」

ハームの笑い声が響いてくる。ギランは舌打ちを鳴らした。

「何が人の恨みは本人以外に返した方が面白い、だ。アインに手も足も出ねぇから、俺らで憂さ晴らししようときただけだろうが。それさえも、力が足りねぇから他の魔物頼みとはな。性格捻じ曲がってるのはわかってたが、クソガキみたいな性根なんだなテメェら」

「ヒヒヒ、何とでも言っているといい！　君達は狩られる側なんだよ！　ぐちゃぐちゃに潰して、ゆっくり死ぬのを見届けてあげるよぉ！」

修羅蜈蚣が勢いよく飛び込んでくる。ルルリア達が階段を駆け上がっているすぐ後ろの段差を、その大きな頭部が叩き潰した。ハームは修羅蜈蚣の頭部に張り付くように屈み、ルルリア達を見て、また甲高い笑い声を上げた。

10　―ルルリア―

ルルリア達は階段を駆け上がり、地下四階層に踏み込んだところで、追ってくる修羅蜈蚣に備えて待機した。背負われていたマリエット、ミシェルの二人も地面に降り、剣を構える。

「ほ、本当に大丈夫ですか、マリエットさん、ミシェルさん？」

ルルリアから尋ねられ、マリエットがフンと鼻を鳴らす。

「ここを乗り切らないとどうしようもないんだから、やってみせるわよ。人任せは性に合わないの。いけるわね、ミシェル？」

「勿論ですの！　マリエット様に任せたまま、床に這っているわけにもいきませんわ」

ミシェルも刃を抜き、そう息巻いていた。ギランもやる気充分らしく、剣を構えて不敵な笑みを浮かべている。

「格上面してる奴をぶん殴るってのは、悪い気分じゃねぇな」

各々が士気を高めている中、ヘレーナは真っ青な表情で、フーフーと息を吐き、小刻みに身体を震えさせていた。

「大丈夫ですわ……やれますわ……絶対に問題ありませんわ……」

「へ、ヘレーナさん……あの、どうしても駄目そうでしたら、後ろで休んでいてもらっても……」

「大丈夫です、大丈夫ですわよ、ルルリア！　わわ、私だって、パパ……じゃなくて、お父様の娘なんですもの。民を守るために立ち上がるのが騎士の務めでしてよ。こんなところで、私一人だけ怯えて下がっているわけにはいきませんわ」

ヘレーナはそう言って、自身の顔をバシバシと叩いて気合を入れていた。ただ、やはりどうしても頼りなく見えてしまう。ルルリアは少し眉を顰め、ヘレーナの横顔を見つめていた。

轟音が近づいてくる。

修羅蜈蚣が、階段通路を崩しながら地下四階層へと這い上がってきているのだ。一同に再び緊張が走った。

「わ、私が魔弾を撃ちます！　それを合図に、一斉に掛かりましょう！」

修羅蜈蚣は身体が大きく、重く、そして長い。階段では間違いなく速度が落ちる上に、重心も不安定になる。動きも固定化されるのだから、叩く機会としてはこれ以上ないタイミングではあるはずだった。

「ヒヒヒヒヒ！　どこに隠れようと、どう足掻こうったって無駄なことだよ！　死ね、死ね、死ね死ね死ね死ね死ねっ！」

ハームの叫び声が聞こえてくる。

「下級魔術《ランク2》〈ファイアスフィア〉！」

ルルリアの剣先に展開された魔法陣の中央より、炎球が放たれた。炎球は丁度、姿を現した修羅蜈蚣の顔面へと当たったった。

だが、逆さの人面を模した甲殻は、あっさりと炎球を散らす。想定はしていたが、修羅蜈蚣はあまりに頑強であった。

それを合図に、各々は一斉に前へと飛び出した。

「〈羅刹鎧《らせつよろい》〉！」

ギランが叫ぶ。彼の身体から漏れたマナが実体を持ち、赤い光の鎧となって全身を覆っていく。

「そして〈剛魔〉ア！」

ギランは地面を蹴って前へ飛び、地面へ向いている、修羅蜈蚣の逆さの頭部へと一撃をお見舞いした。修羅蜈蚣の顔面が僅かに横に逸れたものの、失速さえしない。次の瞬間、ギランは跳ね飛ばされて地面へと落ちた。

「ぐうっ……！」

「ミシェル、行くわよ！」

「はい、マリエット様！」

マリエットが綺麗に跳んで、ギランが斬ったのと同じ位置に剣を振るった。一撃を入れた直後に、ミシェルが同じ位置へと刃を振るう。

しかし、修羅蜈蚣の人面は、依然としてほぼ無傷であった。直後、弾かれたマリエット達が地面を転がる。受け身は取ったはずだが、二人共元々万全とは言い難い状態であった。逃がし切れなかった衝撃が身体にしっかりと伝わっていた。

ギランとマリエット、ミシェルの攻撃で、修羅蜈蚣は僅かに減速したようだった。だが、ルルリアから見て、それでまともにダメージが通ったとはとても思えなかった。

人面の甲殻があまりに頑強すぎる。修羅蜈蚣からしてみれば、狭い通路を駆けていて、顔に小石が当たった程度のものなのだ。容易く貫通してみせたアインが異常なのだと、ルルリアはそう再認識させられた。

ルルリアの前を駆けていたヘレーナが、足を止めてその場に立ち尽くした。彼女もギラン達が叩いて、ここまでダメージがないとは思っていなかったのだろう。ヘレーナは困惑気味に自身の足へと目線を落とし、必死に足を前に出そうとしているようだったが、恐怖に麻痺した足が、どうにも動くことを拒絶しているようだった。

「私が、やるしかない……」

ルルリアは小さく零し、息を深く吸い込んで覚悟を決め、足を速めてヘレーナを追い抜いた。

先の攻撃で、修羅蜈蚣に充分なダメージが通ったとは思えない。だが、ここを逃せば、もうギランもマリエットもミシェルも立て直しが利かない。

「こうなりゃ、破れかぶれ……！」

ルルリアは先の三人を見て、わかったことがあった。

修羅蜈蚣が反対側から突進してきているがために、その分修羅蜈蚣とぶつかる際の刃の速度が相対的に上昇しているのだ。

ルルリアには他の三人のように、豪速で迫ってくる修羅蜈蚣に対して、同じ場所を狙ってピンポイントで刃を振るうような真似はできない。だが、剣をしっかりと構えて固定することさえできれば、修羅蜈蚣の突進のお陰で刃の速度は賄える。そしてその状態であれば、他の三人同様、攻撃する箇所を揃えることもできるはずであった。

ルルリアは剣をがっしりと固く構え、〈魔循〉を最大に高めて速度を上げ、体当たりをお見舞いした。だが、反動で吹き飛ばされ、地面を転がることになった。身体がバラバラになるかのような激痛が走る。

「あうっ！」

さすがに体格差があり過ぎた。剣でどうこうしても有効打になり得ないと判断したが故の特攻であったが、仮に階段でなく地上で修羅蜈蚣の突進とぶつかっていれば、間違いなく身体が拉げていただろう。

ルルリアは地面に頭を打ち付け、その衝撃で動けなくなった。辛うじて意識はあるが、視界が明滅していた。頭に温かい、どろりとした感触がある。それが血液であることに、少し遅れてルルリアは気が付いた。

「ル、ルルリアッ！」

ヘレーナが声を上げる。その声も、意識の薄れた今のルルリアには、どこか遠いものに思えていた。ルルリアが残る気力でどうにか顔を上げれば、迫ってくる修羅蜈蚣の巨体が見えた。

「ヒ、ヒヒヒ、ヒヒヒヒヒ！　本気で正面から、修羅蜈蚣を止められると思ったのかい？　君達みたいな騎士見習い如きで、コイツがどうにかなるわけがないだろうに！　雑魚は雑魚らしく、逃げ回っていればよかったのにね！」

修羅蜈蚣の上で、ハームが大きな笑い声を上げる。

「ヒヒ、一番愚かなのは、そこに立っている君だよ。ヒヒヒ、震えちゃって、そんなに死ぬのが怖いのなら、他の奴を囮にして一人で逃げればよかったのに！　君達ニンゲンって、本当に底抜けに頭が悪いよね」

ハームが揶揄したのは、最後に残ったヘレーナのことであった。ただ一人立つヘレーナ目掛けて、修羅蜈蚣が突進していく。

「確かに……怖いですわよ。今だって、震えが止まりませんもの。アインもあまり乗り気ではなかったみたいでしたし、こんなところ、来たくはなかったですわ。騎士が命懸けなのはわかっていますけれど、割り切れるかどうかは別ですもの。お父様には悪いですけれど、やっぱり私には、剣の才だってありませんし……。ええ、自分がそんなに賢くないってことだって、わかってますわよ。貴方みたいな化け物に指摘されなくったって」

ヘレーナが剣を持つ手を強く握り締める。

「でも……そんなこと、できるわけがないじゃない。友達が死ぬのは、もっと怖いんですもの！」

ヘレーナが剣を前に突き出す。その動きを見て、ハームは笑い声を一層と大きくした。

「ヒヒ、剣の才がないのは本当みたいだね。見習いとはいえ、そんな無様な剣を振るうニンゲン、これまで見たことがなかった。剣速があまりに遅すぎる。そんな刃じゃ、修羅蜈蚣どころか、ゴブリンだってまともに斬れやしない」

ハームが笑うのも無理はなかった。

剣を振るうというより、本当に剣をただ前に突き出しただけのような状態だった。動作が大きすぎて隙だらけな上に、そもそも修羅蜈蚣の動きと噛み合っていない。せめて、もう少し修羅蜈蚣を引き付けてから剣を振るうべきだったのだ。

修羅蜈蚣が到達する頃には、刃の勢いは既に止まっていた。すぐに修羅蜈蚣の甲殻が剣を弾き、ヘレーナを吹き飛ばすと、ルルリアから見てもそう思えた。

刃と修羅蜈蚣の顔面が衝突した。勢いよくヘレーナの剣が後方へと弾かれた。その瞬間、ヘレーナは姿勢を落とし、右足を軸にその場で一回転した。

「ヒヒ……ヒ？」

その様子を見たハームが、笑い声を止める。

ヘレーナより再び放たれた刺突が、修羅蜈蚣の顔面へ突き立てられる。

直後、刃はへし折れ、ヘレーナの身体は後方へと弾き飛ばされた。肩から地面に落ち、腰を打ち付ける。修羅蜈蚣の硬い甲殻に、一筋の亀裂が走った。

「ギィィイイイイイイイイイイイ!!」

修羅蜈蚣は頭部を揺らし、階段の段差へと激しく打ち付けた。

「……ヘストレッロ家三大絶技の一つ、〈車輪返し《しゃりんがえ》〉ですわ」

ヘレーナは血塗れで地に這ったまま、そう口にした。

剣先で受けた衝撃を円運動へと転化し、剣の速度を高めて相手へ刺突を放つ返し技である。修羅蜈蚣の突進の威力に刃がついに耐え切れず悲鳴を上げたが、しかしそれは修羅蜈蚣の甲殻もまた同じことであったのだ。

先の四人の攻撃によって傷ついていた甲殻は、〈車輪返し《しゃりんがえ》〉によって返された自身の突進の衝撃を耐え切ることができなかった。

〈車輪返し《しゃりんがえ》〉は相手の攻撃を点で受けて返す必要がある。元々対人より対魔物に特化した絶技であり、相手が巨体である方が扱いやすい技であることは間違いない。

今回は狭い通路で相手の動きが大幅に制限される上に、階段を上がってきていたために自重に引かれ、本来の速度も発揮できていなかった。加えて、先の四人の捨て身の攻撃によって、僅かながらに修羅蜈蚣が減速していた。

そうでもなければ、元々扱いが難しく身に付けられていなかったヘストレッロ家三大絶技を、ヘレーナが土壇場で成功させることはできなかっただろう。

11　―ルルリア―

「す、凄い、修羅蜈蚣の甲殻を、一撃で……！」

ルルリアは地面に這いつくばりながら、ヘレーナの奮闘を眺めていた。

本来、修羅蜈蚣は龍章持ちの一流の騎士で編成された部隊でさえ全滅の危険性が高いような魔物である。

実際、たかだか騎士見習い五人程度……百回戦っても一矢報いることさえ叶わない内に百回滅ぼされるような、それだけの相手であった。だが、今回の戦いでは、ヘレーナが龍章持ちの騎士でさえ突破できない、修羅蜈蚣の人面の仮面に亀裂を入れたのだ。

「フ、フフ……一撃じゃありませんわ。皆さんが先に攻撃してくださっていたお陰ですもの」

ヘレーナは掠れた弱々しい声であったが、気丈にそう口にした。

「あの子……あんなに強かったの」

マリエットが驚いたようにヘレーナを見つめていたが、すぐにさっと顔を蒼くした。

「に、逃げるわよ！　その怪物……まだ、生きてる！」

マリエットが叫んだ直後、修羅蜈蚣の全身が震え、脚が再び蠢《うごめ》き始めた。

「ギ、ギ、ギ……！」

「くたばれ蜈蚣野郎が！」

直後〈羅刹鎧《らせつよろい》〉の赤い光を纏ったギランが、再び修羅蜈蚣へと突進した。地面を蹴り、刃を人面の亀裂にねじ込むように突き入れ、そのまま肉の奥に肩までうずめていた。

修羅蜈蚣の全身が再び激しく痙攣したかと思えば、その全ての脚の動きがどんどんと鈍くなっていき、ついに修羅蜈蚣は力尽きた。

その様子を見届け、ルルリアは安堵の息を溢した。

ギランは蜈蚣の肉塊から刃を引き抜く。全身に修羅蜈蚣の、赤茶色の体液を浴びていた。さすがにマナが尽きたらしく、ふらふらと壁に手をついた。

「ハッ、害虫退治が終わったところでなんだがよ、最悪の気分だぜ。錆臭くてたまらねぇ」

口振りとは反対に、ギランは高揚している様子であった。なにせ巨鬼級《レベル5》を騎士見習いのみで討伐するなど、これまでほぼ前例のないことであっただろう。

相性がよかった。条件がよかった。その上で運も味方した。

だが、それでも、それを手繰り寄せたのは自身らの行動によるものなのだ。そのことは間違いない。

「そ、そうです！　まだ、ハームが……！」

ルルリアは修羅蜈蚣の頭へと目を向けた。しかし、そこに道化の悪魔の姿はなかった。

いや、思えば、ヘレーナが反撃に出た辺りから、既にハームの姿がなかった。

「逃げちまったんだろ。あいつは元々、散々アインに斬られて、まともにマナが残ってねえみたいだったからな」

ギランが小馬鹿にしたように笑った。

「まあ、助かるぜ。あのクソ野郎をぶった斬れなかったのは残念だが、こっちも生憎余力がねえ。まともに騎士が捜査に入れれば、あんな小物悪魔くらい始末してくれるだろうよ。それより、今の体力で迷宮の入口まで帰る術を考えねえとな。この辺りで待機して、救助が来るのを待った方がよさそうだが……」

「小物で悪かったねぇ」

いつの間にやらヘレーナの背後に回り込んでいたハームが、彼女の首を摑んで持ち上げ、ギランへとその無機質な目を向けた。

「テ、テメェ！」

ギランはハームへと刃を向ける。

「ヒ、ヒヒ、いやはや驚いた。修羅蜈蚣がまさか、君達如きに始末されるなんてねぇ。悪戯心が先立って、君達を弄んでいたボクのミスだよこれは。ヒヒヒ、だけど、ここまでだ。ボクだって、弱っているとはいえ、瀕死の雑魚五人始末するくらいお手の物なんだ」

ハームはヘレーナの首を摑んでいるのとは、逆の腕を宙へと掲げる。毒々しい赤に輝く爪が、ナイフのように伸びていく。

「ヒヒヒ、ボクらだってねえ、死ぬのはごめんだ。でもね、悪魔の死生観は、君達ニンゲンとは違うのさ。ボクが死ねば、それだけボクが殺せるニンゲンの数が減る。だから死ぬのを恐れるのさ。でもね、そんなボクにだって、死ぬよりも嫌なことがある。それはね、目を付けた弱っちいニンゲンに散々虚仮にされた挙句逃げられて、連中の生暖かいハッピーエンドを許容することさ」

「ひ、人質のつもりですか！　どこまでも卑怯な手を！」

ルルリアはハームを非難した。だが、ハームはそれを聞いて、大きく裂けた口を開いて笑みを浮かべた。

「人質？　ヒヒヒ、それもいいけれど、勘違いをしないでくれ。ボクが多少弱っているとはいえ、今の君達を全員殺すのに、人質なんていらない。こいつは、君達の前で惨殺する。それによって、君達に、君達の魂に、無力感と絶望感、そして恐怖を刻み込む。ヒ、ヒヒ、ボクの身体、よく変形するだろう？　ニンゲンを拷問してから殺すのに持ってこいなんだよ。これまで散々馬鹿にされたんだ。君達全員に、生まれてきたことを後悔させる。そうだね、ちょっとばかり予想外だったけれど、考えようによってはこれでよかったのかもしれない。修羅蜈蚣で殺しきれなかったからこそ、衰弱した君達を弄ぶことができる。こいつが終わったら、その次はどいつにしようかな？」

ギランは歯を食いしばり、ハームを睨みつける。

全員、意識を保っているのもやっとの状態なのだ。文字通り死力を出し切り、修羅蜈蚣の討伐に当たった。もう、ハームに抗う術がない。

「ヒヒ、ヒヒヒ、ヒヒヒヒ。いい表情だよ、諦めまいとしながら、心のどこかで死を受け入れ始めている、そういう顔だ。その顔がだんだんと歪んでいくんだ。ああ、ああ、ボクはそれが、楽しみで楽しみで仕方がない。雑魚の分際でこのボクをあれだけ馬鹿にしてくれたことを、たっぷりと後悔しておくれよ。そのお陰で、ボクの嗜虐心がこれだけ刺激され……」

「〈轟雷落斬《ごうらいらくざん》〉！」

天井から落ちてきた赤い雷が、ハームへと直撃した。

ルルリアはそう錯覚さえした。捕まっていたヘレーナは、勢い良く地面に投げ出された。

「ヒエ……？」

真っ二つになったハームが、左右で別々に声を漏らしながら倒れていく。身体を維持できるマナがもう残っていないらしく、左右の身体が光の粒へと変化して崩れ去っていく。

〈剛魔〉の赤い蒸気が昇る中、ゆらりと紫の長髪の男が立ち上がった。

「カ、カプリス……王子……」

ルルリアはその男を目にし、そう呟いた。

カプリスは高レベルの悪魔を叩き斬ったというのに、ハームの死骸には一切目もくれない。ルルリア達を見回し、顔を顰めた。

「む……？　余のアインが封鎖中の迷宮に入り込んだと聞いて、制止する教師を二、三人ぶん殴って追いかけてきたというのに、いないではないか。アインはどこにいるのだ？」

「え、えっと……あ、あの、ありがとうございます。貴方のアインじゃありませんけれど……」

ルルリアはカプリスの変人振りに混乱しつつも、彼へと礼を口にした。

12

「武器はそれでいいのかい？　随分と手荒い使い方をしていたようだけれど」

ウィザが俺の構える刃を指で示す。ハームとの戦闘でへし折れた上に、その後の道中でも酷使したため歪に曲がっている。

「生憎、丁度いい持ち合わせがない」

「何か用意してあげようかい？　このままでは、いくら何でも可哀想だ。ほら、私って、結構優しいだろう？」

ウィザは大仰に腕を振ってそう口にした。

随分と余裕ありげな態度であった。いや、実際にそうなのだろう。〈逆さ黄金律〉は危険思想の秘密結社にして、国内随一の高位錬金術師の集団だと聞いていた。ウィザはその中でも、平然と仲間を殺して逃げてきたような人物だ。これだけの自信があるのも理解できる。

それを踏まえても必要以上に余裕ありげに見えるのは、ウィザが〈魂割術《こんかんじゅつ》〉によって、自身の命のストックを千個以上有しているためだろう。

まともにウィザを殺そうと思えば、彼女に千回以上は致命傷を与える必要がある。この戦いで何がどう転んでも自身が死ぬことはないと、彼女にはそうした確信があるのだ。

ウィザは俺と対峙していながら、檻の中に入った魔物を安全な位置から観察しているような気分でいるのだろう。二つ名である〈知識欲のウィザ〉の通りの性質だといえる。

〈逆さ黄金律〉を裏切ったのも、学院迷宮に身を潜めているのも、俺相手に対話や観察を優先しているのも、全ては彼女の知識欲のためなのだろう。

だとすれば、俺の取るべき行動は決まった。

俺は地面を蹴り、ウィザの背後へと回り込んで折れた刃の一撃を放った。ウィザの首が抉れて鮮血が舞った。壁に叩きつけられた彼女の身体が、大きく折れ曲がる。

「お前の相手は、この剣で充分だ」

常人ならば即死していたであろう外傷を受けながら、ウィザはゆらりと立ち上がる。光が彼女の身体を包んだかと思えば、身体の傷は、最初からなかったかのように癒えていた。

「残念だ。私は本気で言ってあげているんだけれどね。まさか君、その程度で私に勝てると思っていないかい？　だとしたら、がっかりだよ。ネティアも流石に老いたのかな？」

俺の取るべき行動は決まった。この剣ではウィザを殺し切ることはできない。俺がすべきことは、ルルリア達が安全なところまで逃げ切るだけの時間を稼ぐことだ。

「闇の精霊を束ねる王よ、その神が如く力の片鱗を、この私にお貸しください」

ウィザが手を組み、祈りを捧げる。一瞬にして床一面に巨大な魔法陣が展開された。

「超級魔術《ランク6》〈クドゥルフィーラ〉！」

魔法陣から青白い光の靄のようなものが伸びたかと思えば、それは無数の半透明の巨大触手へと変わり、暴れ狂って部屋内を蹂躙した。

並んでいた本棚や、ウィザの研究成果が、触手の暴力に沈んでいく。俺は触手を蹴って宙へと逃れようとしたが、寸前で嫌なものを感じ取り、宙で身体を回転させて倒れた本棚を蹴って逃れた。

触手に触れた本棚が、黒ずんで目の前で消滅していくのが見えた。いや、本棚だけではない。触手に触れたものの全てが、まるで急速に腐敗でもしていくかのように朽ちていく。

あの触手そのものが強力な呪いの塊だ。地下迷宮の一室が、あっという間に異形の触手の蔓延る地獄へと成り果てた。

覚悟はしていたが、当たり前のように超級魔術《ランク6》を飛ばしてくる。

「フフフ、頭と胴体には当たらないでおくれよ。君の身体は、丁重に標本にして、この私の大事な蒐集物にするのだからね。なにせ、ネティアの技術だ。たっぷりと可愛がってあげるよ」

ウィザが口許から涎を垂らし、それを長い舌で舐め取った。

「闇の精霊の王の触手とはな」

精霊が再び伸びて、真っ直ぐに俺へと迫ってくる。

俺は床を蹴ってその場から逃れた。

相手の基地だから当然のことではあるが、この場所はあまりにウィザにとって有利過ぎる。この部屋の範囲であの触手攻撃を避け続けるのは俺でも難しい。とりわけ時間稼ぎの持久戦には特に向いていない。

「ほらほら、どうしたのかな？〈幻龍騎士〉はそんなものなのかい？」

ウィザは自身の身を守るように触手を動かす。

さすがに精霊の王、触手の動きは速かった。だが、その動き自体は単純なものであった。数と速さは厄介ではあるが、決して対応不可能ではない。

俺は目と身体を慣らしつつ、時間稼ぎを兼ねて、ウィザとの距離を一定に保ったまま逃げて回った。

その間に、触手の攻撃がやや緩くなるタイミングがあることに気が付いてきた。触手はどうやら一部の棚や壁……恐らくは、壁に掛かった絵画に攻撃したくはないようだった。

〈魂割術《こんかんじゅつ》〉は、自身のマナを物に付与することで命のストックを作る魔術である。千以上のストックを何らかの形でこの拠点内に保管しているのはわかっていたが、だいたいその位置がわかってきた。

とはいえ、この部屋だけに〈魂割術《こんかんじゅつ》〉の対象物を置いているわけがない。本体から遠すぎれば〈魂割術《こんかんじゅつ》〉が機能しなくなるはずではあるが、拠点内であれば充分発動条件を満たしているだろう。

壁に埋め込んでいるものもあるだろうし、拠点外の迷宮内に隠しているものも当然ながらあると考えるべきだ。

今得た情報のアドバンテージは結局……〈魂割術《こんかんじゅつ》〉はブラフではない可能性が多少上がった、程度のことである。ウィザの性格や様子を見るに、元よりフェイクである可能性は追っていなかったのだが。

俺は触手の合間を抜けてウィザへと接近したが、強引に距離を詰めたのが裏目に出た。死角から迫ってきた触手から剣で身を守った際に、その剣が弾き飛ばされてしまった。地面を転がった剣は、触手の呪いを受けて朽ち果てていく。

「ついに武器がなくなったね。どうする？　やっぱり私から何か貸してあげようかい？　はっきり言わせてもらうけれど、君、確かに強いけれど、想定を大きく下回ったよ。少しがっかりしている……がっ！」

俺はウィザの腹部を蹴り飛ばした。彼女の身体が、触手と衝突する。背中の衣服があっという間に朽ち果て、肉が黒ずんで削がれていく。

ウィザの左の眼球が溢れ、腐った左肩が床へと落ちる。手から肉が剝がれ、黒くなった骨が露になった。

「ま、まさか、〈魂割術《こんかんじゅつ》〉でほとんど不死になった私を倒すために、〈クドゥルフィーラ〉を利用できるタイミングを窺っていたのかい……？　そんな、だとしたら……」

腐ったウィザの首が床へと落ちる。その次の瞬間、ウィザの身体が光に包まれ……元の姿でその場に立っていた。腐っていた肉体も、千切れた腕や首も、そうであることが当たり前かのように元通りになっている。

「だとしたら、本当にがっかりだよ。〈魂割術《こんかんじゅつ》〉はね、そんなものであっさりと破れるような生半可な魔術じゃないんだ。そもそもこの私が、自分の魔術の弱点となるような魔術を使うとでも思ったのかい？　むしろ術者を呪殺しかねない〈クドゥルフィーラ〉と、〈魂割術《こんかんじゅつ》〉の相性は抜群なのだけれどね。いざとなれば、自分ごと攻撃したっていいんだ」

ウィザが邪悪な笑みを浮かべる。

「まぁ、〈魂割術《こんかんじゅつ》〉には、そもそも弱点なんてないのだけれど。君は力尽きて、指一本動かなくなるまで、不死身の私と踊り続けるのさ」

ウィザが指を鳴らす。周囲の触手が俺へと迫ってきた。

「……そろそろいいか」

俺は避けずに、触手を敢えて素手で受け止めた。触手と俺の腕との間に黒い光が走り、触手の動きが止まった。

「〈クドゥルフィーラ〉を、受け止めた……？　フ、フフ、素晴らしい！　そうかい……君、今のでわかったよ。身体の中に、〈クドゥルフィーラ〉じゃ比べ物にならない程の呪いを既に飼っているんだね。いやぁ、さすがネティアだよ。とんでもないことをするなぁ。なるほど、私を油断させるために、ギリギリまで隠していたわけか。ちゃんと期待通りのものを見せてくれるじゃないか！ここからが本番だよ！　それでこそ私も、本気が見せられるというものだ！」

ウィザが興奮げに叫んだ。

俺は触手を押さえているのとは逆の手を伸ばし、魔法陣を展開する。手許に光が走り、それは一本の剣へと変化した。

「中級魔術《ランク3》〈ウェポンシース〉」

〈ウェポンシース〉は、隠し持っている武器を手許へと召喚することのできる魔術だ。魔術はあまり得意ではないが、攻撃魔術の調整や制御が効かないことはさておき、騎士として最低限必要なものはちゃんと習得している。

俺は現れた剣を手に取った。〈怒りの剣グラム〉……俺がネティア枢機卿よりいただいた、四本の魔剣の内の一つである。

俺は刃を振るい、押さえていた触手を切断した。上半分が消滅し、残った根の部分が痙攣し、魔法陣へ沈むように消えていった。

「……精霊の王の、触手だぞ？　それを、一振りで……？」

ウィザの顔から表情が失せた。

ウィザの〈魂割術《こんかんじゅつ》〉を無力化するのは簡単だ。馬鹿正直に千回殺してもいいし、命のストックを付与した物を直接全て叩き壊してもいい。

だが、どちらにせよ、それをするにはこの迷宮の階層自体を崩落させかねない事態になる。ルルリア達がこの階層から逃げられるだけの時間を稼ぐまでは、ウィザとの戦いを相手を油断させたまま引っ張っておく必要があった。

「ここからが本番だと、そう言ったな」

俺は魔剣を軽く振るい、ウィザへと向けた。

「悪いがそうはならない。これを抜いた以上……戦いはここまでだ」

13

「戦いは、ここまでだって？　よくぞまぁ、そこまで大口を叩いてくれたものだね」

ウィザが俺を睨みつける。

「確かに精霊の王の呪いを相殺したのは見事なものだ。その剣も、かなりの業物と見た。まさか、精霊の王の触手を斬ってしまうだなんてね。いや、とんでもない威力だよ。だけど、それが私の〈魂割術《こんかんじゅつ》〉を突破できるっていう話にはならない。どんな馬鹿げた威力の魔剣であろうが、私の千ある命の予備を一気に落とすことはできない。〈クドゥルフィーラ〉が決定打にならないのは予想外だったけれど、私だって君に奥の手は見せていない。そんな剣一本で私に勝った気になられるのは困りもの……」

俺は〈怒りの剣グラム〉を、力任せに振るった。刃より放たれた衝撃波によってウィザの腹部が両断され、彼女の上半身と下半身が別々に地面を転がった。

すぐに彼女の身体をマナの光が覆い、元の姿へと戻った。ウィザは壁に手をつけながら立ち上がる。

「……なるほど、確かにそれなら、この私の千の命も、削り切れるかもしれないね。君のことを甘く見ていたことを謝罪しよう」

ウィザがそう口にした直後、彼女の背後の壁に、一直線に巨大な斬撃が走った。今ウィザを叩き斬った、〈怒りの剣グラム〉の衝撃波である。

壁に掛かっていたいくつもの絵画が真っ二つになり、その中から血のようなものが溢れ出てきた。描かれていた絵の顔が動き出し、断末魔の叫び声を上げる。

触手が攻撃を避けていたことから、絵画を命のストックにしていたことはわかっていた。最初に見たときはてっきりあの絵画は人造悪魔の成り損ないかと考えていたのだが、どうやら〈魂割術《こんかんじゅつ》〉

でウィザのマナを付与されていたらしい。

恐らく、今の一撃でウィザの命が十以上は吹き飛んだはずだ。

ウィザは驚きのあまり、両目を見開いていた。すぐに歯を食いしばって表情を一変させ、俺を睨みつける。

「私の保管している命の予備を、全て叩き壊すつもりか！　だがね、別にこの部屋だけに集めて管理しているわけじゃあない。狙いは悪くはなかったけれど、残念だったね。本気でそっちを滅ぼしたいなら、この階層諸共崩落させるくらいはしなきゃ……」

俺は地面を蹴り、剣を振るって触手を牽制しながらウィザへと距離を詰めた。ウィザは慌てて背後へ跳ぼうとするが、純粋な身体能力ならば俺の方が遥かに分がある。

彼女の腹部を斬りつけた。

「うぐうっ！」

ウィザは壁を背に打ちつけた際には、既に身体が再生していた。

俺はそこへと追撃をお見舞いする。ウィザの背後の壁が崩れ、隣の部屋へと貫通した。そこへ続けて、ゼロ距離での〈怒りの剣グラム〉の衝撃波をお見舞いした。

ウィザの身体が引き千切れると同時に、部屋内の壁一周に大きな斬撃が走り、飾られていた壺や絵画が砕け散った。

もう一撃、〈怒りの剣グラム〉の衝撃波を放つ。部屋内に暴風が発生し、あらゆる物が蹂躙され、粉々になって飛び交った。拠点全体が、大災害でも発生したかのように大きく揺れる。

「君……まさか本気で、この迷宮階層ごと、私の拠点にある命のストックを全て葬るつもりか！」

当然だ。元より、そのためにルルリア達が逃げる時間を稼いでいたのだから。

〈知識欲のウィザ〉は王国に害を為す危険人物である。放置しておけば、これからも彼女の被害者が増え続ける。

ウィザを撤退させるだけでは駄目なのだ。〈幻龍騎士〉の一人として、確実に彼女の命を絶たなければならない。

その後も〈魂割術《こんかつじゅつ》〉の命の予備でどうにか優位に立とうとするウィザを、俺はこの拠点ごと斬り続けた。俺が〈怒りの剣グラム〉を抜いてから五分後、ウィザの拠点は俺の連撃によってほぼ壊滅していた。

完全にとはいえなくても、もう既に八割方の〈魂割術《こんかつじゅつ》〉の予備の命は潰すことができているはずだ。

ウィザは肩で息をしながら、俺を睨みつけている。さすがに自信家の彼女の顔にも焦燥の色があった。

ウィザは当初、安全圏に立ったまま俺と戦っているつもりだったのだろう。予備の命の大半を落としたことに動揺が隠せないようだった。

「ウィザ、お前が俺に対して言った『思っていた程じゃない』という言葉、それは正しい。俺の本領は、単に魔剣の扱いに長けている、という点だけだ。魔剣がなければ、俺の力量は一般騎士と大差ない。その点、他の〈幻龍騎士〉の方が俺なんかよりも遥かに強い」

「魔剣がなければ、一般騎士と大差ない……？　私の超級魔術《ランク6》に対応できる一般騎士が、存在してたまるものか！」

ウィザが吠える。

同時に、辺りの触手が俺へと迫ってくる。俺は〈怒りの剣グラム〉を振るい、その触手を弾き飛ばして再びウィザへの距離を詰める。

「上級魔術《ランク4》〈シャドウウォーカー〉！」

ウィザの身体が彼女の影へと沈み、岩の合間を抜けて高速で俺から逃げていった。俺は後を追い掛けて飛び、当たりを付けて刃を振り落とした。また拠点全体が大きく揺れた。

「外したね、こっちだよ。最後の最後で、賭けに勝った」

俺はウィザの声に振り返る。ウィザは瓦礫に挟まれた、罅の入った大きな鏡に手を添えていた。

「超級魔術《ランク6》〈アリスミラー〉」

ウィザの姿が、鏡の中へと吸い込まれる。素早く礫を投げたが、鏡を砕くだけで、中に映るウィザには外傷を与えられなかった。

「残念だったね。〈魂割術《こんかんじゅつ》〉同様に、私が復活させた禁術の一つさ。鏡を通して、通常手段では干渉できない異次元へと逃げ込むことができる。このまま私は遠くに移動して、君が絶対に気が付けないところから現実世界に戻らせてもらうことにしよう」

　鏡の中のウィザが笑みを浮かべる。ウィザは千を超える命の予備に加えて、いざというときの逃げ支度までしっかりと用意していた。

　周到にも程がある。ここまで徹底している者は、これまで対峙してきた〈幻龍騎士〉の敵の中でも珍しいくらいだ。

「まさか、拠点と魔導書と、〈魂割術《こんかんじゅつ》〉の命のストックの全てを失うことになるとはね。フフフ、本当に君は意地悪なんだねぇ。でも、この国の最重要機密である君のことを深く知れたんだから、悪いことばかりじゃないのかもしれないね。さすがはネティアだよ、これほどまでの化け物を持っていたなんて。……それに、君のお友達のことも知れたんだ。必ず私は君を手に入れて、この借りを返させてもらうことにするよ。ネティアへの報復のためにもね。私は、欲しいものは絶対に諦めないんだよ。どんな手を使ってでもね。せいぜいそれまでは、この学院で人間のフリでもしながら暮らしているといい」

　俺は〈怒りの剣グラム〉を持つ手を伸ばした。

「中級魔術《ランク3》〈ウェポンシース〉」

〈怒りの剣グラム〉が光に包まれて消える。

　巨大で無骨な剣の代わりに、グラムよりはひと回りは小さい、黄金の剣が俺の手に握られていた。刃や柄には、絵のような奇妙な文字が模様のように並んでいる。古代に滅んだ国の宝剣であると、ネティア枢機卿からはそう聞いている。

「どうしたんだい？　今更何を……」

俺は黄金の剣を振るい、鞘へと戻した。鏡が両断され、映り込んでいたウィザの身体から鮮血が噴き出した。ウィザは呆然と口を開けたまま、鏡の中の世界で膝を突いた。自身の胸部を押さえて手に付いた血を見て、信じられないというふうに手を震えさせる。

「どう、して……？　ここは、今では私しか到達できない、絶対安全領域……そのはずだったのに……！」

「〈運命の黄金剣へ・パラ〉は、あらゆる魔術、結界……呪いを斬り、その斬撃は次元さえ超越する。残念だったな、そこはこの剣の間合いだ」

こちらの世界にはウィザの命の予備が残っているはずだが、元々〈魂割術《こんかんじゅつ》〉は距離が開いていれば機能しなくなる代物だ。〈運命の黄金剣へ・パラ〉と違い、〈魂割術《こんかんじゅつ》〉は異次元の壁を越えられなかったようだ。

14

ウィザとの決着がつき、俺は上の階層へと急いで移動していた。

ルルリア達だけでの地下五階層の移動は本来無謀に近い。本人達の強い希望があり、かつマリエット達の救出とウィザの討伐を同時に行うのが難しかったとはいえ、やはりあまり賢い選択だったとはいえない。

下手すれば魔物相手に全滅している可能性も充分に考えられる。

地下四階層へ上がる階段に、巨大な黒々と輝く肉の壁を見つけた。修羅蜈蚣である。ぴくりとも動いていないため、死んでいるのは明らかであった。

「まさか、ルルリア達だけで倒したのか……？」

骸を飛び越え、地下四階層へと移動する。そこでは壁に凭れて休息しているルルリア達の姿があった。マリエットとミシェルも無事な様子である。

「アインさん！　無事だったんですね！」

ルルリアが駆け寄ってくる。

「よかった……本当によかった……。下で大きな崩落が起きていたみたいでしたから、巻き込まれたんじゃないかって話し合っていたんです」

「ルルリア達も無事でよかった」

俺はそう言って小さく頷き、言葉を続ける。

「崩落を起こしたのは俺だから安心してくれ」

「……崩落を、起こした？」

ルルリアが表情を凍りつかせる。

「ああ、あの魔術師が命の予備をどこに隠しているか、細かい位置がわからなかった。まずは周囲一帯を崩落させて数を減らして、そこから地道に削ることにしたんだ」

崩落させた時点でウィザが時空魔法を用いて逃走を試みて失敗したため、幸いというべきかそのような泥仕合はせずに済んだわけだが。

「しばらく地下五階層の奥には行かない方がいいだろう。不安定なためしばらく不意の崩落が続くだろうし、魔物の数もかなり減少しているはずだ。学院には悪いことをした」

「……も、元々地下五階層は長年人が足を踏み入れていないみたいでしたし、そこは心配しなくてもいいと思いますけれど」

ルルリアが少し、呆れた様子で俺へとそう返す。そのときルルリアの身体越しに、俺の方をじっと見ていたマリエットと目が合った。

「貴方が無事でよかったわ。民を守るための貴族が平民に命を擲《なげう》たれて助けられたなんて噂になったら、マーガレット侯爵家の名に傷がつくところだったもの」

マリエットはそう言うと、気まずげに俺から目を逸らす。

「……ありがとう、助けられたわ。貴方に事情があるらしいことはルルリアからも聞いているわ。マーガレット侯爵家の名に懸けて、貴方の不利になるようなことは話さないから安心しなさい」

マリエットはこう言ってくれているが、俺がこの先学院に残れるかどうかは怪しい。

相手が相手だ。〈知識欲のウィザ〉は、王国騎士団だけで対応できるかどうかが怪しい程の強敵

だった。

　学院迷宮に潜伏していたウィザを早期討伐できたのはよかったが、それがネティア枢機卿の隠し戦力である〈幻龍騎士〉の尾を摑まれる切っ掛けに繫がるかもしれない。そのことをネティア枢機卿がどう考えてくれるのか、そこ次第である部分が大きい。

「心配はしておらんかったぞ、アイン。何やら下の階層で騒ぎがあったようだな」

　ぬっと死角からカプリスが出てきた。

　俺は咄嗟に腰に手を当てて、自身の剣を探してしまった。元の剣はウィザの魔術で完全に朽ちてしまっていたため丸腰だったため、手は空を切るばかりだったのだが。

「ほう、丸腰で余と戦おうというのか？　それも悪くはあるまい。手を抜かれているようで気は悪いが、アインと余の力量差であればそれも仕方なかろう」

　全く意味がわからない。俺は事態が把握できず、助けを求めてルルリアへと目を向ける。

「カ、カプリスさんはその、私達を助けてくれたんです。だから、ぶん殴ったりはしないであげてくださいね……？」

「……カプリスは、単独でここまで来たのか？　何をしに？」

　俺はカプリスを指で示しながら、ルルリアへと尋ねた。

「おいアイン、余のことで疑問があるのならば、余に問えばよかろう。無視をするな、余のことを言葉の通じぬ獣だとでも思っているのか？」

「……アイツ、一人で突撃してきて、弱っていたとはいえハームを一撃で斬り殺しやがったぞ。アインが別格なのはとっくにわかってたが、アイツもアインに霞まないくらいにゃ化け物だな。安易にこういう言い方したくはねぇが」

ギランが答えてくれた。

……ただ、これまで学生の最高到達階層は、今まで地下四階層だったのではなかろうか？

それをカプリスは、単身で余力を残して地下四階層の奥地まで突撃してきたらしい。

「しかし、何をしに、か。何か騒ぎになっていると思えば、アインの名が聞こえたので首を突っ込んだまでだ。それに……貴様とまた一戦交わすには、人目につかぬ地下を使うしかないのでな」

カプリスが一歩俺へと歩み寄ってくる。俺は危険を感じ取って反射的に身を引き、握り拳を構えた。

「い、一応王族ですからね、アインさん！　か、顔は目立つから駄目です！　せめてボディーにしてくださいい！」

「王族相手にお腹もまずいですわよルルリア!?」

動揺からかよからぬことを口走るルルリアを、ヘレーナが慌てて訂正する。

そこへ風を切る音が響き、砂嵐が吹き荒れる。一人の巨漢が目の前へと現れた。長髪の老人が、鋭い眼光で俺達を見回す。

「フェ、フェルゼン学院長……!?　どうしてこちらへ？」

ルルリアが姿勢を正す。遅れてトーマスが到着した。

「現役の龍章騎士を手配していたが、急いた生徒が立て続けに迷宮へ突入したと聞いてな。その中には王子の姿もあったと聞いて、緊急で俺と学院長が後を追うことになった」

どうやらマリエット達を助けるために騎士を呼んでいたが、カプリスが勝手に飛び込んだと知ってそれどころではなくなってしまったらしい。〈金龍騎士〉であったフェルゼンが、彼が一番信頼しているトーマスを連れて飛び込んできたようだ。

「被害が出なかったようで何よりだが……俺は、お前達を褒めはしないぞ。自分のやったことがわかっているのか？　死人が出なかったなど、結果論だ。規律を乱す騎士は、騎士の存在意義そのものを脅かす。詳細を把握しきれてはいないため今はこれ以上は言わないが、騎士学院側としては、お前達に何らかの重い罰則を加えなければならないかもしれん。そのことは覚悟して……」

トーマスが話している途中で、フェルゼンがさっと俺の目前へと飛び込んできた。大柄の身体を少しでも小さくしようと丸め、皺を伸ばして朗らかな笑みを浮かべる。

「おお、アイン様！　早々に迷宮に突入されておられたとは。さすが、判断が早い！　我々も悪魔騒動を耳にしてどうしたものかと手をこまねいておりましたが、アイン様のお陰でまた一つ助けられましたわい！　ははは！」

トーマスがフェルゼンの背へと冷たい視線を向ける。

「……学院長、それでいいんですか？」

フェルゼンはトーマスを振り返りながら胸を張り、縮めていた身体を大きく伸ばす。

「フン、的外れなことをぺらぺらと。元より悪魔一体相手に、手こずるような御方ではない。詳細を聞かずとも、最良の判断であったことは間違いないわい」

「魔女へはどう説明するおつもりで？　こうなった以上、隠すにも限度があります。アインのことが漏れれば、学院自体が怒りを買いかねないと随分と恐れていましたが……」

トーマスの言葉を聞いて、フェルゼンが顔を真っ青にした。

「そ、それは、上手くやればよかろう。儂がどうにかするわい！　そして、そのっ、今はその呼び方をするな！　聞いておるだろうが、アイン様が！　ま、魔女だとか、そんな言い方……！」

フェルゼンがトーマスへと必死で何かを言い聞かせていた。

トーマスは溜め息を吐く。

トーマスが言っていたことは俺も懸念している点だ。俺が下手に動いて、裏で名の通った人間……それも大きな組織である〈逆さ黄金律〉と関わりの深い魔術師を討伐するのは、危険なことだった。

〈幻龍騎士〉である俺の情報が漏れれば、それはネティア枢機卿の弱点にも繋がりかねない。手駒である〈幻龍騎士〉の実態が不透明であることが彼女の強みでもあるのだから。

今回討伐した〈知識欲のウィザ〉については、下手に名前を大きく出すのも危ないような存在だ。場合によっては、彼女が事件に絡んでいたこと自体が伏せられるかもしれない。

ただ、生徒だけで迷宮深くの悪魔を討伐したという話が広まれば、やはりネティア枢機卿がこのまま俺を学院に置いてくれるとは思えない。元より、そのことは覚悟していた。

ネティア枢機卿の怒りを買うことになるかもしれない。もしかすれば〈幻龍騎士〉の足を引っ張るような事態になるかもしれない。ただ、だとしても、俺はこの学院で知り合った友人を見捨てるような真似は、絶対にしたくなかったのだ。

「貴様が特別なのはとうに知っていたが、何やらややこしい話になっているようだな。おいアイン、貴様、まさかこの余を置いて学院を出ていくつもりか？」

置いて行くも何も、そもそもカプリスと親しい仲になったつもりもないのだが。

「……少し事情がある。学院は出ていくことになるかもしれない」

「ならば、余が引き受けてやろう。余が先陣を切って悪魔を打ち倒し、マーガレット家の女を助けてやったことにすればいい。余の勇猛さは、国中に知られている話。敢えてそれを疑う者もおるまい」

「なに？」

「勘違いするでないぞ、アイン。つまらぬ手柄が欲しいわけではない。この学院から貴様が去ったら、余が困るからこう言っているのだ」

フェルゼンが手を叩いた。

「……ふむ、それでいけるかもしれん」

「本気ですか……？」

トーマスが恐々とフェルゼンへと尋ねる。

15

地下迷宮の事件の翌日。俺は寮を出てギランと並び、〈Ｅクラス〉の教室へと向かっている最中であった。

「……なぁ、アイン。結局、その、大丈夫なのかよ？　学院を出なきゃいけねぇかもしれねぇとか、学院長と話してたみたいだったが」

「それはまだ、俺にもわからない」

ギランの疑問に、俺は首を振って答えた。

フェルゼン学院長は俺が学院に残れるように上手く誤魔化しておくと言っていたが、これに関してはネティア枢機卿次第のところが大きい。

ネティア枢機卿は、百年以上に亘《わた》って陰よりこの国を操ってきた御方である。彼女の目を欺くことはできないだろうし、俺もそのつもりはない。

今の俺はネティア枢機卿の判断待ちの状態である。仮に出ていくことになった場合、俺はギラン達には何も伝えず、黙ってこの学院を去ることになるだろう。

現状、地下迷宮の事件については、〈知識欲のウィザ〉が黒幕であったことは伏せられている。

安易に表に出していい名前ではないのだ。下手をすれば〈知識欲のウィザ〉に恨みを持つ〈逆さ黄金律〉を学院へ招く結果になりかねない上に、今回の件に〈幻龍騎士〉が関わっていたことを明かすことに繋がりかねない。この辺りの判断もネティア枢機卿次第となるだろう。

そして……悪魔に誘拐された二人の女子生徒と、先走って迷宮に飛び込んだ〈Eクラス〉の四人組を助け出したのは、〈狂王子カプリス〉である、ということになっている。

カプリスが俺を庇ってくれたことはありがたい。

……ありがたいが、一番借りを作りたくない人間に借りを作る結果になってしまった。ネティア枢機卿も、俺が考えなしに王族と接触していると、そう評価することだろう。

王族と貴族、そして教会の力関係は複雑である。裏で牛耳っているのはネティア枢機卿率いる教会であるが、それを快く思っていない王族や貴族も勿論存在する。

教会上層部にもネティア枢機卿を排除したいと考えている人間がいるくらいだ。明確に敵だとも言えないため、安易に武力に訴えることもできない。

ネティア枢機卿もこの対立には神経を使っている。もしも俺が王子であるカプリスと接触し、事情を察せられた挙句に借りを作ったと知れば、ネティア枢機卿はお怒りになられることだろう。その上俺がカプリスの顔面を殴ったと知れば、間違いなく〈幻龍騎士〉に呼び戻されることになる。

正直、五分五分……というよりは、やや分が悪いくらいに考えておいた方がいいだろう。

「なぁ……ギラン、もし俺が突然学院から消えたとしても、俺のことを覚えておいてくれるか？」

「お、おい、物騒なことを言うなよ。まだ決まったわけじゃねえんだろ？」

「あー！　アイン、ギラン！　聞いてくださいまし！　大変なことになっていますわよ！」

ギランとの話の最中、甲高い声が割って入ってきた。顔を上げれば、ヘレーナであった。横には
ルルリアもいる。

二人共、困惑した表情を浮かべていた。

「何があったんだ？」

「ちょ、ちょっと、こっちに来て頂戴！　二人共！」

ヘレーナに案内されて廊下を歩く。段々と進路先より喧騒が聞こえてくる。教員室の前に人だかりができていた。

「なんだァ、ありゃ……？」

ギランが顔を顰める。

背伸びをすれば、銀髪の女子生徒が床へと頭を付けようとして、周囲が必死に止めているのが見えた。

あれはカプリスのお目付け役のシーケルだ。彼女の先には、困惑した顔の教師が立っている。

「すみません、すみません、本当にすみません！　カプリス様から目を離した私が悪いんです！

先生方がカプリス様に強く出られず、処罰を行うことも難しいことはわかっています！　ですが、

カプリス様の愚行については、王族の方々にも正しく伝えなければならないかと……！　どうか、お付きの私に処罰を！　そうすれば、少しは王族の方にカプリス様の現状が伝わることかと思います！　元々、私がカプリス様をしっかりと監視できていなかったのが悪いのです！　それが私の学院での最大の役割であったというのに、私などでは奔放なカプリス様の抑止力にはなり得なかったのです！　本当にすみません！　どうか、私を煮るなり焼くなり、学院から叩き出すなり、お好きになさってください！　そうしていただかなければ、私は申し訳なさと羞恥のあまり、顔を上げることさえできません！　もういっそ、辱めて殺してください！　まさかカプリス様が、このような真似をするとは……！　私は、私は……！」

「止めよシーケルッ!!」

カプリスが怒声を上げる。今まで聞いた彼の声の中で、一番大きなものであった。

「カプリス様は、ご自身が何をなさったのか理解しておられるのですか……？　カプリス様が暴走して学院迷宮に突入したばかりに、老齢のフェルゼン学院長が、無理を押してカプリス様の後を追う事態になったのです。もう少し待てば、現役の手慣れた騎士達が、囚われた女子生徒達の救出に当たっていたというのに！　そもそも単純な討伐の話ではなく、悪魔に人質も取られている状況。なぜカプリス様は自信満々に後を追い掛けて、事態を引っ掻き回されたのですか……？　これでもしフェルゼン学院長や、悪魔の人質であった女子生徒達の身に何かあったとすれば、私はこの場で自刎《じふん》して学院に詫びていたところでした……！」

ギランが気まずげに俺を見た。どうやらシーケルは、先日の学院迷宮の件でのカプリスの暴走について、学院側に詫びているところのようであった。

カプリスが本気で嫌そうな表情をしている。俺達は他人事ではなく同罪であるどころか、カプリスの行動に助けられた側であるため、ただただ苦しい心持ちであった。

今回に限っては止めてあげてほしい。

「落ち着け、シーケル！　落ち着け！　一度引いて、余と二人で話し合おうではないか！　今回ばかりは違うのだ！　誤解である！」

「何が違うのですか？」

カプリスはシーケルの言葉に、大きく頷いた。

「うむ、事情があって説明はできないが、とにかく違うのだ」

「皆様本当にすみません！　カプリス様が、カプリス様がまたこのようなご迷惑を……！　これは全て、幼少期よりカプリス様のお傍にいた、私の責任であり、罪なのです！　だって王族は、何をしても罪にはなりませんから！　ですが、その罪の所在を曖昧にしていれば、カプリス様は何も学習なさることなく、また同じ事件を繰り返してしまうことになるでしょう……。そうしないためにも、やはり私が私自身の尊厳と命を伴って謝罪を行う必要があるのです！　たとえカプリス様が私のことを、ただの顔を知っている煩わしい女程度にお考えだとしても、私がその罪を受けることで、ほんの僅か、少しでも、彼に考え直していただくことはできるのではないかと自負しております……！」

「止めよシーケルゥ！　説明はできないが、本当に違うのだ！　おい、貴様ら、とっとと教室へ行け！　余もこやつも見世物ではないぞ！　今すぐ去らねば、余への反逆と見做《みな》して叩き斬ってやる！」

カプリスが刃を抜いて周囲を威嚇する。俺達四人はその光景を、何とも言えない表情で眺めていた。

ルルリアの「……行きましょう」という言葉に三人で静かに頷き、他の生徒達に紛れてその場を後にすることにした。

カプリスは苦手であるし、立場的にも深く関わるわけにはいかない相手である。……ただ、次会ったときにはもう少し優しくしようと、俺は心中でそう誓った。

16

放課後、俺は寮のベッドに座り、自身宛てに届いていた手紙を手にしていた。

「な、なぁ……それ、例のヤバイ、アインの妹分の奴じゃねぇだろうなァ……？」

ギランが俺へと尋ねてくる。

どうにもギランの中では〈名も無き四号《フィーア》〉の印象が、最初の手紙のまま固定されてしまっているらしい。別に普段の〈名も無き四号《フィーア》〉は、おっとりしていて争いを好まない、心優しい子なのだが。

俺は苦笑いをしながら手を振った。

「いや、〈名も無き四号《フィーア》〉じゃない」

手紙の主は〈名も無き三号《ドライ》〉だった。

〈名も無き四号《フィーア》〉はネティア枢機卿へ反抗的な態度を取ったために現在拘束中であるという話であった。俺からはいくつか手紙を出したのだが、あれから向こうから手紙を送ってくることもない。

ネティア枢機卿は忙しいし、〈名も無き三号《ドライ》〉はネティア枢機卿や任務にとって必要のないことを訊いてもあまり答えてはくれない。そして〈名も無き二号《ツヴァイ》〉は文字を書けないので、向こうの事情は一切わからず仕舞いの状況になっていた。

「ギランは〈名も無き四号《フィーア》〉を異様に警戒しているが、大人しい女の子だよ。確かに手紙越しでは、最近妙な言動が目立つように感じるが……もし実際に会うことがあれば、ギランもわかってくれると思う」

「そ、そうか……。いや、やっぱりアインの前で猫被ってるだけにしか見えないんだが」

……まぁ、顔を合わせたことがなく、あの文面だけ見れば、そう感じてしまうのも無理はないことだろう。

実際、俺も最初彼女からの手紙を受け取った際には何事かと思った程だ。恐らくこのタイミングで〈名も無き三号《ドライ》〉が手紙を出してきたということは、間違いなく今回の地下迷宮の事件についてだろう。

この手紙次第で、俺は〈幻龍騎士〉へと強制送還されることになる。加えて、何か向こうで変わった近況があれば、ついでに報告してくれるはずだ。

だが、手紙は意外な切り出しから始まった。


〈名も無き二号《ツヴァイ》〉が戦いに敗れて負傷した。


俺は息を呑んだ。

〈名も無き二号《ツヴァイ》〉は、〈幻龍騎士〉の中でも最強の騎士だと俺は捉えていた。単純に強さという概念では比較できないが、こと一対一の決闘においては彼女が最強であるはずだ。

彼女は〈百頭の悪鬼《ヘカトンケイル》〉の異名を持ち、速さと力では俺でも全く及ばない。本気の戦いになれば、下手すれば数秒で俺が斬り殺されるかもしれない程だ。

その〈名も無き二号《ツヴァイ》〉が戦いに敗れたのだ。殺されてはいないようだが、〈名も無き二号《ツヴァイ》〉に並ぶ強敵が現れたというのはとんでもない出来事だ。

強国が本格的に動き出したのかもしれない。少なくとも間違いなく他国が噛んでいる。もしかすると戦争になるかもしれない。

　こういった事態になった以上、俺だけがレーダンテ学院で交流を学んでいる場合ではない。

〈名も無き二号《ツヴァイ》〉も負傷しているようだし、俺が戻って今回の敵勢力への対応に当たる他ない。

> 　拘束状態にあった〈名も無き四号《フィーア》〉と口論になり、〈名も無き二号《ツヴァイ》〉が彼女の拘束を勝手に解いて決闘を行ったんだ。
>
> 　信じられないと思うが、結果は〈名も無き四号《フィーア》〉の圧勝だった。〈名も無き二号《ツヴァイ》〉はしばらくまともに戦える状態ではないとのことだ。

　読んでいて脂汗が滲んできた。敵は身内だった。

　俺の中の〈名も無き二号《ツヴァイ》〉最強説が早くも破綻した。

〈名も無き三号《ドライ》〉も意外だったようだが。

　大人数相手の戦いに特化した〈名も無き四号《フィーア》〉と、一対一の戦いに特化した〈名も無き二号《ツヴァイ》〉。

時の運もあるだろうが、どうやったらこの相性で〈名も無き四号《フィーア》〉が勝つのか、全く理解ができない。

「お、おい、どうしたアイン？　手が震えてるぜ」

「いや、なんでもない……」

俺は手紙の先へと視線を向ける。


それから〈知識欲のウィザ〉についてだが、この件をネティア枢機卿は喜ばれていた。

彼女は頑丈で、逃げ足が速い。たまたま学院内に〈幻龍騎士〉がいたこと。そして〈幻龍騎士〉の中でも相性のいいキミだったからこそ〈知識欲のウィザ〉を討伐することができた。

彼女の息の根を止めるには、高い対応力と戦闘能力を併せ持つキミしかいなかっただろう。


俺は安堵の息を吐いた。ひとまず〈知識欲のウィザ〉の討伐については、ネティア枢機卿はマイナスには捉えていないようだ。

ただ、〈名も無き二号《ツヴァイ》〉の負傷による〈幻龍騎士〉の戦力低下が気掛かりだが……。


〈知識欲のウィザ〉が絡んでいたことは、表には伏せることになった。彼女の厄介なお友達が多過ぎる。表沙汰になれば、危険な連中が動き出す切っ掛けになりかねない。

最悪の場合、そこに他国が合わせてくることも考えられる。ただし、それでも完全に隠し通せるかは怪しい。

事実を摑んだ裏の人間が、何らかの意図を持って、学院を狙うこともあるかもしれない。そういう意味でも、キミはこのまま学院内に潜伏しておいてもらうことに決まった。


「よかった……」

俺はつい声を漏らした。

どっちに転ぶことかと冷や冷やしていたのだが、どうやら学院への残留を許されたらしい。

「よかった……ってことは、アイン、学院に残れることになったのか!?」

ギランの言葉に、俺は首肯した。

「やったじゃねェか！　ルルリアとヘレーナにも伝えてやろうぜ、喜ぶぞ」

ギランが肩を組んでくる。

「遅いし、明日でいいんじゃないか？　あまり無暗に夜遅くに女子寮へ向かうのも、いいようには捉えられない」

「馬鹿野郎、早い方がいいに決まってんだろ？　こういう知らせはよ！　こんなときにまで生真面目発揮しなくたっていいんだよ」

そういうものなのかもしれない。

「よし、なら、そうするか」

俺は笑って頷き、立ち上がった。そのとき、膝に乗せていた手紙がベッドの上へと落ちた。

「あれ……端っこ、折れてたところに、何か書いてあるじゃねぇか。最後まで読んだのか？」

「と、すまない」

俺は手紙を素早く拾い上げた。少し気が緩んでいた。他の者に見せていい内容でもないというのに。


また、学院内で最悪の事態が起こらないよう、〈幻龍騎士〉から一人、近い内に学院へと特別編入することになった。

ネティア枢機卿は、学院内に〈幻龍騎士〉が潜伏していることが敵方に知られたのならば、下手に白を切るより殲滅《せんめつ》してしまおうというお考えのようだ。


手紙はそこで終わっていた。

「……お、おい、アイン、顔、引き攣ってるぞ。やっぱり何か、まずいことがあったのか？」

「い、いや、大したことではない」

俺は手紙を折り畳み、懐へと仕舞った。

誰を編入させるつもりなのかは書かれていなかった。

ただでさえ〈名も無き二号《ツヴァイ》〉が負傷中だというのに、更に戦力を割くようなことをするのは少々不思議ではあった。ネティア枢機卿は、王立レーダンテ学院が狙われることを相当危惧しているらしい。

書き下ろし『学院の暗部、〈蛇道のゲレオン〉』

1　―ラーペル―

とある日の、王立レーダンテ騎士学院の放課後。

学院内のある一室にて、三人の上級生が円卓を囲んでいた。

彼らは学院内の過激血統主義連盟〈貴き血の剣《ノーブルナイツ》〉……その幹部である〈四騎士〉であった。

「今年の新入生の下級貴族は、随分と威勢がいいみたいじゃないかい」

ぱっちりとした優しげな眼をした好青年がそう口にした。ややくせ毛のある金髪の、甘い顔立ちをした彼は、ラッテル公爵家の第一子、ラーペルである。

ラッテル公爵家は、アディア王国内でも過激な血統主義で有名であった。膨大なマナを有し、血に刻まれた洗練された魔技《まぎ》を持つ貴族の名家は平民とは一線を画す存在であり、自身ら貴族は生物として劣る平民を奴隷として扱うべきであると、そう考えていた。

ラーペルは王立レーダンテ騎士学院の三年生であり……元々彼が王立レーダンテ騎士学院に来た

のは、平民生まれの騎士を輩出し続けてきた王立レーダンテ騎士学院への牽制、そして妨害にあった。

元を辿れば、極端な血統主義者のエッカルトを学院に送り込んできたのも、王立レーダンテ騎士学院内に過激血統主義連盟の〈貴き血の剣《ノーブルナイツ》〉を築いたのも、ラーペルの実家であるラッテル公爵家であった。

〈貴き血の剣《ノーブルナイツ》〉は時折過激な平民排斥運動を行ってこそいるものの、信条として『より騎士らしく、より誇りある騎士を』を掲げている。学院側としても下手に潰せば、騎士の誇りを尊重する信条の否定と見做されかねない。加えて背後に王国騎士団とラッテル公爵家が付いているため、フェルゼン学院長も安易に手出しができないのだ。

「凶狼貴族のギラン・ギルフォード……ですね」

眼鏡を掛けた、群青色の髪をした女が呟く。彼女はハンネ・ハルトーク。ハルトーク侯爵家の第二子である。

「彼の愚行はあまりに目に余ります。カマーセン侯爵家子息を相手にした学院決闘……また、その際に〈銅龍騎士〉のエッカルトを辞職に追い込んだ、と。マーガレット侯爵家の令嬢が彼に脅しを掛けようとして返り討ちにあった、との噂も耳に挟んでいます。更にはギランの蛮勇を聞いた第三王子カプリスが劣等クラスに乗り込んで決闘を仕掛け……その結果、ギランの力量を認めた、と」

アインに纏わる話はフェルゼン学院長が口止めに回って抑え込んでこそいたが、完全に隠し通せるものでもなかった。ただ、平民に化け物染みた生徒がいるというよりは、元々暴れ者で劣等クラスに落とされたギランが好き放題しているらしい、という話の方が遥かに信憑性があった。結果として事実が捻じ曲がり、ギランの武勇として広まっていた。

「それに、ギランは我ら〈貴き血の剣《ノーブルナイツ》〉とも因縁があります。彼を追い込もうと動いて反撃に遭った〈四騎士〉の一人……スカー・スレンズ。勝手な暴走をして我らの顔に泥を塗る形になったとはいえ、彼の仇も討たなければならないでしょう。〈貴き血の剣《ノーブルナイツ》〉の面子のため……そして、凶狼貴族をこれ以上付け上がらせないために」

そう、〈四騎士〉とは名の通り、元々四人の集まりだったのだ。だが、現在は三人しかいない。

以前、ギランを揺さぶろうと〈四騎士〉の一人であるスレンズ伯爵家のスカーが動き、ギランの親友であり平民でガードの甘いアインを退学に追い込もうと動いたのだ。しかし、あと一歩というところで学院内に不思議な動きが起こった。スカーに従っていた生徒達がこぞって彼を裏切ったために事件の全貌が明らかになり、結果的にスカーに長期の停学と謹慎、成績への大きなマイナスが科されることになった。その余波でスカーは〈貴き血の剣《ノーブルナイツ》〉自体から抜けることになり、〈四騎士〉に空席ができるに至っていた。

事の真相は、アインを退学にしてネティア枢機卿から目を付けられることを恐れたフェルゼン学院長が、水面下で動き回ってスカーを追い込んだことにあるのだが、〈貴き血の剣《ノーブルナイツ》〉がそれを知る由はなかった。

「ギランの幸運……で片づけていい問題だとは思えないね。僕はこの事件、学院長のフェルゼンがギランを庇っていると見ているよ。下級貴族の身でありながら、上級貴族に迎合せず、彼らを撥ね除けて立派な騎士になりました……これは、そういう筋書の物語なんだろう」

ラーペルが溜め息を吐く。

「フェルゼンはギランを王立レーダンテ騎士学院の象徴にするつもりなのさ。彼の考えなしの、非効率な実力主義には、僕の父上も辟易しているよ。理想論を口にはしているが、アディア王国の繁栄と安寧を考えれば、騎士から平民を切り離した方が王国のためになることは明らかだというのに。腐敗や横暴など、どういった形式であれど生じるもの。フェルゼンは、確かに騎士や教育者としては優秀なのだろうが、為政者としての才能はないのだと自覚なさるべきだ」

「全くの同意でありますね。して、ラーペル様、どうなさるおつもりで？」

「決まっているだろう。こんなふざけた筋書きは認めないよ。ギランをこの学院から追い出し、フェルゼンの脚本を台無しにしてやるのさ。ギランは隙が多いし、所詮は暴力以外の手段を知らない凶狼だ。そして彼さえ挫けば、実力と威勢の良さが伴った、フェルゼンの駒にぴったりな下級貴族なんてそう簡単には見つからない」

ラーペルは嗜虐的な笑みを浮かべ、ぺろりと舌舐めずりをした。

「スカーは先走って自滅したとはいえ、彼のお陰でフェルゼンの策謀を知ることができた。仇くらいは討ってあげないとね、ゲレオン」

ラーペルは、円卓を囲むもう一人の同席者へと目を向ける。

銀髪を左側に撫でつけて片目を隠している男……ゲレオン・ゲープハルト。ゲープハルト伯爵家の第一子である。彼は円卓に堂々と足を置き、椅子の背凭れに体重を預けて、だらしない姿勢でラーペルとハンネの話を聞いていた。

ゲープハルト伯爵家は、元々後ろ暗い噂が多い。裏切りと暗殺でのし上がってきた貴族であり、王国法違反の疑いで何度も高等法院での裁判に掛けられたことがあるが、その度に法の穴を突いたり、賄賂を贈ったりで致命的な傷にはならないように躱し続けている。弱きを挫き、強きに諂うのが彼らのやり口である。

「犬っころへの処罰は、俺ちゃんに任せてくれるってことですかい？　ラーペル様よ」

「時間を掛けるようなものでもないからね。君ならば、こうしたことは得意分野だろう」

「退屈なお話だと思ってましたが、それなら話が早いや。任せてくださいよ。こんな会議やってないで、悪巧みの準備をしてきていいですかね？　あの凶狼の心を完膚なきまでにへし折ってきてやりますよ。二度とこの学院で図に乗った真似ができないよう……いや、もうこの学院には一秒だっていたくないと、自主的に思うようになるくらいにはね」

ゲレオンは円卓から足を下ろし、素早くその場で立ち、コキコキと首を鳴らした。

「ただ、ゲープハルト伯爵家はやり過ぎる。ここは貴族の集まる王立レーダンテ騎士学院、その点は忘れないように。スカーのようにヘマをして、〈貴き血の剣《ノーブルナイツ》〉の名に傷を付けるような真似は止めておくれよ？」

「わかっていますよ、ラーペル様。〈貴き血の剣《ノーブルナイツ》〉の名に傷を付けないように、乱暴にやればいいんでしょう？　ゲープハルト伯爵家のお家芸ですよ」

ゲレオンは目を細め、口の両端を吊り上げて笑った。

「さて、ちょっと生意気な後輩ちゃんに、先輩と遊んでもらいましょうかねえ！」

2

「ギラン……私、もう、今日は疲れていますわよ……。寮に戻って、ベッドで丸くなりたいですわ。こういう訓練は〈太陽神の日〉でいいじゃありませんの……」

ヘレーナがげんなりとした調子で口にする。

「テメェ何を言ってやがる！　休日まで待ったら、どうせこの前の感覚を忘れてやがるだろうが！　それに前の〈太陽神の日〉は、週に一度の休みくらいゆっくりしたいだの宣って、女子寮引き籠って出てこなかったクセによ！」

ギランがヘレーナを怒鳴る。

いつも通りの、見慣れた光景であった。俺はルルリアを並んで、二人の様子を後ろから見守っている。

授業が終わり、俺達は学院迷宮であるレーダンテ地下迷宮へと潜っていた。

先日の悪魔騒動の際に、なんとヘレーナは魔物相手にヘストレッロ家の絶技の一つである〈車輪《しやりん》返《がえ》し〉に成功したのだという。鼻高々なヘレーナにまた絶技を再現してもらおうということになったのだが、案の定というか見事に失敗し……彼女が『魔物相手と人間相手では異なるんですわ！』と口にしたため、こうして平日に学院迷宮へと潜ることになったのだ。

次の休日まで待っていれば、きっとヘレーナはまた〈車輪返《しやりんがえ》し〉の感覚を完全に忘れてしまう。

ギランのそうした提言により、いつもの面子で学院迷宮に潜ってヘレーナの〈車輪返《しやりんがえ》し〉の再現の訓練に付き合うことになったのだ。

「ルルリアァ〜、ギランが虐めますの……」

ヘレーナはへなへなとルルリアに駆け寄ってきて、彼女へと抱き着く。

「ほら、ギランさんも、ヘレーナさんのためを想ってのことですから……」

「絶対違いますわ……。あの凶狼、返し技に長けた剣士と模擬戦がしたいだけですわよ」

「ヘレーナさんも、せっかく身に付けた家流剣術の絶技を忘れたくはないでしょう？　ね？　頑張りましょう？　終わったら、今度の休日は一緒に街へ行ってお祝いしましょう」

ルルリアがヘレーナの肩を撫でて、彼女を励ましていた。

それからしばらく、ヘレーナの特訓が行われた。ヘレーナは地下一階層で小鬼級《レベル2》の典型的な魔物であるゴブリン相手に奮闘していたのだが、一度も〈車輪返し《しゃりんがえ》〉は成功しなかった。

ゴブリンの前で奇妙な回転をしてその場で尻餅をついたため、ゴブリンの方が戸惑っているような一幕もあった。

「何が魔物ならできるだ！　全然駄目じゃねぇか！」

「く、首！　乙女の首を絞めないでくださいまし！」

「お前は本当になんなんだよヘレーナ！　なんでいつもいつも、肝心なときにしか役に立たねぇんだテメェはよ！」

「ひぃぃぃぃぃん！」

ギランが珍しい怒り方をしていた。

「……えっと、肝心なときに役に立つのは褒め言葉な気もしますけれど」

ルルリアが二人を眺めながら、そう呟く。

「だ、だって、ゴブリンなんて小っちゃい人間みたいなものですもん！　こう、もっと大きい、ドーンって来るのじゃないと、〈車輪返し《しゃりんがえ》〉はできないんですわ！」

「後からどんどん条件増やしやがって！　なんで微妙に注文が細かいんだよ！　奥まで潜って修羅蜈蚣探すかァ!?」

「そんなの今度こそ死んじゃいますわ！」

……ひとまず、今日のところは駄目そうな様子であった。大人しくギランを説得して帰った方がいいだろう。

そのとき、複数の足音が聞こえてきた。

音から察するに、明らかに人間のものであった。魔物のものではない。

「誰だ？」

俺は振り返り、通路の先へと声を掛ける。闇の中から七人の男が現れた。

先頭に立つのは銀髪の男だった。左側に髪を撫で付け、片目を隠している。

痩せぎすで背が高い。薄笑いを浮かべており、飄々とした雰囲気を纏う……不気味な男だった。

「二年の〈Aクラス〉……ゲレオン・ゲープハルトだ。そう警戒しないでくれよ。俺ちゃんは、可愛い後輩ちゃんに、ちょいとばかり用事があってね？」

「ゲ、ゲープハルト伯爵家の……」

ヘレーナが苦虫を噛み潰したような表情を浮かべていた。

どうやら有名な……あまり評判のよくない類の貴族家らしい。ゲレオンはヘレーナの反応を見て、満足げな笑みを浮かべていた。

「……俺達を尾けてきていたのか？」

ゲレオンがギロリと俺を睨む。

「劣等クラスの平民が、あまり軽々しく声を掛けてくれるなよ？　俺ちゃんが会いに来たのは、ギランちゃんだよ。こう言ったら、何の用事かわかるんじゃない？　ん？」

どうにも真っ当な用事だとは思えない。普通に会いたかったのならば、学院内でいくらでも機会があるはずだ。

わざわざ学院迷宮で声を掛けてきたということは、簡単には教師陣や他生徒が接触できない場所を選んできた、ということである。

「俺の父親が、テメェの父親に貴族会談で紅茶をぶっ掛けたことか？」

……ギランの父親は、そんなことまでしていたのか。

「……ギランの父親、いつも目上の貴族相手に殴ったり蹴ったりしてません？　もしかして、ギラン以上の暴れ者なんじゃ」

ヘレーナが小声で俺へとそう話す。

その話については、信じ難いが恐らく真実である。元々凶狼貴族は、ギランの父親である現当主の渾名《あだな》なのだから。

「その件については父上も反省なされていた。下々の者に寄り沿う気持ちを忘れていた……とね。それを思い出させてくれたギルフォード家には近々礼を言わなければ……と、そう口にされていたよ」

ゲレオンは慇懃《いんぎん》無礼にそう口にした。明らかに心にもなさそうな様子であった。何ならば、彼の言葉は報復を示唆しているようにさえ思える。

「それが無関係ってなら、何の用で……」

「やれ、お前達」

ゲレオンの言葉で、彼の背後にいた六人が、俺達を囲むように動き出す。そうして二人が、俺の背後に並んだ。

「……何の真似だ？」

俺は振り返り、生徒の顔を見る。彼らは何も答えなかったが、ルルリアとヘレーナの背後にも、同様に二人ずつ生徒がついているのが視界に入った。

「ギランちゃーん……お前ね、やり過ぎなのよ？　この学院で、お前、何回上級貴族の顔潰したと思ってんの？　あれだけ好き放題に動いてさ、まさかただで済むとは思ってないよな？」

ギランの前にゲレオンが立った。

「釘刺しに来やがったのか？　ハッ、学院迷宮とはいえ、やり過ぎじゃねえのかよこれは」

「この学院の中には、俺ちゃんの代わりに退学になってくれる生徒がいくらでもいるんだ。それにね……貴族相手に下手な手出しはできないけど、平民相手ならいくらでも誤魔化す術がある」

「なんだと!?」

そのとき、俺の背後の二人の生徒が、俺の腕を取ろうと動き始めた。俺はその場で回って背後へ飛び、拘束から逃れる。

「お前達、何のつもり……」

「おっと、素早いんだな。でも、抵抗するなよ平民の優男ちゃん？　俺ちゃんも、本当なら無関係な後輩ちゃん巻き込んで、手荒な真似はしたくないんだ。ちょいと生意気なギランちゃんと正面からお話ししたいだけなんだが、大人しくしててもらえないかな？」

ゲレオンが俺へとそう口にする。

「きゃあっ！」

ルルリアが悲鳴を上げる。彼女は二人の生徒に腕を捕まれ、拘束されていた。

「わ、私、一応貴族の令嬢ですってよ！　一応！　貴族相手に下手に手を出すのはまずいって、さっき言ったばかりじゃありませんの!?」

ヘレーナが大声でそう訴えていたが、誰もまともに取り合ってはいなかった。上級貴族としては、騎士爵の子息子女は貴族として認めていないのかもしれない。

「ほら、大人しくお前も捕まれよ、優男ちゃん。お友達の二人が怪我をするかもよ？」

「……わかった」

俺は動きを止め、腕を下ろした。すぐに二人が、俺の身体を押さえつける。

この拘束自体はその気になれば振り解ける。ルルリア達が捕まった以上、ひとまず相手の言い分を聞くまでは無暗に抵抗するのは得策ではない。

それに……相手は伯爵家だ。本格的な揉め事になれば、下級貴族のギランとヘレーナ、そして平民二人の俺達は、かなり分の悪いことになりかねない。

言葉だけで済むとは考え難いが、今は不用意に動くべきではない。

「何が狙いだクソ野郎。返答次第じゃ、ただじゃおかねぇぞ?」

ギランがゲレオンを睨みつける。こめかみに血管が浮いていた。大分頭にきているようだ。

「一年生の間じゃ大分幅利かせてるみたいじゃないか。カマーセン家とマーガレット家の生徒を撥ね除けて、エーディヴァン家の龍章騎士を辞職に追い込んで、第三王子から目を掛けられて……いや、ご立派、ご立派」

「何が言いてェ?」

「教えてあげようと思ってね、先輩らしく。この学院で力だけで押し通るのには、そんな程度じゃ無理なんだって」

ゲレオンは舌舐めずりをすると、鞘から剣を抜いた。細い、長身の刃だ。どこか蛇を思わせるような、不吉な雰囲気の剣だった。

「なるほど話が早え、お望み通りにぶっ殺してやるよ」

ギランが剣を抜く。

「ギラン、挑発に乗るな! 挑発して、斬り掛からせるのが狙いかもしれない」

俺は思わず口を挟んだ。エッカルトのときの例がある。

「おいおい、俺ちゃんを見縊ってくれるなよ? 騎士が、喧嘩しようやってやってんだぜ? 手はないわけじゃないが、無為に教師陣を噛ませたくないのは俺ちゃんも同じこと……そんなリスキーで恥知らずな真似はしないっつうの」

ゲレオンが呆れたように言う。

「そ、そうなのか……？」

俺の頭の中には、作戦失敗を出汁に手のひらを返して糾弾してきたエッカルトの顔が浮かんでいた。ゲレオンの理屈では、エッカルトがとんでもない恥知らずだったことになる。

……いや、あの場合は本人が敗れたわけではないので、エッカルト自身はさほど傷つかないのか。思えばあの作戦は〈Dクラス〉の士気を大きく下げる結果にも繋がっていたようだった。

「そもそも一年坊主をちょっとばかし教育してやるのに、なんでそんなセコイ真似しなきゃならないんだ？　まさか、普通にやったら負けねえなんて、馬鹿なこと思ってないよなぁ？」

ゲレオンは軽く剣を振るうと、ギランへと構えた。

「大層な言葉を吐くじゃねェか、悪知恵だけで生きながらえてきたゲープハルト伯爵家が。アイン、こいつは俺に任せてくれや。ギルフォード家に用があるなら、巻き込むわけにはいかねェよ。瞬殺して、二度と俺の前に面出せなくしてやらァ」

……今はひとまず、ギランを見守ることにした。

ギランの言葉は、下手に人前で力を出せない俺の立場を案じてくれたのだろう。ただ、俺も無関係というわけではない。ゲレオンがギランに目を付けたのは、俺がエッカルトを倒したことも関係しているようだ。万が一のときには俺も出るつもりだ。

「行くぜ凶狼！　〈白蛇行《はくだこう》〉！」

ゲレオンが姿勢をガクンと低くしたかと思えば、地面を滑るような動きでギランへと距離を詰めていった。

マナを足の裏に走らせて無音の独特な動きを可能とする魔技〈闇足《やみあし》〉と、体重を軽くして速度を引き上げる〈軽魔《けいま》〉を併用しているようだ。

あの長い剣は、本人でさえも〈白蛇行《はくだこう》〉で完全な細かい制御ができないことを見越してのものらしい。〈軽魔〉よりも遥かに制御が困難であるため、ある程度大雑把にならざるを得ないのだろう。

どうやら〈白蛇行《はくだこう》〉を駆使して戦うのが、ゲープハルト伯爵家の家流剣術らしい。

激しく両者の刃が打ち鳴らされる。

「ほらほら、どうした、ギランちゃん？　威勢がいいのは口先だけか？　ええ？」

ゲレオンは自身の剣の間合いを守ったまま、〈白蛇行《はくだこう》〉で地面を滑るように右へ左へと動き続けながら、一方的にギランへと攻撃を仕掛ける。

「ぐっ……！」

俺は息を呑んだ。想像以上にゲレオンの剣術が洗練されている。

あの間合いで戦い続けられては、ギランはゲレオンの身体を狙えないが、ゲレオンは簡単に致命打を狙うことができる。その事実は、常にギランの選択肢を狭め、同時に精神を摩耗させ続ける。

おまけに〈白蛇行《はくだこう》〉での位置取りと、リーチを活かして有利を取るあの剣術は、力と剣士の勘に長けたギランに対して相性がいい。剛を柔で制され続ける上に、ここぞという勝負手を出したくても、そもそも安全圏に立たれ続けているためにその刃が届かない。

クセのある剣術なので、相手をしていて慣れるまでに時間が掛かるのは間違いない。相性の不利もある。だが、それ以上に、力量の開きが思いの外大きい。ゲレオンは、下手をすれば龍章騎士だったエッカルトにも並ぶ実力者だ。

「興覚めだなギランちゃーん。こんな程度の力量で調子に乗っちゃ駄目でしょ！　ほらほら、ほらほらほら！」

「こんの……野郎が！」

ギランは大きく踏み込んで間合いを詰め、〈剛魔《ごうま》〉で強化した大振りの一撃を放った。ゲレオンは背後へ飛んで、紙一重でその一撃を躱す。

「破れかぶれって感じだなあ。いや、確かに速かったが、あんな大振り……」

ゲレオンの頬に一筋の線が走り、血が垂れた。

「おお、怖い怖い。あんまり熱くなるなよ、殺す気か？　フフ」

ゲレオンは自身の頬の血を舐める。

「さて、そろそろ力の差って奴を、もう少しわかりやすく教えておいてやろうかな」

ゲレオンはそう口にすると、その場で〈白蛇行《はくだこう》〉を用いて独特なステップを踏み、不規則な動きを始めた。

「テメ……何を遊んでやが……」

ギランの目前で、どんどんとゲレオンの動きが素早く、そして鋭さを増していく。

俺は息を呑んだ。さっきまでの動きにもギランは大きく遅れていたのだ。ギランに、ゲレオンの相手はあまりにも酷だ。

ギランの目は、明らかにゲレオンを追えていなかった。速さに加え、あの独特な動きは、目前で見ていれば勘を狂わされる。ギランの目には、ゲレオンが残像で何人にも見えていることだろう。あんな状態で攻撃されたら一溜まりもない。

「距離を取れ、ギラン！」

俺は声を上げた。

「〈多頭蛇影舞《たとうじやえいぶ》〉」

ゲレオンは、先程までよりも遥かに速い速度で、ギランの真横へと滑り込んだ。ギランは全く反応できていなかった。ゲレオンはそのまま刃の腹で、ギランの顔面を打った。

「アガッ……！」

ギランは顔を押さえ、膝を突いた。

あの動きの本質は理解できた。舞いで気を高めて過集中状態《ゾーン》を引き出しつつ、己のマナの流れが最高潮になる瞬間を見極めて飛び掛かる技だ。

ただし恐らく、速さの代償に自身の細かい動きの制御は完全に捨てている。ゲレオンも、先程までは活かしていた剣の間合いがブレている。そういう面では、速さはあるがハッタリに近い技だ。

とはいえ……今のギランの力量や経験値で対応できる技ではない。

「こんなもんかよ？　おいおーい、斬ってたら死んでたぜ？」

ゲレオンがニヤニヤと笑いながら、ギランへ声を掛ける。

「小賢しい動きしやがって……！　〈軽魔〉のタイミング、ミスったろ？　軽かったぜ。こんなんじゃ、俺は倒れてねぇぞ……！」

「いい意気込みだ、ギランちゃん。お前の心を折るのは、簡単じゃないと思っていたよ」

ゲレオンはそう口にすると、俺達を振り返った。

「おい、やれ。そっちのピンク髪と、黒髪の平民の顔を、剣の腹でぶっ叩け」

「なっ……！」

俺は目を見開いた。

「テメェ、何のつもりだ！」

「あんまり貴族ボコボコにすると、こっちも面倒だからさ。これから俺ちゃんが一撃入れる度に、向こうの平民二人にも同じ威力の攻撃を入れる。これをギランちゃんが、俺ちゃんに一撃入れるまで続ける。乱暴者のギランちゃんに自分の弱さをわかってもらうには、これが一番いいと思ってな」

「………！」

ギランは怒りのあまり言葉を失っていた。

ゲレオンがギランの髪を掴む。

「おーおー、いい顔するじゃん。俺ちゃんはこれから、〈多頭蛇影舞《たとうじゃえいぶ》〉で一撃ずつお前に入れていく。お前が対応して反撃できるようになるまで、一体何打掛かるかな？　クク、その前に、そっちの二人の顔の原形が残ってるといいなぁ？　それとも……自分が実力もない雑魚の分際で調子こいて、学院中に迷惑を掛けましたって頭下げて回るなら、ここで見逃してやってもいいぜ？　んん？どうする？」

やり口があまりに惨すぎる。ゲレオンは、どうやったら人の心を折れるのか、完全に熟知している。ただギランを叩きのめしても、ギランの芯を折ることができないとわかっているのだ。

「テ、テメ……」

ギランの口から、掠れるような声が漏れる。

「痛っ！　こ、このアマ、やりやがったな！　騎士爵の令嬢だから、一応叩かないって話にしてやったのに！」

そのとき、一人の生徒が悲鳴を上げた。ヘレーナを押さえていた生徒が、彼女に腕を噛まれたのだ。

「そんな卑劣な真似させませんわよ！　アインの顔を剣で叩いても刃が折れるだけでしょうけれど、ルルリアの可愛いお顔に傷を付けるなんて、私絶対に許しませんわ！」

「うげ……噛まれた跡から血が出てやがる、クソ！　散々貴族の令嬢令嬢言ってやがったのに、品性の欠片もない攻撃しやがって！」

ヘレーナに嚙まれた生徒が、自身の腕を押さえ、彼女を睨んでいた。

「……おいおいお前ら、二人掛かりで女一人押さえておくこともまともにできないのか」

ゲレオンが呆れたように彼らへ目を向ける。

ヘレーナ同様、俺も我慢の限界だった。拘束していた二人の腕を強引に振り解き、勢いよく左右へ放り投げた。二人は各々に宙を飛び、反対方向の壁へと身体を叩き付ける。

「……あん？　なんだ、今、何が……」

ゲレオンが俺の方を向いた。

「俺のためを想って出てくれたのは嬉しかったし、貴族の意地もあるんだろうと思っていた。だが、ギラン、悪いが俺も、さすがに我慢の限界だ」

「お、おい、アイン、さすがにそれはまずいぜ！　ゲレオンは伯爵家子息で……学院内に、妙な根を張ってるって話もある！　奴にお前のことがバレたら誤魔化し切れねぇぞ！　それに、ゲレオンが出張って来やがったのは俺の責任だ！　俺が頭を下げりゃ、それで収まるなら……！」

気位の高いギランが、俺達のためにそう口にしてくれたのは嬉しかった。きっとそれでゲレオンの気も収まるのだろう。

「だが、悪いな、ギラン、お前の覚悟と気持ちを無駄にするようだが……それだと、俺の気が収まらない」

俺は剣を抜き、ゲレオンへと対峙した。

「はぁ……場違いなんだよ、黙って庇われてろ平民。元より、俺ちゃんはお前には興味がないんだよ」

ゲレオンは俺へと剣を構える。

「魔技を使うまでもない。はい、これで終わり……！」

ゲレオンは剣の腹を俺へと向け、頭を狙って振るってくる。俺はそれを刃で受け止めた。

「あ……？　手を抜きすぎたか？　思ったよりはマシな反応……」

俺が至近距離から睨みつけると、ゲレオンがぶるりと身震いした。大きく背後へと後退する。

「ゲ、ゲレオンさん、どうしましたか？」

他の生徒がゲレオンの様子を訝しみ、彼へと尋ねる。

「なんだ、今の悪寒……。父上から、代々ウチの当主は悪運が強くて、本当に危険なものに対する勘が鋭いって聞いてたが……いや、まさかな。だが、念のため……一応、使っておくか」

ゲレオンは額に脂汗を浮かべ、俺を睨む。それから不規則なステップを踏み、段々とその速さを引き上げていった。

「〈多頭蛇影舞《たとうじゃえいぶ》〉！」

ゲレオンは俺を横切り、背後へと回ってから剣を振るう。俺は振り返り、正面からその刃を受けた。

「う、嘘だろ……発動者の俺でさえ完全には制御できていない俺の魔技を、完全に見切った……？」

ぶるりと、ゲレオンが再び身震いする。彼は何かを確認するように、自身の腕へと目を走らせていた。

「……鳥肌が立ってやがる。お、お前……ナニ？」

「生徒相手に、ここまで嫌悪感を覚えたのは、お前が初めてだゲレオン。お前だけは、絶対に許さない」

俺がそう口にすると、ゲレオンは半ば逃げるように大きく背後へ退いた。顔が真っ青になっている。

「なんだ、この殺気……。へ、平民如きが、図に乗るんじゃねえぞ……！」

ゲレオンは先程の不規則なステップを、今までよりも遥かに速く行った。

「いい気になるなよ……〈乱《みだ》れ多頭蛇影舞《たとうじゃえいぶ》〉！」

ゲレオンが、俺の周囲を高速で飛び回りながら何打もの刃を放つ。単発ではなく、連撃。先程までよりも動きが更に速くなっている。

だが、その半面、完全に無秩序なものになっていた。出鱈目な剣も中には交じっている。本人でさえ、自身がどう剣を振るっているのか、ほとんど思考が追い付いていないのだろう。理性も理合いも捨て、完全に速さだけを追い求めた連撃だ。

実践的かどうかは怪しいところだ。動きが乱雑すぎるため、目を瞑って振るっているのと大差ない。これでは逆に相手が雑に放った一振りに敗れることもあるだろう。互いに剣を追えないという面では、格上相手に一矢報いるためには使えるかもしれないが。

俺は〈乱《みだ》れ多頭蛇影舞《たとうじゃえいぶ》〉の刃を、一打一打、丁寧に防いでいく。

「なんで……ま、まさかお前、これが見えて……！　そんな……有り得ない！　それだけは絶対に有り得ない！」

ゲレオンの剣の勢いが弱まってきたところで、俺は勢いよく彼の剣を弾き飛ばした。そのままゲレオンの首へと刃を当てがう。

「ひっ……！」

「ルルリアとヘレーナを解放させろ」

「お、お前ら、その二人から手を放せ！」

ゲレオンが慌てて命令を出す。

「アイン……よくやってくれたって、言いてぇけど……悪手だぜ。ゲープハルト伯爵家は腹黒く……他の評判の悪い大貴族との繋がりも強い。アインのことを知ったら、探りを入れてくるに決まってる！」

ギランが慌てて俺へと駆け寄ってくる。

「その覚悟だった。だが、この男だけは野放しにできない。ギランを甚振り、ルルリアとヘレーナを甚振り、挙げ句の果てには彼女達を人質に、ギランの家名に泥を塗らせようとした。それがどれだけ残酷なことか……。いや、お前は、それを理解していたからこそ、実行しようとしたのだろうな。こんな男を、アディア王国の次期騎士として残してはおけない」

俺はゲレオンを睨みつける。

ゲレオンは真っ青になって両腕を上げ、その場に膝を突いた。

「ゆ、ゆゆ、許してくれ！　ち、違うんだ！　俺ちゃんは、何も知らない、見てない……！　そ、そう！　だから……！　命だけは……！」

「両の腕を斬る」

ゲレオンは余計に蒼白になった。

「やっぱり命以外も見逃してくれ……！　それはもう、騎士の命なんだよ！　何か、何かあるだろ、俺ちゃんにさせたいこととか……！」

ゲレオンは口早にそう叫んだ。

「チャンスを、チャンスをくれ……！　な？　俺ちゃんだって、平民の女の顔ぶっ叩かせる気なんてなかったって！　わかるだろ？　ギ、ギランをどうにかしろって、上級生の血統主義連盟の中で、そういう話が出てたんだ！」

「血統主義連盟……？」

「な、なんだお前ら、〈貴き血の剣《ノーブルナイツ》〉とフェルゼンの、学院内政争に噛んでたんじゃなかったのか？」

ゲレオンが戸惑い気味にそう漏らした。

「ア、アイン、さすがに伯爵子息の両腕はまずいですわよ！　ギランのために怒っている気持ちはわかるけれど、それをやったら、アインだけじゃなくて、ギランにも何かしらの形で報復が回ってきますわ！　……あと、私にも」

ヘレーナが俺の肩を掴み、そう声を掛けてきた。

俺は額を押さえる。

「……そうだな。すまない、少し熱くなっていたのかもしれない」

「〈貴き血の剣《ノーブルナイツ》〉は、ラッテル公爵家が学院に作らせた、『より騎士らしく、より誇りある騎士を』を掲げる学生連盟ですわ。覚えてませんの？　この前ギランと揉めたスカーがその幹部の一人だったそうですわ」

ヘレーナが俺にそう説明してくれた。ただ、スカーの名前は覚えているが、〈貴き血の剣《ノーブルナイツ》〉自体は噂程度に耳に挟んだことしかない。

「フェルゼン学院長が危険視している極端な血統主義連盟で……あのエッカルトを騎士団から教師として派遣してきた背景にも、ラッテル公爵家の圧力があったという話ですわ」

……あのエッカルトに、この間のスカー、そして目前のゲレオンが関与している集団らしい。ロクな集団ではない、というのは事実のようだ。

「た、頼む、お前のことは誰にも言わない！　絶対に！　だから、本当……見逃してくれ！」

ゲレオンが綺麗な土下座を俺達にかます。

「テメェ……プライドや矜持はねぇのか！　散々自分の意思で悪事働いて、それを頭下げて帳消しにしようなんざ……！」

「勘違いするな、ゲープハルト伯爵家は、曽祖父の代から泥水啜って出世してきた。俺ちゃんにもプライドや矜持はあるが、それは家名には乗っかっちゃいないというだけのこと……！」

物凄い勢いで、とんでもないことを口走ってくれる。さっきまで怒りで頭が熱くなっていたが、ゲレオンの後頭部を眺めていると一気に冷えてきた。

「そ、そうだ……俺ちゃんはこう見えて、〈貴き血の剣《ノーブルナイツ》〉のナンバースリーだ！　トップの命令で、フェルゼンとの学院内政争の一環でお前らを襲撃することになったんだ！　俺ちゃんは連盟の後ろ暗い情報や弱点、表に出ちゃいけない資料、全部網羅してる！　俺ちゃんは〈貴き血の剣《ノーブルナイツ》〉を引退して、これを全部フェルゼン学院長に渡す！　そうしたら今後、俺ちゃんやスカーみたいな奴がお前らにちょっかいを掛けることもないはずだ！　それでどうか……手打ちにしてくれねぇかあ!?」

「……それならアインも学院にいられますし、悪い条件ではないんじゃありませんの？」

ヘレーナがそう口にしてきた。俺は少し悩んだが、首を振った。

「いや、この男に信頼に値するものが一切ない……」

ゲレオンがガバッと顔を上げた。

「〈貴き血の剣《ノーブルナイツ》〉を売った時点で、俺ちゃんに上級貴族の仲間はいなくなる！　そこまでいったら、裏切りたくても裏切れないんだよ！　な？　な？」

確かに条件を呑む利点は数あれど、拒否する利点はさほどない。〈貴き血の剣《ノーブルナイツ》〉については俺もさして詳しくないため、わざわざ潰してもらわなくても結構なのだが……フェルゼンには俺も世話になっている。彼のためになるかもしれないというのならば、ゲレオンの提案を呑むのも悪くはないかもしれない。

「……わかった、その条件を呑む」

「ありがとうございますっ！」

ゲレオンが再び勢いよく頭を下げた。

3

〈貴き血の剣《ノーブルナイツ》〉の刺客……ゲレオン・ゲープハルトの襲撃から、数日が経過した。

未だに俺の話は噂にはなっていないし、あれから特に血統主義連盟の上級生に干渉されるようなことも起きてはいない。

「アイン、例の〈貴き血の剣《ノーブルナイツ》〉が解体の危機にあるらしいですわよ。貴族の学生の平民への暴行が、上層部の指示したものだったって問題視されているらしくて……。他にも黒い活動をしていたことが明るみになって、メンバーの数割が抜ける事態に陥っているそうですわ」

放課後、ヘレーナが思い出したようにそう口にした。

「ひとまず、ゲレオンは約束を守ってくれたようだな」

俺がそう口にすると、校庭の茂みから一人の男が飛び出してきた。

「ああ、ああ！　そうだろう、アイン様よ。俺ちゃんはこう見えて、約束は守る男……！　……多分、まあまあ、人として最低限の範囲では」

ゲレオンだった。

「……なぜそんなところに？」

「へへ、〈貴き血の剣《ノーブルナイツ》〉のトップの三年生が死に物狂いで俺を捜してて、放課後は下手に出歩けないんだよ。それで、その……アイン様に、俺ちゃんは余計なことしてませんよ、ちゃんと約束は守りましたよっていうのを確認にね？」

律儀というべきか……保身が徹底しているというのか。

「解体まではいかねえだろうが、まあ、大規模な弱体化にはなったはずだ。へへ、これで平民や下級貴族の皆さんも、ちょっとは過ごしやすい学院になるんじゃないかって……」

……元ナンバースリーが、よくぞそんな言葉を口にできたものだ。

「ゲレオンさん……貴方、〈貴き血の剣《ノーブルナイツ》〉に裏切ったのがまともにバレてるの、結構マズいんじゃなくって？　下手したら実家が嫌がらせを受けますわよ。よくぞここまでしましたわね」

ヘレーナが彼へと尋ねる。思った以上の大騒動になっていたなとは考えていたが、やはり余波も相当なものになるようだ。

「……何を言ってるんだか。そっちの男を敵に回したままの方が、百倍危険だろうが。横にいてわからないのか？」

ゲレオンが目を細め、俺を睨む。俺が視線を返すと、ゲレオンはへらっと表情を崩した。

「なんで、その……俺ちゃんは約束を守りましたんで、へへ。もしもまた何か問題がありましたら、俺ちゃんにお申し付けくだせえ、はい、アイン様、へへ」

ゲレオンはペコペコと頭を下げると、またサッと茂みの中へと入っていき、その姿を隠した。

「……あんなに強い奴でも、プライド捨てて逃げ回らなきゃ生きていけねぇのか。俺もあそこまで徹さなくてもとはいえ……ちったァ身の振り方考え直した方がいいのかもしれねぇな」

ギランが小さくそう零した。

あとがき

作者の猫子です。王国最終兵器の第二巻をお買い上げいただき、ありがとうございます！

正式タイトルがちょっと長いので、略称は王国最終兵器で通したいなと考えています。

正式タイトルは『王国の最終兵器、劣等生として騎士学院へ』なわけですが、やっぱり頭の方にあるワードが頭に残りやすいので、この形が一番適しているのかな、と。劣等生だけであれば、真っ先にイメージに上がってしまう有名タイトルがありますしね。

作品の略称が出版社さんや読者さん、作者の間で揺れていると、ちょっとばかり不都合な面もありますからね。大したものではないといえばないのですが、具体的には作者がエゴサーチするときに困るんですよ、ええ。

一応エゴサーチの意味が分からない人のために説明しておくと、創作者や特定の界隈で名前の知れた人なんかが自身や作品評価をＳＮＳなどで確認する行為です。心がへし折れる方が多いため、基本的に推奨されていません。それでもエゴサーチの文化がなくならないのは人の性というものですね。

私も一度綺麗にノックアウトされて三日ほど断筆したことがありましたが、それでもエゴサーチは止められません。

なのでまぁ、略称がブレてエゴサーチがし辛くなるというのは、本当に大した話ではないのですが……。

さすがに略称のブレによってもっと困る事例があるだろうなと思ったのですが、ちょっと思いつかなかったので、略称がブレたことで困るのは作者のエゴサーチくらいかもしれません。いや、さすがにもっとあるのか……？

因みにSQEXノベルさんから出版していただいている他作品である『転生したらドラゴンの卵だった』は公式の略称はドラたまなのですが、ドラ卵、転ドラ、ドラゴン卵、竜卵の略称ブレが存在するようです。エゴサーチして知りました。

作者としては「エゴサーチしています！」なんてことをわざわざ宣言するのは気恥ずかしさしかないのですが、あとがきに必要なページ数を稼げるネタが他になかったため、今回ちょっと取り上げさせていただくことにしました。恥ずかしさより実用性が勝りました。

でもやっぱり恥ずかしさもあるので、基本的に猫子作品のあとがきは「おうおう、またあとがきのページ埋めるために意味わかんねぇこと書いてやがるな」と思いながら流し読みしていただけると幸いです。特にあとがきでのこうした、ちょっとした疑問や思い付いたこと、日常話を掘り下げている部分は、戯言以上のものはございませんので、ええ。もし古本屋に持っていかれる際には、ご挨拶やイラストへの言及、メディアミックスの宣伝部分を除いて、マジックペンなんかで黒塗りしてからにしていただけると助かります。

さて前置きで散々文字数を稼いだところで作品のイラストの話に移ろうかなと思います。二巻の表紙は主人公のアインに加えてマリエット様、そして狂王子カプリスとなっております！

マリエット様、お美しい……！　そしてカプリス、まさかの黒幕の風格！

表紙案はイラストレーターの方に複数見せていただいたのですが、この表紙のマリエットの表情やら構図やらが滅茶苦茶可愛かったことと、狂王子様の迫力に気圧されて是非この表紙案でお願いする運びとなりました！

裏表紙は第二巻の黒幕ウィザ、マリエットの親友兼部下のミシェル、そしてカプリスの婚約者兼付き人のシーケルとなっております！

また、本作品の王国最終兵器なのですが、来年初春目途でコミカライズが始動することになるかなと思います！

こちら例によって詳細についてはこのあとがきを書いている段階では未定なので何とも言えないのですが、この書籍が書店さんの方に並ぶ頃には、ネットなんかで何かしらの発表がある頃なのかな……と思います。恐らく……多分、きっと……！

どこまで話してしまっていいものかわからないのでちょっとなんともいえない状態ではあるのですが、確認に見させていただいたネームがもう滅茶苦茶いい出来でしたので、読者の方々もお楽しみに！

アインは格好よく、ルルリアもとても可愛かったのですが、ネティア枢機卿の妖艶な雰囲気が特に素晴らしかったです！

小説と漫画では適切な台詞の長さに結構違いがありまして、絵や演出に合わせるためにも台詞なんかも結構アレンジしていただいていたのですが、その台詞回しもとてもよかったです！　本当にもう、お楽しみに！

では丁度ページ数もいい塩梅になりましたので、ちょっと唐突ではありますが、こんなところで第二巻もあとがきを締めさせていただこうと思います！

第二巻をお買い上げいただいた皆様、本当にありがとうございました！　また第三巻でもお付き合いいただけましたら幸いです！

猫子先生、担当様、
絵にしたい所が多すぎて
挿絵10枚では足りません…

nauribon

グモォ
ひいいいい
重いでしょう
平気ですわ!!

コミカライズ決定!!!
王国の最終兵器、劣等生として騎士学院へ
The ultimate weapon of the kingdom, he went to the Knight Academy as an inferior student.
原作×猫子
キャラクターデザイン×nauribon
漫画×TATE

名作&新作300超×基本無料=
最強マンガアプリ
マンガUP!で
2022年初春連載開始!
AndroidでDL
https://sqex.to/mupa
iOSでDL
https://sqex.to/mupi
2巻
発売おめでとう
ございます!
コミカライズも
よろしくお願いします
TATE

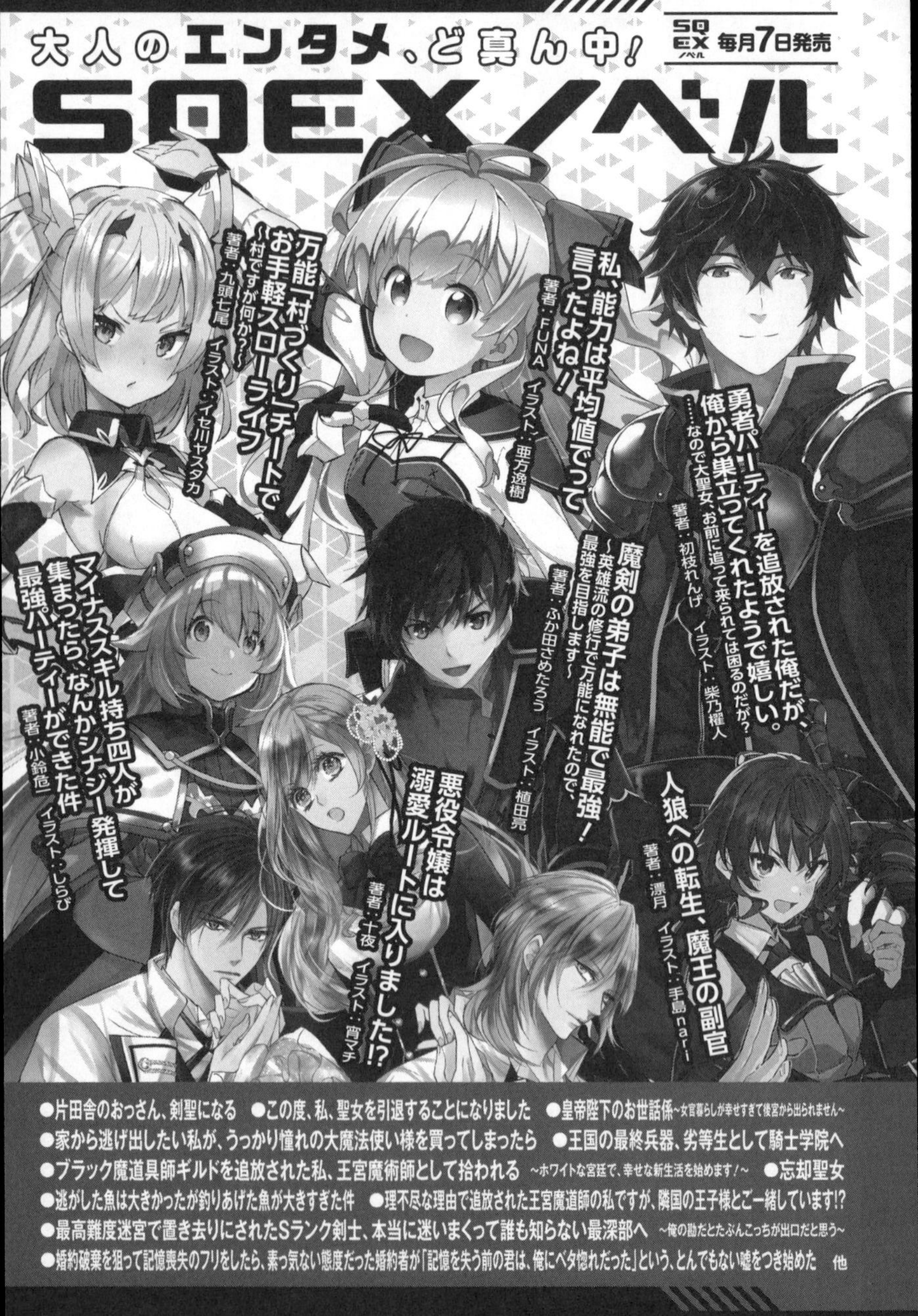
大人のエンタメ、ど真ん中！
SQEX ノベル 毎月7日発売
SQEXノベル
勇者パーティーを追放された俺だが、俺から巣立ってくれたようで嬉しい。
……なので大聖女、お前に追って来られては困るのだが？
著者：初枝れんげ イラスト：柴乃櫂人
私、能力は平均値でって言ったよね！
著者：FUNA イラスト：亜方逸樹
万能「村づくり」チートでお手軽スローライフ
～村ですが何か？～
著者：九頭七尾 イラスト：イセ川ヤスタカ
魔剣の弟子は無能で最強！
～英雄流の修行で万能になれたので、最強を目指します～
著者：ふか田さめたろう イラスト：植田亮
マイナススキル持ち四人が集まったら、なんかシナジー発揮して最強パーティーができた件
著者：小鈴危一 イラスト：しらび
人狼への転生、魔王の副官
著者：漂月 イラスト：手島nari
悪役令嬢は溺愛ルートに入りました!?
著者：十夜 イラスト：宵マチ
●片田舎のおっさん、剣聖になる ●この度、私、聖女を引退することになりました ●皇帝陛下のお世話係～女官暮らしが幸せすぎて後宮から出られません～
●家から逃げ出したい私が、うっかり憧れの大魔法使い様を買ってしまったら ●王国の最終兵器、劣等生として騎士学院へ
●ブラック魔道具師ギルドを追放された私、王宮魔術師として拾われる～ホワイトな宮廷で、幸せな新生活を始めます！～ ●忘却聖女
●逃がした魚は大きかったが釣りあげた魚が大きすぎた件 ●理不尽な理由で追放された王宮魔道師の私ですが、隣国の王子様とご一緒しています!?
●最高難度迷宮で置き去りにされたSランク剣士、本当に迷いまくって誰も知らない最深部へ～俺の勘だとたぶんこっちが出口だと思う～
●婚約破棄を狙って記憶喪失のフリをしたら、素っ気ない態度だった婚約者が「記憶を失う前の君は、俺にベタ惚れだった」という、とんでもない嘘をつき始めた 他

マンガUP!
毎日更新
名作&新作100タイトル超×基本無料=最強マンガアプリ!!
GC UP! 毎月7日発売
魔王学院の不適合者 ～史上最強の魔王の始祖、転生して子孫たちの学校へ通う～
原作：秋　漫画：かやはるか
キャラクター原案：しずまよしのり
神達に拾われた男
原作：Roy　漫画：蘭々
キャラクター原案：りりんら
転生賢者の異世界ライフ ～第二の職業を得て、世界最強になりました～
原作：進行諸島（GAノベル／SBクリエイティブ刊）　漫画：彭傑（Friendly Land）
キャラクター原案：風花風花
失格紋の最強賢者 ～世界最強の賢者が更に強くなるために転生しました～
原作：進行諸島（GAノベル／SBクリエイティブ刊）　漫画：肝匠&馮昊（Friendly Land）
キャラクター原案：風花風花
勇者パーティーを追放されたビーストテイマー、最強種の猫耳少女と出会う
原作：深山鈴　漫画：茂村モト
ここは俺に任せて先に行けと言ってから10年がたったら伝説になっていた。
原作：えぞぎんぎつね（GAノベル／SBクリエイティブ刊）
作画：阿倍野ちゃこ
ネーム構成：天王寺きつね
キャラクター原案：DeeCHA
異世界賢者の転生無双 ～ゲームの知識で異世界最強～
原作：進行諸島（GAノベル／SBクリエイティブ刊）　作画：三十三十
キャラクター原案：柴乃櫂人
https://sqex.to/mup
※一部アプリ内課金あり
●「攻略本」を駆使する最強の魔法使い ～<命令させろ>とは言わせない俺流魔王討伐最善ルート～　●おっさん冒険者ケインの善行
●二度転生した少年はSランク冒険者として平穏に過ごす ～前世が賢者で英雄だったボクは来世では地味に生きる～　●最強タンクの迷宮攻略 ～体力9999のレアスキル持ちタンク、勇者パーティーを追放される～
●冒険者ライセンスを剥奪されたおっさんだけど、愛娘ができたのでのんびり人生を謳歌する　●落第賢者の学院無双 ～二度目の転生、Sランクチート魔術師冒険録～　他
©Roy　©Shinkoshoto/SB Creative Corp.　©SHU 2021
©Suzu Miyama　©Ezogingitune/SB Creative Corp.　Licensed by KADOKAWA CORPORATION

SQEXノベル

王国の最終兵器、
劣等生として騎士学院へ 2

著者
猫子

イラストレーター
nauribon

©2021 Necoco
©2021 nauribon

2021年12月7日　初版発行

・・・

発行人
松浦克義

発行所
株式会社スクウェア・エニックス
〒160-8430
東京都新宿区新宿6-27-30　新宿イーストサイドスクエア
（お問い合わせ）スクウェア・エニックス　サポートセンター
https://sqex.to/PUB

印刷所
中央精版印刷株式会社

担当編集
齋藤芙嵯乃

装幀
冨永尚弘（木村デザイン・ラボ）

この作品はフィクションです。
実在の人物・団体・事件などには、いっさい関係ありません。

ISBN978-4-7575-7621-6 C0093

Printed in Japan